May you with dreams
become the person
you want to be.

愿心怀梦想的你，成为你想成为的人。

张梁
我在地球边缘

蒋 平 —————————— 著

深圳出版社

图书在版编目（CIP）数据

张梁：我在地球边缘 / 蒋平著. —— 深圳 : 深圳出版社 , 2020.10（2023.4 重印）
ISBN 978-7-5507-2944-5

Ⅰ.①张… Ⅱ.①蒋… Ⅲ.①张梁—传记 Ⅳ.① K825.47

中国国家版本馆CIP数据核字(2023)第057408号

张 梁　我 在 地 球 边 缘

ZHANG LIANG WO ZAI DIQIU BIANYUAN

出　品　人：聂雄前
责　任　编　辑：刘　婷
责　任　校　对：叶　果
责　任　技　编：梁立新
封　面　设　计：马　少
封面图片摄影：张　梁

出版发行：深圳出版社
地　　　址：深圳市彩田南路海天综合大厦（518033）
网　　　址：www.htph.com.cn
订购电话：0755-83460239（邮购、团购）
设计制作：深圳市书都出版有限公司
印　　　刷：中华商务联合印刷（广东）有限公司
开　　　本：787mm×1092mm　1/32
印　　　张：11
字　　　数：270 千
版　　　次：2020 年 10 月第 1 版
印　　　次：2023 年 4 月第 3 次
定　　　价：88.00 元

他序

普通人的奇迹

王石

今年上半年，新冠肺炎疫情在全球的蔓延，暂时打乱了世界的脚步，却也迫使人们静下来，向更深刻的方向思考人生的意义。在我认识的众多探险家、登山家当中，张梁是一位20多年来从未停下脚步，用探险的方式来探寻自己人生意义的奇人。他用13年完成"14+7+2"的壮举，其间发生的曲折反复与惊心动魄，足以被呈现为一系列有分量的故事，如今《张梁 我在地球边缘》这本书的问世，使我在欣喜之余又回想起这一切的缘起……

2003年，当时国内民间登山探险的人不多，张梁是我们一行登珠峰七位队友之一，这是他第一次挑战8000米以上山峰。当时就感觉张梁话不多，但登山过程中很有韧性，身体底子非常不错，一看就是长期坚持体育锻炼的人。遗憾的是，当时七位队员中有三个最终没能登顶。张梁是三人之一，但他没能登顶并非因为体力不支，而是为了救援一名受伤的英国登山者主动下撤。要知道他为这次登珠峰在山里熬了一个多月，眼见就要到顶了却主动下撤！这种"就差一点点"的感觉一般人是受不了的。

此后，珠峰成为张梁心中的一个结。我很理解这份遗憾。经过周密的准备，2005年他再次登珠峰并且成功登顶。从那以后，"相机判断如决策必要坚决下撤——总结经验教训——二次登顶成功"成了张梁典型的登山模式，无论何时，他内心始终有一个声音："只有活下去，才能再上来。"他借此信念一次次地化险为夷，并且挽救了数名队友宝贵的生命。这给我们的启示是：面对巨大的生命危险和沉没成本时，人会突然出现"赌"和"硬登"的心态，但登山史的事实表明，硬登非常容易导致误判，此时选择放弃比执着往前走更困难，也更加考验一个人的内心。明智者不争一时一地之功，风物长宜放眼量。

对于一般登山者而言，珠峰可能是他们最后的梦想之山了，但张梁却并不满足于此。2009 年，我们一起登海拔 8163 米的马纳斯鲁峰，我在营地问他："有没有想过完成全球所有 14 座 8000 米以上的山峰？"张梁当场就表示了兴趣："那就试试吧。"

要完成"14 座"的目标，对绝大多数人来说都会有经济压力。当年张梁是中国农业银行深圳分行的一名普通员工，单凭个人收入可能无法完成登山。为此，我专门找到了中国农业银行的管理层，争取到他们的支持。我还帮他找到了体育用品的赞助商。在各方的共同努力下，张梁终于踏上了"14+7+2"的漫漫征程。当被问起，为何愿意这样帮助张梁？我心里的答案很简单：因为他独具实力。

随后的精彩故事就在这本书里，我在此不赘述。回想起 11 年前，我之所以会鼓励他完成"14 座"，并非出于一时的冲动，而是我始终觉得：在探险领域尤其是民间探险领域，中国仍处于比较落后的水平，这种落后，一方面是技术和纪录的落后，更值得关注的一方面是心态和精神的落后。像张梁那样始终保持好奇与勇者之心的人，在社会中仍属凤毛麟角。

完成"14+7+2"，究竟给张梁带来了什么？毫无疑问，登山让张梁认识了自己，实现了自我，在拓展他人生广度和深度的同时，给了他自由。如果说，当年的张梁还有一点羞涩，那现在的他已经通过精神上严格的努力，拥有了异于常人的丰富内心。当张梁将这些努力应用到日常生活中，他逐渐获得了家人、同事和社会的广泛认同。尤其是他的儿子，如今他的儿子已经从一位叛逆少年，逐渐成长为有责任心的男子汉。这中间，父亲的言传身教功不可没。

眼下全球疫情的走向仍扑朔迷离，微小的新冠病毒在全球技术和经济一体化的大背景下，被放大为全人类都必须承受的普遍问题。但登过山的人都知道。只要我们翻过这座山，就超越了原先的自己，进而追求更高远的理想。我们有理由相信，社会各行各业也存在许许多多像张梁一样的"攀登者"，每一个人精神上的严格努力及付诸实践，才是促使人类社会进步的唯一有效手段。相信他的传奇故事将会激励更多的人行动起来（当然未必是登山），重新挖掘生活的意义。谨以此文，向社会里的"张梁"致敬，是为序。

在我眼里，他不只是英雄

张彧

作为张梁的儿子，我一直会遇到各种提问。其中，出现最多的一个问题就是："你是否敬佩你的父亲？"

我想，问这个问题的人，本身就一定是对我父亲抱有敬佩之心的人。在他们眼里，张梁登上了无数的高峰，是一个英雄。

为了符合他们的期待，我当然会以"敬佩"作为回答。但是，我有时候觉得，假如把自己的父亲当作英雄来"敬佩"，总会和父亲之间产生一种莫名的距离感。

其实，在我眼里，我父亲的形象不只有"英雄"这一种。

20 年前，父亲开始攀登雪山。从那时起，作为他的家人，我能深刻地感受到他的变化。

早先，我父亲是一个沉默寡言的人，经常会一个人默默地在家里的阳台上抽烟。另外，他的脾气还相当火爆，遇到一点鸡毛蒜皮的小事，都能和人吵个半天。

不知是不是山峰与两极的冰雪影响了他的心境，经历了多年的攀登与徒步，他慢慢变成了一个开朗而温和的人。我发现，在日常生活中，就算比他年轻上十几二十岁的人，见到他都会称呼他为"梁哥"。我想，父亲之所以喜欢别人叫他"梁哥"，是因为在他的潜意识中，一直希望自己是一个"年轻人"吧。

如今的父亲，在生活中是一个前卫的'60后'，喜欢一切有新鲜感的东西。从古至今，中国人的父子关系一直是紧张的。可是，我和父亲之间居然可以"无障碍交流"。他喜欢看刺激的战争大片，因此经常叫我给他推荐，问我最近有没有上映什么好看的战争片。他还喜欢看UFC格斗，每次看的时候，要么屏气凝息，要么大声呐喊，要么捶胸顿足。有一次，他偶然间看到了UFC场地上的"魔爪"饮料广告，还特意叫我给他买一瓶尝尝。结果，他喝完后，忍不住发表了感想：真难喝……

除了心态年轻，我还发现，随着他的年龄增长，他越来越"爱美"了。现在，他不仅一直保持健身的习惯，还开始注重自己的穿着打扮。他说，他不能穿得太老土，也不能穿得太时尚；他不能穿得太"运动"，又不能穿得不"运动'——可见，他对如何保持"个人形象"非常苦恼。为此，现在他穿衣打扮，经常还会征求我的意见。有人笑称，我已经成了自己父亲的"首席时尚顾问"……

当然，在我的记忆中，周围每个热爱户外运动的父亲，都会有一个（或者不止一个）被领去体验户外运动的子女。或许，他们的初衷是想把自己的爱好传递给自己的孩子，他们认为这是作为父亲的一种责任。

曾经，我和父亲也算是深圳的"老驴友"。早期，在深圳体育馆附近的笔架山还没有"开荒"的时候，父亲就带上我，踩着荒草往山顶上攀登。有时候，如果遇上一个光秃秃的斜坡，他还会训练我"攀岩"。除了笔架山，我们还会全副武装地去同样没有"开荒"的梧桐山"探险"，那时，梧桐山不像今天这样具有安全保障，在山上，我俩最需要防备的是野猪和夹野猪的夹子……

每当回忆起自己儿时与父亲在户外的经历，感觉仿佛就发生在眼前。我不禁感叹：二十多年的时光，宛如一瞬。

不过，现在我和父亲的互动早就脱离了"户外"的范畴，而是发生在生活的方方面面。因为，我的父亲已经不会再把自己的爱好当成子女的爱好。当年，他不顾周围许多人的反对，选择了自己的人生——走上登山探险的道路。现在，他也领悟到了，自己的孩子也会拥有他自己的人生。

对于父亲 20 年来的经历，我的感想是：他不仅仅是一个英雄，还是我的父亲；他不仅仅是我的父亲，还变成了我的朋友。

当然，我内心也怀有一点遗憾。从前我一直认为，自己大概是世界上最不了解父亲的儿子。虽然感觉说法有点奇怪，但是读了这本书以后，我发现自己更加了解父亲了。

因为，曾经的我只知道父亲山下的故事，但是父亲的人生，却远远不止这些。

目录

在这屹立了亿万年的山峰之上，任谁都会感叹人类的渺小。然而天地之间，似乎又只有人类才愿意挑战自身的极限，触碰世界的极点。

「14+7+2」中国第一人

2014 年，安纳普尔纳峰。（摄影：张梁）

"14+7+2" 是什么？

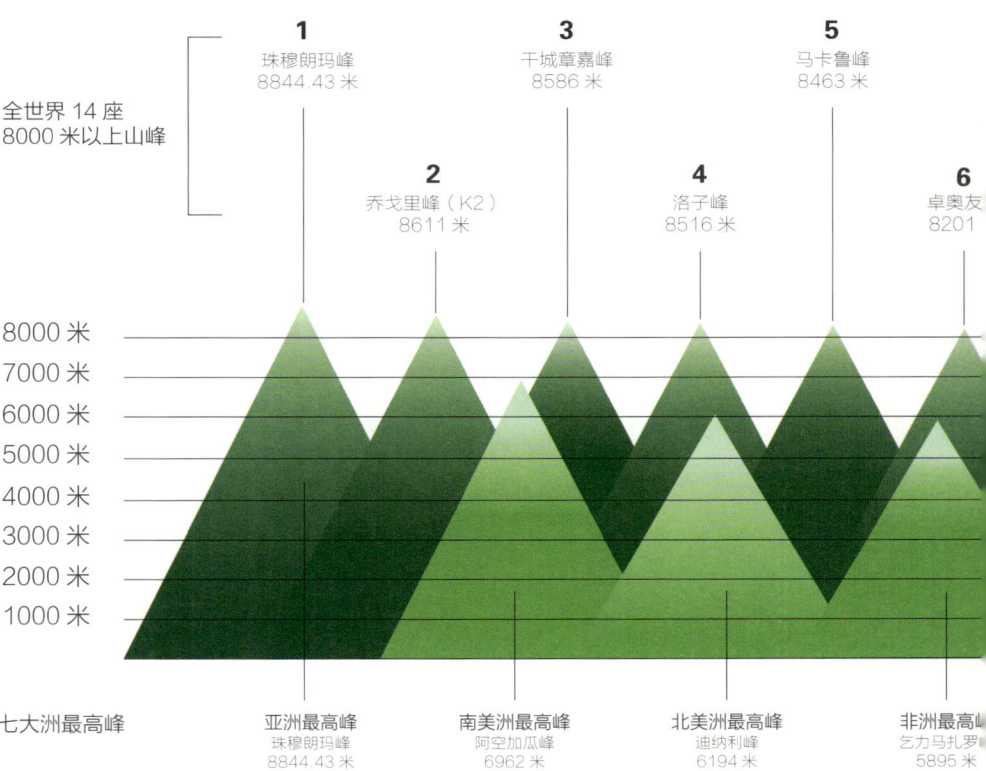

全世界 14 座
8000 米以上山峰

1
珠穆朗玛峰
8844.43 米

3
干城章嘉峰
8586 米

5
马卡鲁峰
8463 米

2
乔戈里峰（K2）
8611 米

4
洛子峰
8516 米

6
卓奥友
8201

8000 米
7000 米
6000 米
5000 米
4000 米
3000 米
2000 米
1000 米

七大洲最高峰

亚洲最高峰
珠穆朗玛峰
8844.43 米

南美洲最高峰
阿空加瓜峰
6962 米

北美洲最高峰
迪纳利峰
6194 米

非洲最高山
乞力马扎罗
5895 米

　　"14+7+2"这组数字，在攀登者眼中有着不同寻常的诱惑力。它被称为人类登山探险的终极梦想。"14"指全世界14座海拔8000米以上的山峰，"7"指七大洲最高峰，'2'指用探险的方式徒步滑雪抵达南北极点。

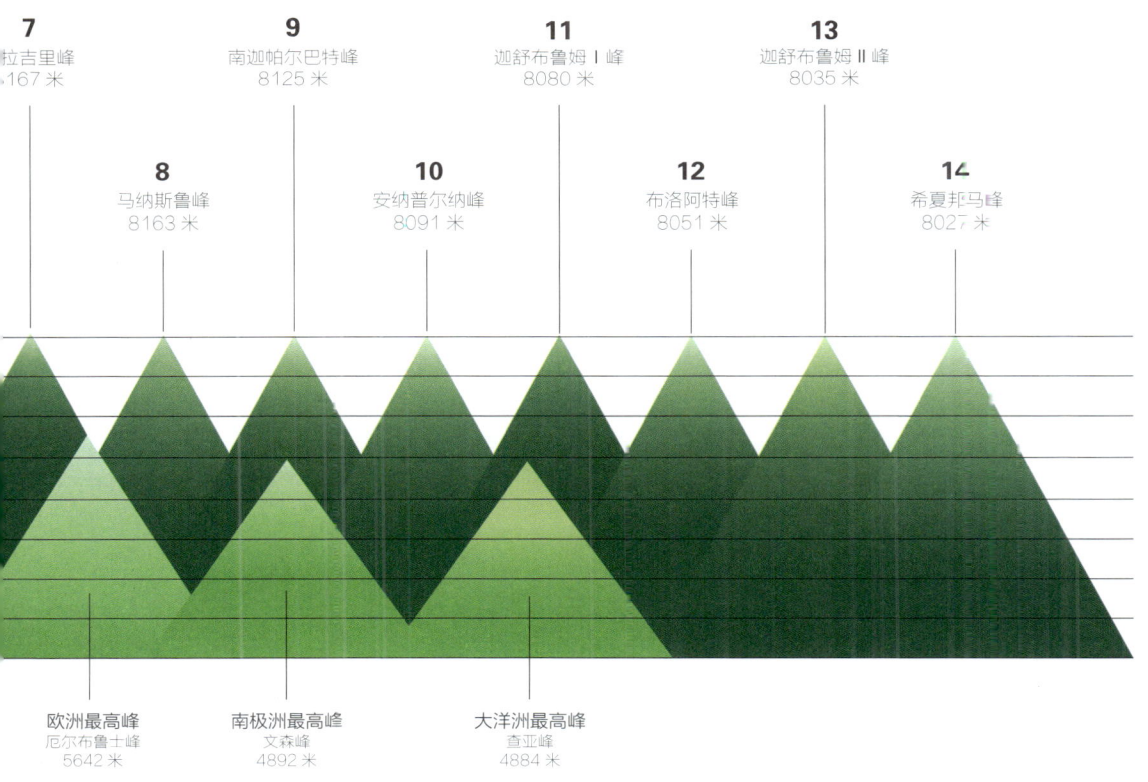

7
拉吉里峰
8167 米

9
南迦帕尔巴特峰
8125 米

11
迦舒布鲁姆Ⅰ峰
8080 米

13
迦舒布鲁姆Ⅱ峰
8035 米

8
马纳斯鲁峰
8163 米

10
安纳普尔纳峰
8091 米

12
布洛阿特峰
8051 米

14
希夏邦马峰
8027 米

欧洲最高峰
尼尔布鲁士峰
5642 米

南极洲最高峰
文森峰
4892 米

大洋洲最高峰
查亚峰
4884 米

（数据截至 2020 年 5 月 31 日）
本插图设计参考中国农业银行深圳分行《登峰造极》

在南迦帕尔巴特峰上鸟瞰众山。（摄影：张梁）

天终于蒙蒙亮了。

张梁停住了攀登的脚步，在原地大口喘气。他侧头向右望去。此时，他的周围密集地分布着 5 座海拔 8000 米以上和 50 多座海拔 7000 米以上的山峰，远处的天际线镶着一层薄薄的金色，隐约之间还能看到一个尖锐峰顶的影子。那层金边好像黑暗与光明的边界，有种梦幻的美。他掏出摄像机机械地拍摄了 20 秒。

8000 米高的雪岭雄峰之上，寒风如同冰冷的子弹一排排扫射而来，丝毫没有要停歇一会儿的样子。风速已高达 41 米 / 秒，接近 14 级超强台风的最低风速，而仅 10 级强风就已经能将树木连根拔起。这是张梁自攀登以来遇到的最强风，如果没有冰爪鞋抓住地面，随便一阵风都能把他刮到悬崖下。更要命的是，此时还伴随着零下 30 多摄氏度的严寒。张梁和队友近乎匍匐地在背风面前行。在如此恶劣的环境里，如果没有特别严密的防护，人类会即刻失温而死。

时间是 2017 年 10 月 2 日早晨 6 点。张梁站在被称为"杀人峰"的世界第九高峰南迦帕尔巴特峰上。这座山峰位于巴基斯坦吉尔吉特巴尔蒂斯坦地区，绵延2450 公里的喜马拉雅山脉在这里抵达了它的最西端。以张梁身处的位置为坐标，不断将镜头拉远，会发现南迦帕尔巴特主峰旁边还有 4 座次峰，南肩峰海拔 8042 米，北肩峰海拔 8070 米。如果镜头再拉远，从卫星云图的视角看，你会发现，地球上几大巨型山脉居然都汇聚在此——喀喇昆仑山脉、喜马拉雅山脉、兴都库什山脉都在这里交会。

整个世界，只剩下张梁和他所在的不到十人的小队伍。地球之脊上，这一行人是唯一一拨直立行走的智力生物。他们此刻是被一群高山淹没的孤绝行者。距离他们最近的人烟在百公里之外，如果发生什么事，除了他们自己，没有谁能提供帮助。

站在这屹立了亿万年的山峰之上，任谁都会感叹人类的渺小。然而天地之间，似乎又只有人类才愿意挑战自身的极限，触碰世界的极点。人类正是这样奇怪的生物，他们一面感叹自然的伟力和自身的渺小，一面又渴望在自然之中找到自己。没有挑战，也就失去了存在感。于不可能中制造可能则是终极挑战。起码，像张梁这样为数不多的攀登者，渴望在终极挑战中找到自己。

近期，张梁的目标是爬上这座被世人称为"杀人峰"的峰顶。此时，他距离主峰峰顶的垂直高差只有 125 米。然而在海拔 8000 米上的 100 米和平常我们所说的 100 米有着天差地别——且不论眼前超过 80 度的山体坡度，越往上，海拔每增加 1000 米，气温平均会降低 6 摄氏度，空气会变得更稀薄，人的耐受力也将接受更严峻的考验。更可怕的是，可能上一秒这众山之巅还看上去雄伟壮丽，下一秒就已经风起云涌，万分狰狞。

"南迦帕尔巴特"在南亚次大陆的乌尔都语、印地语中都是"赤裸之山"的意思。因为它光秃秃地袒露着山体，毫无遮碍。然而这并不意味着它愿意把什么都向人袒露，至少它从不会预告危险。尽管只是世界第九高峰，但它的攀登难度却位列全世界仅有的 14 座 8000 米以上山峰中的第一梯队。在这座山峰上，攀登者不仅要应对极低温和糟糕的天气，更要挑战绵延 4572 米、冰岩混合的世界最大岩壁鲁泊尔岩壁。这岩壁像一座巨大的城墙抵御住想一窥究竟的人们。难还是其次，危险才是最致命的。2012 年的一项数据显示，攀登南迦帕尔巴特峰的死亡率高达 20.7%，位居全球 8000 米以上高峰中的第三。至今，这座又被人类登顶过 335 次的山峰已有 65 人为它献出了生命。

"杀人峰"的名号毫不夸张。几十年来，人类为了挑战这座喜马拉雅山脉最西端的山峰付出了惨重代价。早在 1910 年，英国人就在这片山区活动。各国登山家花了几十年时间，不但没有找到登顶的法门，还有 31 人为此丧生。直到 1953 年，奥地利登山队的赫尔曼·布尔踩在一条狭窄的山脊线上，人类才第一次登上它的峰顶。代价是惨烈的，除了登顶的布尔，其余 20 多名登山队员及搬运工全部在攀登中遇难。著名的意大利登山家莱因霍尔德·梅斯纳尔曾两度登顶此山，其中一次，团队在下山时遭遇雪崩，他失去了弟弟肯特·梅斯纳尔。有人曾止步于接近峰顶的位置，有人即使拼尽了最后一丝力气爬上山顶，也因力竭而再也无法下山。

这座"杀人峰"之于中国人的记忆尤为惨烈。那场震惊世界的惨案完全针对外国登山者，5 名当地厨子全部幸免于难，中国队员杨春风和饶剑峰不幸被杀害。

就在几个月前，张梁也曾挑战过这座山峰。2017 年 5 月中旬。距离第一次启程攀登南迦帕尔巴特峰还有 10 天，张梁从家里找出一个黑色封皮的小笔记本，用来记登山流水账。这是他自攀登之初就养成的习惯，每登一座山就换一个新笔记本，本子已经攒了一大摞。他在笔记本上仔细地罗列备忘事项：签证，付登山款，买保险，准备卫星电话，提前兑换港币、美元、卢比，拷贝电影到手机……

事无巨细。装备清单写了密密麻麻 7 页纸，其中又细分了"徒步进大本营的装备清单"和"大本营上一号营地的装备清单"等。由于在山上饮食极不均衡，经常会引发口腔溃疡，他照例在药品清单中写上"西瓜霜"，再备注"带小镜子"——这样他就能一手拿着镜子，一手把西瓜霜准确喷到口腔溃疡的位置。以前忘记带小镜子时，"盲喷"经常喷不准，令他十分苦恼。

5 月 25 日，张梁拎着两个长型大包出门了。在香港机场出发时，他的行李超重，被罚款 1870 港币。这次超重罚款比以往任何一次都高，尽管拎着它们出门时已经预料到了这一点，但张梁仍有些心疼。因为将在山中待上两个多月，大量药物及食物不能省略。他还带了一个摄影包，里面装着他的摄影器材。他想起自己第一次登珠峰时只带了一个美能达牌胶片相机，根本拍不了什么像样的照片。那时可真的是什么都不懂。

在这次出发攀登南迦帕尔巴特峰前不久，为了提前适应高海拔，张梁又去了一次西藏，分别在珠峰大本营、海拔 5800 米、海拔 6200 米的位置各宿了一晚。在那里，远远可见珠峰顶峰巍峨，那是他 8000 米梦开始的地方。

6 月，张梁经过杨春风遇难地，休整之后向顶峰发起冲刺。这场冲刺持续了十几个小时，却最终止步于海拔 7918 米的位置——登山队耗光了所有氧气，被迫撤退。在下撤的过程中，张梁甚至产生了他个人登山史上的首次幻觉。在山上出现幻觉是非常危险的情况，一旦发生，人就很容易迷失方向或不再行走，甚至可能坠入山谷。

上一次死里逃生的张梁四个月后又回来了。这一次，他离顶峰已只有几百米之遥。如果成功登顶，人们将会纪念他的这次攀登，他将获得中国登山界的至高荣誉。

此时张梁的脑子里没有太多杂念，他只知道，再坚持下去，攀过前面的岩石路段，然后向右侧绕行一段路，再向上，便能登顶。眼下，寒冷与疲惫包裹着这个 53 岁的男人。目光所及的范围内，雪白，空旷，孤寂，除了冰镐或冰爪插进雪地里发出的"咯吱"声，就只剩下他自己急促的喘气声了。有时，风会吹起浮雪拍打在氧气面罩上，好在有这层面罩遮挡，让脸不至于完全暴露在高海拔寒冷的空气中，减少几分疼痛。宽大的专业雪镜也起到了一定的遮挡作用。当然，戴雪镜的主要目的是防止可怕的雪盲。雪地对阳光的反射率可达 95%，在这里看雪相当于直视太阳。紫外线会对结膜上皮和眼角膜造成损害引起炎症，如果没有防护，你会立刻流泪，畏光，眼睛感到刺痛，甚至短暂失明。对于常年登山的人来说这种伤害更可怕，因为慢性伤害会逐渐累积，造成不可逆的永久伤害。而只要得过一次雪盲，稍不注意再次患上，轻则视力衰退，重则永久失明。但登山者们依旧喜欢太阳，因为阳光的危害要比风雪温柔一万倍。

阳光让眼前的路线更清晰了。朝阳也给人心里带来慰藉，甚至似乎能让人步伐更轻快一点。而在此之前，张梁几乎什么也看不清。他们一行人是凌晨 1 点从四号营地出发冲顶的，已经在黑暗中煎熬了一整夜。他们必须这么做。因为如果再晚点出发，他们就不可能在白天下山，那样结果可能只有一个：死。

望山跑死马。接下来的这最后一段垂直高差 100 多米的山路，实际攀登起来起码需要两三个小时甚至更久，因为在这样的高处，完全无法预料会出现什么样的干扰因素。

此时张梁的大脑里已经没有多余的情绪，甚至没有了思维。他向上行进的每一步都是缓慢而机械的。如果你感受过腿脚像灌了铅或者曾跑到腿软，你就能理解这种缓慢的痛苦。他只能一步，两步，三步，四步地挪动，而后停下来，握着冰镐原地站住默默缓几口气，歇一歇，再抬起腿继续，一步，两步，三步，四步……如此往复。

几名队友分散在张梁前后，他们之间的间距大约 20 米。为了尽可能安全，队友们身上系着绳索，彼此相连，结组攀登。这可以简单通俗地理解为大家拴在一根"救命稻草"上，一旦某位队员不慎滑坠，其他几名队员便起到"固定点"的作用，凭借彼此相连的绳索和其他队员的体重拽住滑坠的队员，阻止他继续下滑。在这山势近乎垂直的高山上，滑坠事故随时都可能发生，无保护的滑坠几乎等于死亡。

从一个遥远的视角俯视，这是一支在雪山上缓慢有序地前行的队伍。但到近处看，队员们的连接又似乎是松散的，是一个个孤立的个体，彼此之间几乎没有交流，事实上他们无力也无心交流。在这高山上，连说话都变成了一种奢侈——说话会消耗能量。每个人都在默默与自己对抗，像一场寂静无声的战斗。要攀登高峰，必须习惯保持沉默。

张梁的前方是明玛与刘永忠。明玛是夏尔巴人，一位精力充沛、技术出众的IFMGA（国际高山向导协会联盟）国际高山向导。在尼泊尔，取得同样资质的高山向导仅有几十人。但明玛的步伐看起来也不轻松。刘永忠和张梁一样来自深圳，他与张梁结伴共同攀登过几座8000米级山峰。他体能好，速度快，算很有经验，也曾几度在雪山上死里逃生。队伍中还有一名叫静雪的女队员，也是一位低调的民间登山者，除了能偶尔在登顶的新闻中看到她的名字外，便很少再有关于她的消息。她和国内另一位知名的民间登山者王静有点相似，都是身材娇小的女性。在攀登领域并不乏女性攀登者，她们看似柔弱，攀登雪山时却也极具韧性。

经过了从夜里到白天不间断地攀登，每个人都异常艰苦。尤其在岩石路段，金属材质的冰爪踩在石头上容易打滑，稍有不慎就会滑坠，必须十分小心，因而也十分耗费体力，异常艰难。张梁的做法是，尽量去踩石头间隙有雪的地方，同时寻找下一步落脚的合适位置。他必须让自己的每一步都尽量准确——在高海拔的峭壁之上，每一个多余的动作都会耗费能量。

张梁的左腿膝盖不久前因为积水肿痛在医院抽了10管积液，医生建议他好好休养不要登山，他没有听。在他看来，或者说在很多攀登者看来，积水之类的问题是职业病，不可避免，他不想因此错过机会，毕竟每年最适合攀登的时间只有这个把月，之后天气会变幻莫测，是无边的寒冷和无穷无尽的暴风雪。

这段岩石与雪混合的路线很长，在翻过了几个看似顶峰的山头后，张梁终于走到了真正的顶峰跟前。此时距离队伍出发的凌晨1点已经过了整整11个小时。

靠近雪山之巅，太阳似乎就在眼前，分外耀眼。一眼望去，南迦帕尔巴特峰的峰顶并不大，终年的积雪旁是裸露的岩石。风声在耳边依然猛烈，但天空湛蓝洁净，这是一个好天气。

"阿忠！几点了？"张梁一边冲刘永忠喊，一边迈过最后几步路。刘永忠、明玛及另外两位夏尔巴向导已经先一步到达峰顶。"喔——"没等刘永忠回答，旁边的明玛一见张梁上来，立刻直起身挥动双臂表示祝贺，他看起来状态不错。张梁挥动一下冰镐"喔"了一声以示回应。夏尔巴向导率先张开双臂拥抱张梁。接着，队员们彼此拥抱，庆祝来之不易的胜利。

"好啊！"明玛用生涩的中文对张梁说，"8000米，完了！"说罢，他与张梁击掌。他想表达的完整意思是："全世界仅有的14座8000米级高峰，你都登完了！"

此时是当地时间12点40分，张梁成功登顶海拔8125米的南迦帕尔巴特峰。他创造了自己登山的历史，成为中国第一位完成"14座"的民间攀登者。

俯瞰山峦，众峰雄壮，云海在脚底翻滚，云雾稀薄的地方，能看到连绵不绝的喜马拉雅山脉。张梁举起摄像机，把镜头对向自己。他已摘下了氧气面罩，他的胡子上挂满了冰碴。他望了一眼天空，对着镜头说道："历尽千辛万苦，终于登顶了南迦帕尔巴特，8125米，难度非常大的一座8000米级山峰。"这里是距离中国深圳四千多公里的巴基斯坦，没有他人想象中那样欣喜，这位站在山峰之巅的中国男人只简短而平静地陈述了这么一句后，便合上了见证历史的镜头。

张梁成功登顶南迦帕尔巴特峰。（图片提供：张梁）

1997 年，中国人第一次登顶此山。二十年后，张梁也成为此山攀登者中的一员。现在他成功了。他从背包里掏出五星红旗在胸前展开，然后与天地、山峰合影——与之前每一次登顶成功后一样。

在全世界的登山者中，有很多并不是职业选手。尽管他们当中的佼佼者在登山技能上并不输职业登山者，但他们其实都另有一份本职工作。这些人被称为民间登山者，张梁就是其中之一。

身高 1.76 米的张梁，身体比普通人健硕许多，这让他看上去比真实身高要高出不少。他的连体羽绒服右胸上的刺绣胸牌显示了他的日常身份——中国农业银行深圳分行的一名普通员工。和我们熟悉的所有银行职员一样，张梁在位于深圳罗湖的农行深圳分行大厦里有一个普通的贴有名字的工位。上班时，他会穿着平整的衬衫和西裤，头发短齐，胡须刮净，举手投足间透着金融从业者普遍拥有的礼貌与恰当。他走路姿势端正，给人成熟稳重的印象。办公楼里的同事对他十分客气，即使是与他儿子年纪相仿的"90后"，都会习惯性地叫他一声"梁哥"，他也会客气地冲对方点点头。

张梁的这种形象非常绅士。他的礼貌始终保持着分寸感，不仅在办公室，也在除了登山以外世俗生活的各个角落。在深圳，他活得如同一个一眼看上去就很有故事的城市精英。

当然，这仅仅是张梁的一面。人迹罕至的傲峰之上的张梁与都市里的张梁形象大相径庭。起码从外形上看，山上的张梁要更粗犷一些。寒风与暴晒让他的脸色变得黝黑，有时还爆皮。每次进山之后他便不再刮胡子，他将这种无奈戏称为"蓄须运动"。一两个月与世隔绝的登山生活里，他逐渐化身为一个胡子拉碴、饱经风霜的男人，甚至有点像个纯朴的老汉。如果不是那些专业的帽子、手套和连体羽绒服，他看上去会像一个在雪山深处遁世的隐居者。你很难把这样的他和那个精致的都市形象联系起来。

但这也是张梁人生中熠熠发光的另一面。

在过去的近 20 年里，张梁从国内海拔 6178 米的玉珠峰开始，陆续攀登了珠穆

工作中的张梁与登山时的张梁完全是两种形象。（组图）（图片提供：方晖、张梁）

朗玛峰、道拉吉里峰、马卡鲁峰、干城章嘉峰、安纳普尔纳峰、乔戈里峰等令人望而生畏的著名 8000 米级山峰。到南迦帕尔巴特峰为止，他已经完成了全世界 14 座 8000 米级山峰的登顶。这个普通的男人，一名普通的银行职员，在他过去生命中三分之一的时间里，从未停止过站上山巅的脚步。

张梁并不是什么少年登山天才。他没有像登山家梅斯纳尔那样 5 岁就跟随父亲登山，12 岁就独自一人登顶当地一座山峰的经历；也不像登山家马洛里——就是那位被问到为什么登山而说出"因为山在那里"的英国人，仿佛登山就是不需要任何理由的使命。

此前的张梁十分普通，他甚至直到 36 岁才遇上玉珠峰，那是他第一次邂逅海拔6000 米以上的高峰。当时他还因高原反应而头痛欲裂，发誓再也不爬了。然而，他不仅继续攀登了下去，而且比很多曾经立志登山的人都更为坚持。很多人因受伤、辛劳、恐惧、家庭等各种因素放弃了，他却头也不回地登上了一个个山巅，并且不断创造个人的历史，深圳登山者的新高度，乃至中国民间登山的新历史。

张梁的奇迹，是一个没有体育背景，甚至没有什么钱的普通人的奇迹。在这奇迹中，不可否认他是幸运的。虽然他是半路出家，可在十数年来险象环生的攀登历程中，他几乎没有受过什么严重的伤，没有任何一根手指或脚趾因为冻伤而被截掉，身上也没有留下其他后遗症。全世界很多著名的登山家都长眠于雪山之上，还有很多登山家的身上留下了很多登山事故造成的伤痕，张梁却始终保持着健康、完整的身体。

或许在普通人的认知中，会花十几年时间跨过各种高山大海，一定是对冒险的热情异于常人的狂热者，感性而疯狂。但张梁不是。相反，他是冷静的，异常冷静。攀登时，他严谨，理性，甚至有些保守。他优良的身体条件很可能来自父母的遗传，敏锐的反应力则来自后天的揣摩与实践。不管怎么说，一次平安攀登可能多少要感谢好运气，但多年的平安攀登，绝非"幸运"两个字就可以简单说明。

从结果上说，成功登顶 14 座 8000 米级山峰的，在世界范围内也只有区区几十人。但对于张梁来说，意义远不止如此，因为这更意味着距他达成终极攀登目标只剩下最后一步。其实在媒体和所有熟悉张梁的人看来，登上南迦帕尔巴特峰，基本就意味着他的伟大目标已经胜券在握。而整个户外界，也都在期待张梁达成他的终极目标。

事实也正是如此。登顶南迦帕尔巴特峰 8 个月后的 2018 年夏天，张梁完成了他个人攀登极限挑战的最后一步。那是阿拉斯加时间 2018 年 6 月 7 日下午 5 点 30 分，他成功登顶了位于北极圈附近的海拔 6194 米的北美洲最高峰迪纳利峰。至此，张梁成为完成"14+7+2"这一人类攀登壮举的中国第一人、世界第二人。"14+7+2"这组数字，在攀登者眼中有着不同寻常的诱惑力。它被称为人类登山探险的终极梦想。"14"指全世界 14 座海拔 8000 米以上的山峰，"7"指七大洲最高峰，"2"指用探险的方式徒步滑雪抵达南北极点。全世界完成了这个终极梦想的只有两个人：韩国的朴英硕和中国的张梁。朴英硕只比张梁大一岁，是一名职业登山者。因此也可以说，张梁是人类历史上第一个完成"14+7+2"的民间登山者。

朴英硕登山生涯的开启要比张梁早许多。20世纪80年代末，他就已经开始涉足海拔六七千米的山峰。

世界选择韩国人第一个完成"14+7+2"这一艰难的目标，是时代促成的。

世界各国登山热潮涌起和人才辈出的历史轨迹，与他们迅速崛起的历史时期和迈入全球化的历程有着某种神秘的联系。现代登山运动发源于英国等欧洲国家，殖民主义和海洋文化的熏陶让许多探险者开启了探索世界极点的旅程；而后则是在更为强盛的美国，登山探险运动普遍兴盛；到了20世纪80到90年代，韩国经济迅速腾飞，成为"亚洲四小龙"之一，其社会转型成功及经济快速发展刺激了社会观念和生活方式的悄然变化。登山探险活动作为欧美国家的"舶来品"，开始在韩国民间孕育和发展。朴英硕1991年开始尝试攀登珠峰，1993年成功登顶。登顶珠峰后，他仅用了八年两个月零六天，就以当时世界用时第二短的纪录，完成了14座8000米级山峰的攀登。如此频密地登山，也让朴英硕获得了"喜马拉雅铁人"的绰号。2005年，这位铁人成为完成"14+7+2"的世界第一人。

就像一场冥冥中已经安排好的接力游戏。正是2005年，攀登8000米级山峰才两年的张梁成功登顶珠峰，并自此开启了他的攀登人生。

与韩国的情况相似，因为经济的快速发展，融入世界的程度越来越深，登山运动在中国得以快速发展。人类极限攀登的热潮，也从韩国交棒给了迅速崛起的中国。张梁所在的深圳，是中国最早一批改革开放的城市之一。这里最早用"时间就是金钱，效率就是生命"的理念，改造了中国人的经济思想和工作行为。但这不是

人类登山时间线

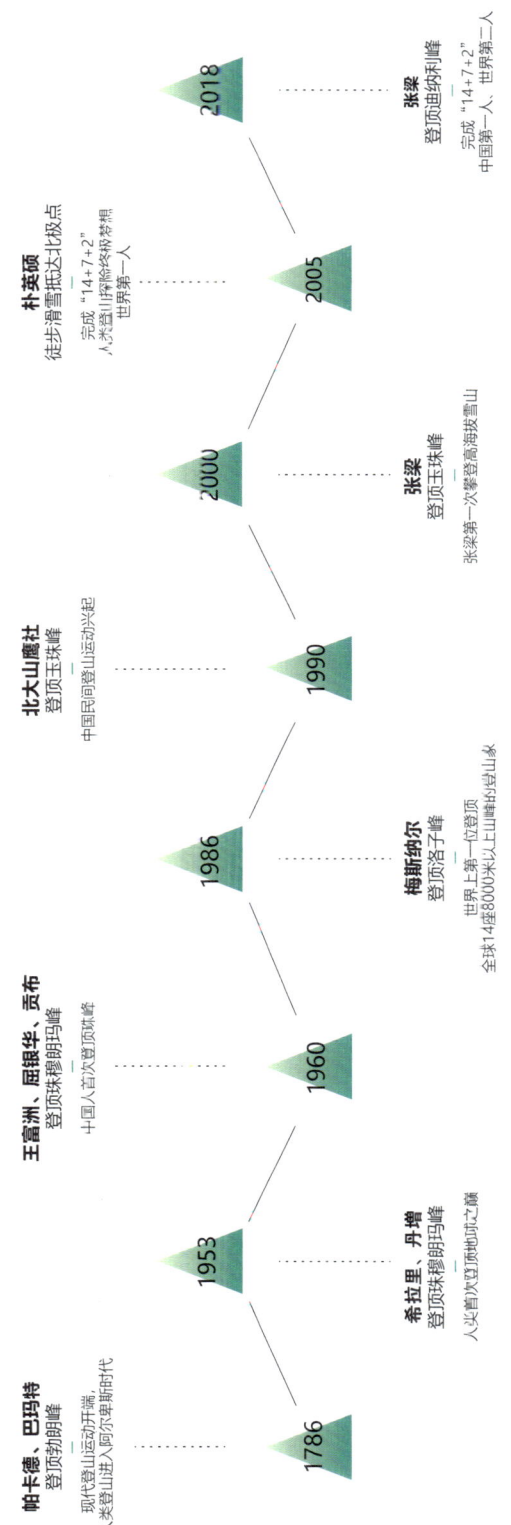

帕卡德、巴玛特
登顶勃朗峰

现代登山运动开端，
人类登山进入阿尔卑斯时代

1786

希拉里、丹增
登顶珠穆朗玛峰

人类首次登顶地球之巅

1953

王富洲、屈银华、贡布
登顶珠穆朗玛峰

中国人首次登顶珠峰

1960

梅斯纳尔
登顶洛子峰

世界上第一位登顶
全球14座8000米以上山峰的登山家

1986

北大山鹰社
登顶玉珠峰

中国民间登山运动兴起

1990

张梁
登顶玉珠峰

张梁第一次攀登高海拔雪山

2000

朴英硕
徒步滑雪抵达北极点

完成 "14+7+2"
人类登山探险终极梦想
世界第一人

2005

张梁
登顶迪纳利峰

完成 "14+7+2"
中国第一人、世界第二人

2018

本挂图设计参考中国农业银行深圳分行《登峰造极》

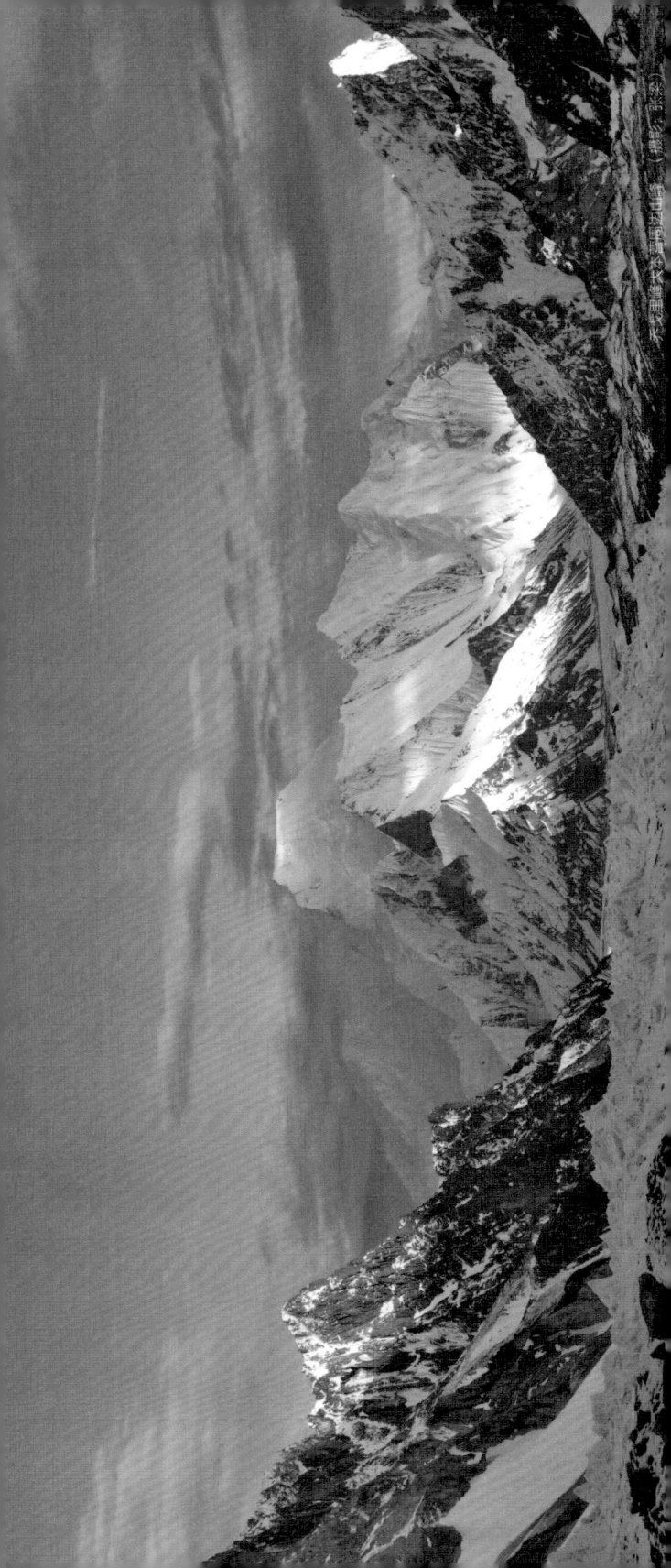

这座城市的全部贡献。经济特区建立以来，深圳不但吸收西方的资金、管理机制、外来人才，还成为一块吸收西方现代文化和生活方式的海绵。无数接触西方生活方式的海归、新兴的新富阶层、中产阶级以及教育背景良好的白领，成为新生活方式的传递者。因为追求与众不同的生活诉求，他们引进了各种各样的生活玩法。诸如滑板、公路自行车、帆船等新兴的极限运动都发端于深圳民间，然后逐渐辐射全国。户外探险和攀登运动，也是其中一例。

这是一场全球化思潮作用于生活方式的改革运动。数千年的农耕文明，决定了中国人的目光多放诸内陆的平原河川，对于大山和大海的文化理解，更多的是存在于文人墨客寄情于思、言物表志的意境之中。而西方近代文化思维建筑在商业文明、海洋文化和个人主义、冒险精神的基础之上。这是和中国传统文化迥然不同的文化思维方式。但这并不意味着舶来的生活方式在中国不具备生存土壤。全球化的浪潮和文化的交融，与中国兼容并蓄和追求大同的文化内核暗合，让国人也找到了接纳海洋文化的合理性。追求个人价值和冒险精神，在改革前沿的深圳孕育成长。它不只是闪烁在民间企业家的创业经历之中，也在民间的各领域生根发芽。这个时代，每个身处其中的人，都被这一文化变局改造了。

张梁是冒险精神中国化的无数案例中的一个。他是20世纪80年代最早一批移民深圳的金融业大学生。他也跟随时代的脚步，成为民间最早一批接触户外登山运动的深圳人之一。在深圳户外圈浓郁的攀登氛围之下，张梁终究还是被拐进了登山的队伍。他不是天选之子，可这个生机勃勃的时代又似乎悄悄为他铺就了成就历史的轨迹。

尽管我们可以理解张梁那不可思议的纪录是为中国人的探险史争光，但对于个人来说，每场冒险都是以生命作为赌注，这与历史彼此成就的登山之旅，绝不是花好月圆的田园牧歌。

2011年，朴英硕在带队攀登安纳普尔纳峰的过程中不幸遇难，因此张梁是全世界"14+7+2"纪录创造者中唯一健在、健康的人类。

在人类登山探险的进程中，"死亡"二字始终挥之不去，它昭示着人类勇于探索和冒险的极致成就，都来之不易。以世界上海拔最高的喜马拉雅山脉为例，它穿过中国、不丹、尼泊尔、印度及巴基斯坦等国，共有468座海拔5000米以上的山峰。多年来，它吸引了世界各地登山探险爱好者的挑战，同时也持续地给这些"冒险王"们带来威胁。2019年春，"珠峰登山季至少11人遇难"的新闻在很长一段时间内被广泛讨论，这个近几年最严重的山难事件迫使人类再度反思攀登8000米级山峰的一系列安全问题。一个残酷的事实是，尽管如此危险，但在8000米级山峰中，珠峰并不是攀登死亡率最高的。根据《经济学人》2012年的统计，珠峰攀登死亡率为4%，在8000米级高峰中排名倒数第四。迄今为止，攀登死亡率最高的是安纳普尔纳峰，高达34%。也正是这座安纳普尔纳峰，曾让张梁在"14+7+2"的艰辛道路上第一次萌生退意。

就连被誉为"登山皇帝""当代最伟大的登山家之一"的莱因霍尔德·梅斯纳尔，在后来的回忆录里也是这样说的："我所有的成功都不值得我骄傲，值得我骄傲的只有一件事，我活下来了。"也正是他，在1986年率先完成14座8000米级高峰的攀登，成为实现这一壮举的世界第一人，并刺激了更多登山家将"完成 14 座 8000 米"设为心中的目标。如今，"14+7+2"更是这一目标的进一步衍生，这是人类登山探险的标志性高度，勇士们从未停止攀登的步伐。

那 18 年间，张梁共进行了 36 次攀登，登顶雪山 25 座，遇到 4 次重大山难，9 次放弃冲顶，12 名队友遇难，数次死里逃生。

不必讳言，绝大多数人根本无法接受哪怕一次这样的可怕经历。张梁作为一个普通人，为什么要选择完成这样充满恐惧与危险的挑战？难道他对登山探险甚至塑造人类极限挑战的历史有某种超越生死考验的执念吗？心理学家或许认为有些人具备某种英雄人格，但从张梁身上似乎看不出有这种人格的痕迹。

事实上，每个登山者对登山的人生诉求不尽相同，有时候他们并不把自己当作英雄，他们追求更多的是对自身的重塑。戴维·罗伯茨在《犹豫的时刻》里对此的理解是："登山的魅力就在于它使人际关系变得更加单纯，个人交情被淡化，沟通协作得以加强，就如同战争，其他因素取代人际关系本身。而探险充满神奇的吸引力，它所蕴含的那种坚忍不拔和无拘无束的随性生活理念，是对我们文化中固有的追求舒适与安逸生活态度的一味解药。它标志着一种年少轻狂式的拒绝，拒绝怨天尤人、拒绝意志薄弱、拒绝复杂的人际关系、拒绝所有的弱点、拒绝缓慢而乏味的生活。"

托马斯·霍恩宾的态度更为直接，他说他自己也很好奇，他艰难跋涉是否只是为了印证一个事实："我能找到自己丢失的某些东西。"

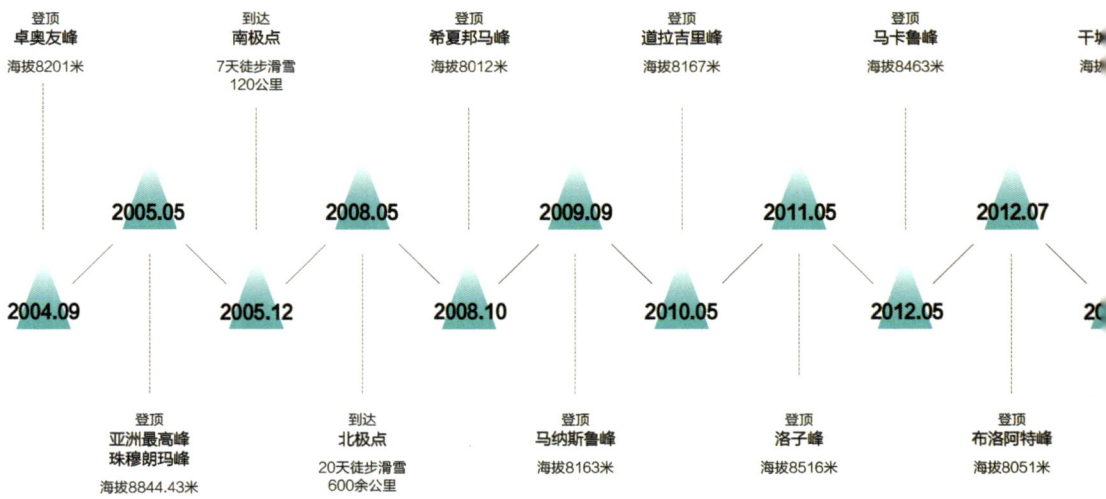

张梁像是两位登山家的态度集合体。

登山之前他还是一个朝九晚五的职工，一个渴望随性生活的普通人，年少的贫穷与大起大落的过往曾让他丢失许多欢乐，但登山带给了他不必理会世俗的机会，让他足以变得更强更决绝。

面对高峰，然后翻越过去。

这是所有普通人的人生解药。

2017 年的 10 月 2 日，南迦帕尔巴特峰，属于张梁的登顶时刻。这是张梁登山人生的一个重要节点，它给予张梁一个普通人的奇迹。

但张梁并没有什么特别的举动。他登顶后与以往一样，展国旗，展农行旗，然后录下视频。他没有哭泣，也没有激昂亢奋。相比成功登顶这座山峰对他的非凡意义，

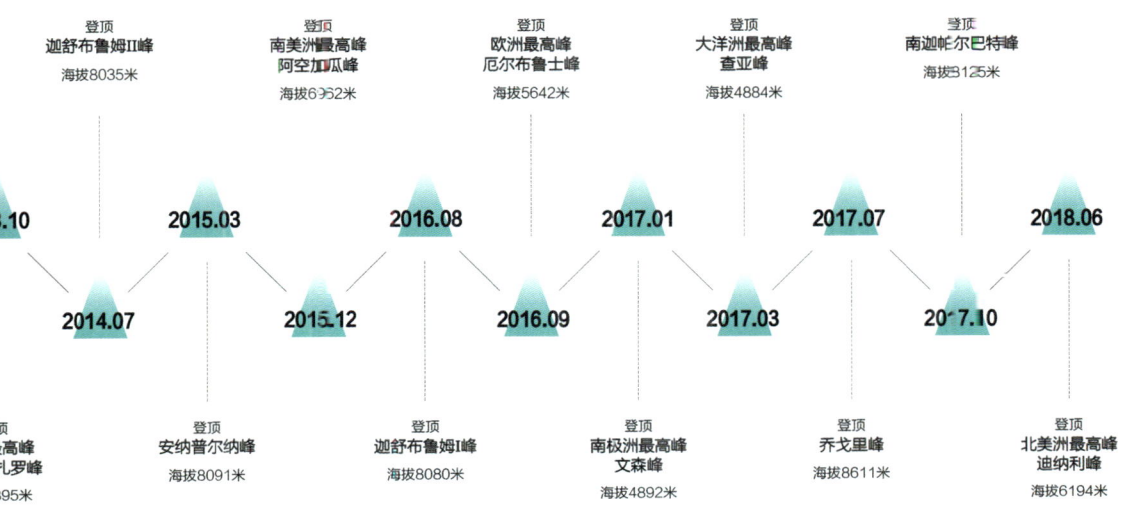

登顶
迦舒布鲁姆II峰
海拔8035米

登顶
南美洲最高峰
阿空加瓜峰
海拔6962米

登顶
欧洲最高峰
厄尔布鲁士峰
海拔5642米

登顶
大洋洲最高峰
查亚峰
海拔4884米

登顶
南迦帕尔巴特峰
海拔8125米

.10   2015.03   2016.08   2017.01   2017.07   2018.06

2014.07   2015.12   2016.09   2017.03   2017.10

最高峰
扎罗峰
395米

登顶
安纳普尔纳峰
海拔8091米

登顶
迦舒布鲁姆I峰
海拔8080米

登顶
南极洲最高峰
文森峰
海拔4892米

登顶
乔戈里峰
海拔8611米

登顶
北美洲最高峰
迪纳利峰
海拔6194米

张梁登山探险"14+7+2"全纪录。（本插图设计参考中国农业银行深圳分行《登峰造极》）

他的表现显得过于平静。后来再提及攀登过的 8000 米级山峰，他也没有强调过南迦帕尔巴特峰对自己的人生是如何关键。他在接受媒体采访时也坦承："14+7+2"并非他一开始就种在心中的梦想，他从未去想过这件事，甚至在已经攀登过好几座8000 米级山峰后，他还没听说过"14+7+2"这个概念。直到有一天时任万科董事会主席王石提醒了他，他才隐约地看到了这个方向。

他的心中，有另一座意义特殊的山峰。对于他来说，"14"这个数字更重要的意义并不是代表 14 座 8000 米级高峰。它意味着一个巧合。

登顶南迦帕尔巴特这最后一座 8000 米级高峰后，张梁想起十多年前的珠穆朗玛峰。

正是 14 年前的 2003 年，张梁第一次挑战了世界最高峰珠穆朗玛峰。这座举世闻名的雪山是张梁攀登 8000 米级山峰的起点，这座神山彻底改变了他的人生。

这世界可怕的不是不给普通人机会，而是给了机会却在关键时刻送上一记绝望的耳光。

珠穆朗玛：致命的诱惑

2005 年，珠穆朗玛峰。（摄影：张梁）

"你们想不想明年去登珠峰？"2002 年 8 月，中国登山协会副秘书长王勇峰问深圳的几位山友。为了沟通这件事，他专程从北京飞到深圳。

张梁丝毫没有犹豫："想去。"尽管他除了"珠穆朗玛峰"这个响亮的名字外对 8000 米级高峰的一切都毫无概念，尽管他从不关注这些，更没想过去攀登，但机会撞到眼前，他本能地接住。在场的王石、李伟文、梁群等也纷纷附和。他们中有商人，有大学老师，有普通职员，此前他们谁也没有攀登过 8000 米级山峰。

早在 1993 年，王勇峰就登顶了珠穆朗玛峰。他背着一罐仅两升的氧气冲顶，结果在海拔 8600 米的位置严重缺氧了，一度无法呼吸。缺氧导致严重的疲劳与虚弱，成功登顶后下撤时，他因大脑供血不足，视觉神经受损，右眼暂时性失明了。下撤时必须经过第二台阶，这是一段垂直 90 米的崖壁。由于眼睛出了问题，他无法看见安装在这里的梯子，一脚踩空，幸好被安全绳拽住，但整个人也因此倒挂在半空中。一面是万丈深渊，一面是靠不上的崖壁，他只有扭转姿势让自己翻过身才可能活下去。已经极度疲惫又缺氧的人想要在海拔 8000 米的悬崖上把自己拽起来简直比登天还难。尽管那一刻王勇峰已经觉得自己可能回不去了，但他仍没有放弃自救。他抓住绳索，用尽全身力气躬身，勒紧，摆正身体姿势。上天眷顾，他重新翻了过来贴住了山体。在失踪了 28 小时后，在队友们判定王勇峰基本已经死亡的情况下，他奇迹般地获救了，但也永远失去了三个脚趾。

时隔 10 年，王勇峰拉上了王石和张梁，他还要登珠峰，而且这一次动静更大，连中央电视台都要进行直播。

王勇峰的生死经历，张梁等一群普通登山爱好者此前从未遇到过。他们从未真正体验过 8000 米级山峰的恐怖。然而珠峰就是有这种魔力，让即使登山经验并不丰富的普通人也为之疯狂。沃尔特·昂斯沃思在《珠穆朗玛峰》中似乎预见了普通人面对珠峰时的反应，他说："有一种人，越是做不到的事对他们越有吸引力。这种人通常不是专家，他们的雄心壮志和想象力强到足以扫除那些谨慎认识的疑虑。决心和信念是他们最强大的武器。说得客气点，这种人叫怪人，说得不好听，那就是疯子……"沃尔特所说的"怪人"和"疯子"并非批评，而是形容人们面对珠峰时产生的欲望。他还说："虽然大多数人会认为这是对生命的无谓冒险，但他们明白这是必须完成的事情。"他们大多都不是毫无攀登经验的人，当然，也绝没有经验丰富到能视攀登珠峰为一个简单目标，但他们的热血仍旧一听到珠峰就会被点燃。

珠峰吸引着想"疯狂"一把的人们。张梁不是那种不管不顾的"疯子"，竟也免不了被吸引。也唯一一次与珠峰有关的记忆还是在 11 岁时。

少年张梁生活在河北石家庄中国化学工程总公司第十二建设公司（后文简称"十二化建"）厂区。那时最开心的事，就是看厂区家属楼之间的空地上不定期放的露天电影。每到那时候，大家都早早拿着板凳到空地上占好位置。在电影正式放映前，会有一段时长几分钟的新闻简报。1975 年的那个春夏之交，少年张梁一次又一次从简陋的银幕上看到那则反复播放的新闻简报——女队员潘多和 8 名男队员于 1975 年 5 月 27 日从北坡登顶珠峰，潘多成为中国第一位登上珠峰的女性。短片中，潘多和其他队员站成一排，共同在珠峰峰顶展开五星红旗，一个感情充沛、慷慨激昂的男播音员在旁白中说："鲜艳的五星红旗飘扬在地球之巅，中国人民无高不可攀、无坚不可摧的英雄气概震撼着世界屋脊……中国登山健儿创造的优异成就无可辩驳地证明，在毛主席和中国共产党的英明领导下，任何困难都不能阻挡中国人民胜利的步伐……"

那一年，登顶珠峰的队员被视为民族英雄。那时张梁还太小，只记住了"潘多"这个名字。童年里的英雄记忆总会让人印象深刻，并愿意付诸现实。所以当有一个机会摆在面前时，张梁无法拒绝。

珠峰是喜马拉雅山脉的主峰，地处中尼边境，它的北坡在中国西藏定日县境内，南坡在尼泊尔。1852 年，印度测量局首次测定了这座巨峰的高度，并确定其为世界最高峰。后来，该测量局又以前局长乔治·埃佛勒斯的姓氏将这座巨峰命名为"埃佛勒斯峰"——这大概是珠峰最不浪漫的名字了，但它在西方沿用了很久。实际上，世代居住在这座山峰北侧的中国藏族人民早就给它取了一个神圣美好的名字——"珠穆朗玛"，在藏语里寓意"女神""圣女""大地之母"。在它的南侧，尼泊尔人也为它取了类似寓意的名字——"萨迦玛塔"，意为"天空之神"。

20 世纪初，人类就开启了对这座世界第一峰的挑战之旅，但一直到 1953 年，新西兰人埃德蒙·希拉里和夏尔巴人丹增·诺盖才第一次登上了它的山顶。

一直到珠峰最终被登顶前，共有 15 支探险队被它挫败。最初的 8 次探险都是英国人发起的。其中，1924 年，一位叫爱德华·费利克斯·诺顿的英国探险队成员已经攀登到达了海拔 8573 米的高度，但最终因体力不支和雪盲症未能登顶。那位留下传世名言"因为山在那里"的著名英国登山家乔治·马洛里也在这一年向珠峰进发。那时他已经 38 岁，是第三次挑战这座山峰。1924 年 6 月 8 日中午时分，马洛里和他的搭档安德鲁·欧文奋力向顶峰攀登的身影还出现在山下同伴们的望远镜中，但当天晚上之后，两个人却再也没有回来。直到 1999 年，美国登山家康拉德·安克在海拔 8200 米的位置发现了马洛里的遗体，而欧文的遗体一直没有找到。关于两个人到底有没有登顶珠峰的讨论曾持续了很久，人们在权衡了各方证据之后，更偏向于认为，两人在遇难前未曾登顶。

1953 年，又是一支英国探险队带着强大的装备再度向珠峰发起挑战，并历尽艰苦于 5 月 28 日攀登到达了海拔 8500 米的位置。5 月 29 日一早，两名探险队成员在这个位置继续向顶峰发起最后的冲击，他们就是后来被世人所知的新西兰人埃德蒙·希拉里和夏尔巴人丹增·诺盖。上午 10 点左右，这座令人神往的山峰上天气极好，视野奇佳，希拉里与丹增缓慢而坚定地攀登着，周围的几座巨峰——马卡鲁峰、干城章嘉峰、卓奥友峰、洛子峰已经都在他们的俯视之下了。不久，他们就走到了一块高达 12 米的陡峭光滑的岩石脚下，这里就是后来被称为"希拉里台阶"的地方，是冲顶过程中最难的一段路。"那块岩石很光滑并且几乎没有任何抓点，在英国湖泊地区的星期天下午，它或许会成为专业攀登者们有趣的挑战对象，"希拉里后来这样幽默地评论，"但在这儿，处于我们这样虚弱的情况，它是一个难以克服的障碍。"

最终，希拉里找到了一条将岩石与雪檐分离开来的狭窄裂缝，他侧身挤进这条裂缝，将冰爪踢进雪里，并用手和背部顶住岩石，一点点地向上移动，"不断地祈祷，雪檐会一直与岩石连接在一起"。希拉里回忆，一寸寸地挪上去后，他到达了一个积雪的平台，在那儿，他得以缓过一口气，再协助丹增也爬上来，两个人再继续艰难前进。就这样，当天上午 11 点半，希拉里和丹增成为世界上最先登顶珠峰的人，丹增还将女儿送给自己的几块饼干和巧克力放在峰顶，作为献给珠峰女神的礼物。

几天后，当伊丽莎白女王的加冕礼游行队伍在伦敦大街上前行时，高音喇叭里播出这样的新闻："珠穆朗玛峰被征服了。"这个消息令当时的英国人振奋，也令那个刚经历过二战，仍在舔着伤口喘息的世界掀起一股狂热。希拉里和丹增受到了英雄般的礼遇，他们一个接一个地参加各种演讲，希拉里的头像也被印在邮票、图书及杂志封面上。

王勇峰所提及的珠峰攀登活动，正是为了纪念人类首次登顶珠峰 50 周年。这次攀登，中国登协将组建一支业余登山队，并以他们为攀登主力，专业队员作为辅助。王勇峰来与深圳山友商量攀登事宜不是心血来潮或偶然，当时，中国登协正有意引导中国民间登山事业发展。

在 21 世纪初，攀登珠峰远不像今天这样热门，那时国内的登山运动只能说是星星之火，远没有大范围兴起，登上地球之巅听起来遥不可及。但民间登山运动的发展，只差一个契机推动一下，就能迅速燎原。

这个点燃星火的策源地，当是深圳。深圳是中国登山运动起源地之一。比深圳更早约是北京，较有代表性的登山组织是 1958 年成立的中国登山协会以及 1989 年成立的北大山鹰社。深圳的登山运动起步后发展得非常迅速，尤其在 2000 年至 2007 年，深圳山友在全国各地的登山活动中都十分活跃。

深圳登山运动的发展离不开王石的一手推动。在王石的"怂恿"下，深圳山友爬遍了深圳的梧桐山、七娘山等近千米峰，2000 年开始挑战海拔 6178 米的雪山玉珠峰，次年又登上了海拔 7546 米的慕士塔格峰。能够登顶玉珠峰或慕士塔格峰，这在很大程度上能够令人相信，攀登者很有希望成功攀上珠穆朗玛峰。直到今天，如果山友想挑战珠峰，那么通常他会花上两三年时间，先尝试攀登 6000 米级的玉珠峰，再尝试攀登 7000 米级的慕士塔格峰。如果都顺利的话，再进一步尝试攀登 8000 米级的珠峰。

因此，在 2003 年的攀登珠峰活动中，深圳山友有相当的实力入围中国业余登山队——从后来的结果看也的确如此，由 7 名队员组成的这支业余登山队里，有 4 名来自深圳，其余 3 人分别来自上海、大连、成都。

确定了攀登珠峰一事后，其他几人在 2003 年春天来到北京怀柔国家登山训练基地进行了一个月的集训。训练内容除了基本的长跑，还有路绳的使用、上升器基本用法、爬铁墙以及冰上技术练习等。张梁没有去怀柔参加集训，因为他经济不太宽裕。攀登珠峰需要缴纳的 5 万元攀登费，张梁也需要找朋友来凑。而实际上 5 万元已经是象征性的费用。

众所周知，攀登珠峰不仅需要时间，更需要钱。这或许也是深圳这样经济发达的先锋城市成为攀登的"天选之城"的原因之一。以 2019 年春季珠峰攀登（商业攀登）为例，从珠峰北坡攀登大约需要 45 万元人民币 / 人，从珠峰南坡攀登大约需要 30 万—33 万元人民币 / 人，这还只是不同登山公司收取的团队费用，收费最便宜的通常是尼泊尔的小登山公司，欧洲登山公司收费相对较高。除了上述团队费用，登山者还需要承担一部分自理费用，包括个人装备、往返交通、登山小费、个人保险等。即使退回到二十年多前，攀登珠峰的费用也不便宜。1996 年，由新西兰籍职业登山者罗布·霍尔创办的在当时比较知名的"冒险顾问"登山公司，就要向当年攀登珠峰的每位顾客收取 6.5 万美元的团队费用。2003 年的登珠峰行动虽是王勇峰提议，但登山的主要费用却是王石个人出面争取到企业赞助才解决的。王石拉来了张朝阳代表搜狐赞助中国登山队 100 万元人民币。因此，每名登山队员需要缴纳的费用尚在部分普通人承受范围之内。

尽管没钱去怀柔集训，但张梁没敢落下训练。他有自己的训练方式。说来很简单，这也是他多年来的主要锻炼方式——跑步。这个方式朴素实惠，方便易行。作为一名登山者，体能素质好是最基本的要求。张梁最常去的跑步场所是离家不到 3 公里的笔架山公园，一跑就是十几公里。那里绿树成荫，空气清新。张梁喜欢一个人跑，一个人跑时能自己和自己相处，也能控制好节奏，放空大脑。他迷恋这种感觉，进而能接受需要长时间独处的枯燥攀登生活。

面对即将到来的珠峰攀登，除了跑步训练，张梁所能依赖的也仅剩以往有限的雪山攀登经验。他对自己的身体到底能在多大程度上适应 8000 米级山峰也不是很有把握，但回看过去两年的玉珠峰和慕士塔格峰攀登，好像也没有消耗到精疲力竭的程度，多少又还是有些信心。

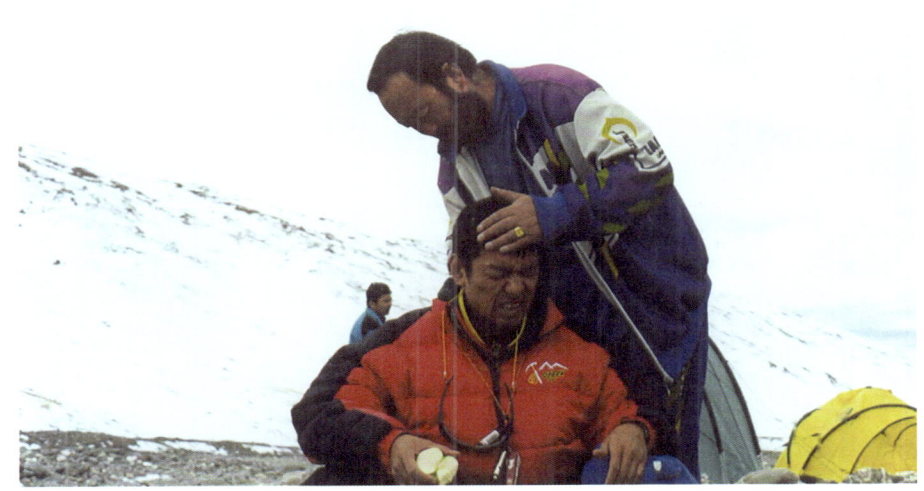

青海登协的山友高成学见张梁难受，让他坐在地上，开始帮他按摩头部。张梁痛得龇牙咧嘴，发誓以后再也不登雪山了。（图片提供：张梁）

其实攀登玉珠峰时张梁遭了不少罪。和很多第一次登雪山的人一样，张梁心里没数，刚到大本营还没好好适应就"吭吭"搬东西。果不其然，没过多久，他就开始出现高原反应，头痛欲裂，恶心呕吐，连喝口水都是喷射状吐出去，整个人晕晕沉沉的，根本没法控制。

高反了整整两天，张梁才慢慢适应海拔 5000 米的空气。

上玉珠峰的路很不好走。山脚一带的路基本是岩石和泥土，确切地说是没有黏性的沙土，脚踩上去会滑，上一步滑半步，极耗体力。海拔再高一点，是雪和泥混合的路段，更麻烦。这里气温还不够低，雪容易化成水，水和泥混在一起成为泥浆，脚踩一步就陷进去一步。再往高处走，直到雪越来越多，路才好走一些。雪路很漫长，但第一次亲近雪山的深圳山友们却觉得很舒服，眼前满山

玉珠峰的美丽圣洁点燃了张梁对雪山的向往。（摄影：张梁）

的雪，白茫茫一片，看起来有了心目中真正雪山的样子，他们深切地感受着雪山的美丽和圣洁。

等他们走到最后冲顶的 1 公里路时，山路开始变陡。太阳照射，雪化成水，又结成冰，长年累月，在路面上形成一个冰盖。这是整个攀登过程中最难的一段，队员们需要穿上冰爪前行。第一次在鞋上套上冰爪，大家不习惯，那几个金属的尖齿隔在鞋底与路面之间，弄不好会扭脚，所以山友们走得磕磕绊绊。好在当时向导修了路绳，队员们一手挂着冰镐，一手拽着路绳，慢慢向上走，1 公里的路花费了一两个小时，才最终到顶。也许因为缺氧，也许因为辛苦，后来大家在回忆冲顶的情景时，整个过程都有些模模糊糊的感觉，看到了什么，前后都是谁，总是回忆不起来。

整个攀登过程中，张梁基本都走在队尾——这是他多年的攀登习惯，他话不多说，闷头按着自己的节奏走，偶尔也会提醒一下身边的队友步伐和节奏怎么调节。在深圳山友李伟文的印象中，张梁第一次上雪山和他从前在深圳周边爬山很相似，稳稳地殿后压车，看起来默默无闻，但又像骨干一样重要。

虽然在玉珠峰发了誓，但第二年，张梁又和王石、李伟文等山友去攀登了慕士塔格峰。这座山比玉珠峰海拔还高 1000 多米，山体庞大，路线非常长，虽然走起来是缓坡，却好像一直走不到尽头，看不到峰顶。等好不容易看到峰顶爬上去，又发现前面还有一个山头。队友李伟文走得有点绝望，感到这条路好像没有尽头，甚至还出现了有人登顶欢呼的幻觉。

张梁在这座山上没有出现高原反应，身体也比上一次表现出了更多的适应感，但他面对雪山依然是懵懂的。

顺利完成了 6000 米级和 7000 米级的雪山攀登，在一定程度上能体现出自身对高海拔的适应性，但 8000 米级山峰毕竟触及人类耐受低氧的生理极限，一切情况都要复杂得多。世界上没有任何一座可以简单攀登的 8000 米级山峰。

2003 年 3 月末张梁就来到了珠峰脚下。此时的珠峰北坡大本营十分热闹，这里是所有攀登队伍的根据地，各队在这里驻扎、训练、休整，等待时机攀登。颜色各异的帐篷已经分区域有秩序地搭好，来自中国、英国、美国、新西兰、意大利等 20 多个国家的 28 支队伍、615 名登山队员到此，用再攀珠峰的方式纪念人类 50 年前的壮举。中国官方媒体对这次攀登给予了空前关注。中央电视台派出了一支由 83 人组成的报道队伍驻扎珠峰大本营。他们把通信设备架设在海拔 6500 米的位置，通过中央电视台将攀登实况呈现给全国观众。这次报道是人类电视史上第一次从海拔 5150 米到 8844.43 米进行全程直播，每天直播至少一个半小时，一直持续到队员们登上峰顶。

王勇峰担任此次中国登山队队长，队员包括来自深圳的王石、李伟文、梁群、张梁，以及来自大连的刘福勇、来自上海的陈骏池、来自成都的刘建。其中，梁群是唯一的女队员，当时 52 岁的王石是年纪最大的队员。

按照计划，张梁和队友将沿北坡的传统路线攀登珠峰。这条路线和尼泊尔境内的南坡路线一样，都是攀登珠峰的经典路线。早期的珠峰攀登选择北坡还是南坡，主要取决于中国或尼泊尔哪个国家开放了边境。

很难简单比较珠峰北坡与南坡攀登的难易程度，因为无论从哪一侧攀登都要面临生死考验。在珠峰北坡，要依次面临北坳冰壁、大风口和第二台阶这"北坡三大难关"。而在珠峰南坡，海拔 6000 米左右开始出现的孔布冰川因为冰裂缝纵横交错，又时常发生冰崩、冰桥断裂，而被形容为"恐怖冰川"。

从大本营到峰顶共设立了 5 个营地，分别是海拔 6000 米的一号营地、海拔 6500 米的前进营地、海拔 7028 米的三号营地、海拔 7790 米的四号营地、海拔 8300 米的突击营地。

要完成这座世界第一峰的登顶，一共需要一个多月时间。为了让身体适应高海拔的稀薄空气和长时间攀登，队员们要进行适应性训练。张梁和队友到达大本营后，一个月的时间里都在大本营和海拔 7000 米之间进行往返拉练。他们从大本营出发向上走到一号营地，当天返回，休整一两天后再次从大本营出发。这一次的拉练线路比上一次长，要到达前进营地，可能还需要在前进营地住上一晚再返回。然后又是休整，再开始又一次拉练，进发到更高的营地，再返回，如此反复。

经过这样一次次从低到高的适应性训练，队员们的身体发生了微妙的变化，他们的血液酸碱度、红细胞比容、血液黏稠度、呼吸速率等都变得更适应高海拔环境。这种适应性训练是攀登 8000 米级山峰降低风险的重要环节，即便是张梁，在正式攀登最后一座 8000 米级山峰南迦帕尔巴特峰前，也稳扎稳打地进行了拉练。

适应性训练结束后，队员们便开始等待一个好天气正式出发攀登。登山是件"靠天吃饭"的事，天气几乎是决定性的外部因素。好的天气像天使，保护着登山者在攀登路上感受大自然的壮美与神奇；坏的天气像恶魔，它让山峰的面目瞬间变得狰狞，甚至吞噬人类的宝贵生命。按照计划，攀登途中，他们将在每个营地各宿一晚，如果顺利，从登顶到下撤只需要一个星期左右的时间。

实现梦想的机会就在眼前，王勇峰也给所有队员打气："大家都有登顶机会。"然而这时候，队员们开始被分组。深圳大学的李伟文、梁群夫妇和海南联通的陈骏池，还有来自大连的刘福勇被编成了 A 组。默不出声、显得不起眼的张梁，52 岁的"老年人"王石，记者刘建被编成 B 组。由于登顶会被央视直播，所以其实所有人都在乎 A、B 组。也不知怎也传出了 A 组的冲顶会被央视着重直播的消息。此前报社通知了刘建，要把他妈妈安排到大屏幕前观看冲顶，被编在 B 组的刘建只好揶揄说："千万不要，她儿子不在报道的 A 组。"

被编到 A 组，似乎意味着立马而来的荣誉。李伟文、梁群夫妇所在的深圳大学特意安排收看 A 组的攀登转播。可是没多久，李伟文和梁群又被从 A 组调到了 B 组，两人赶紧通知校方。到了晚上，指挥组又把梁群调到了 A 组。两夫妻生生被分开，李伟文一下子就受不了了："是身体不行，还是意志力有问题，我个人不在乎，但系里同事计较，我也计较了！"

似乎没有谁对分进 B 组能特别接受，在队员看来，分进 B 组还意味着对能力的不认可。但张梁并没有表现出什么，对他来说，只要能登珠峰，就是超越自己之前各种户外运动的一大步。何况此时，至少还没有人说 B 组就一定不能登顶。

除了是否所有人都登顶的问题，其实登山队的副队长、西藏登山学校校长尼玛次仁最担心的还是天气问题。

珠峰的天气复杂多变，即使在一天之内，上午与下午的天气也能截然相反。每年的 6 月至 9 月，珠峰暴雨频繁，冰雪肆虐；接下来的 11 月到次年 2 月，寒流到来，最低气温可能达到 -50℃，最大风速可达 90 米 / 秒。前辈们经过长期摸索总结出每年的 5 月是攀登珠峰的最佳时节，这个时候，珠峰的气候正由冷转暖，风不大，且降水少，攀登成功率最高。但即使是最佳攀登季，碰上好天气也需要运气。瞬息万变的天气让攀登者必须密切关注天气预报，尤其要了解海拔 8000 米以上的高空风风速与风向，是否降雨降雪，及时预判登顶的最佳时机，以便让"最好的天气用在刀刃上"。他们把最适合登顶的好天气称为"窗口期",每次窗口期最长也不过四五天,短则只有两三天。一个月通常也就两三次窗口期。

2003年5月21日是队员们正式出发攀登的日子,刚刚经历了6天狂风大作的大本营天空非常蓝,连云朵也没有。天气预报显示,一直到15日都是不错的天气,16日可能迎来一波低压。通常低压之后是大风的坏天气,因此,16日至18日的天气是个悬念,要根据接下来每一天的天气变化随时调整攀登计划。尽管如此,大家这一天促是信心十足地准备出发了。只要海拔7900米以上能遇到好天气就行,在此之前,风大一点也没关系。

正式出发前,中国登山队举行了一个简短的出发仪式。队员们站成一排合唱国歌,每个人都披着一条寓意吉祥的白色哈达,大家互拍肩膀以示鼓励,并在一块印有珠峰图案的纪念标上签下自己的名字。接下来,队员们将要面对的是冰塔林、冰裂缝、大风口、岩石峭壁等艰苦的路段,还要时时提防雪崩、冰崩、滑坠等危险。

第一天,张梁和队友们的目标是海拔6000米的一号营地。从大本营到一号营地是一段专业上称为冰基石的路段——冰川推下来的岩石经过风化后形成的路,肉眼看上去就是沙土和大块的石头。这里的海拔不算高,坡度也不陡,再加上队员们已经往返拉练多次,所以走起来并不难。灰秃秃的石头坡路上上下下,远远地可以看见珠峰的峰顶。此时的张梁没有太多想法,尽管他的脚步在一点点靠近顶峰,但他并不知道,就是这座伟大的山峰,就是自己正在迈出的每一步,正悄悄地改变着他这个小人物的未来。

攀登不是始终向上的。山有顶峰也有低谷，每一次攀爬，就算上一步充满希望，也可能下一步就面对绝望。就像漫漫人生也不是一条直线。

你看到珠峰海拔 7028 米的北坳营地（三号营地）了吗？（摄影：张梁）

攀登珠峰的路程越是漫长辛苦，之后若要停下脚步放弃攀登就越是残忍，越是让人难以接受。

张梁记得，向珠峰一号营地行进的第一段路程有些单调和枯燥。天气干冷干冷的，山坡透着一股荒凉，走过长长的碎石土路，转过一道弯，前面还是碎石土路。偶尔路过一小段冰河，给这段路程增添些许生气。亮冰硬硬的，有点滑，冰下有浅浅的水流过，队员们走在冰面上，脚底发出不安的"嘎吱"声。

到达海拔 6000 米的一号营地时已是傍晚。营地不远处还有漂亮的冰塔耸立。在过去一个月的拉练过程中，帐篷和必要的物资已经被运送到这里，提前到达的后勤人员和高山协作人员也已经把帐篷搭好。

气温有些低了，风一直吹，张梁拿出羽绒服套上，钻进帐篷。大家围坐在一起，暖壶里的开水正冒着热气。在干燥寒冷的高山上，喝上一杯热水不仅能给身体带来暖意，也能给心里带来一丝抚慰。队员们休息时，后勤人员正在准备当天的晚饭。大家将在这里度过一晚，第二天继续出发。

在登山界，这种团队行动、逐步推进式建立营地的攀登方式，被称为喜马拉雅式攀登，它会有一定的后勤保障，攀登者按照制定的计划循序渐进，因此攀登周期也较长。与之相对应的另一种方式叫阿尔卑斯式攀登，它一般是小规模的团队，没有固定营地，攀登者在途中根据实际情况调整攀登计划，队员自主性更强。在喜马拉雅山脉和喀喇昆仑山脉，山峰巨大，路线漫长，喜马拉雅式攀登被广泛采用。

尽管刮了一夜大风，第二天天气依然不错。早上 8 点多，张梁就随队伍一起出发了。过程很顺利，一路的风景也比前一天漂亮许多，走在路上，右侧是章子峰的巨大冰壁，左侧是连绵的冰塔林。

美景让人舒坦。大约三个小时后，所有人顺利到达海拔 6500 米的前进营地。已经有一二十支攀登队伍把帐篷错落地搭建在相对平缓又宽阔的空地上，长长的经幡飘在营地上空。这些经幡都是随各队上山的藏族群众或夏尔巴人挂起的，他们无论在哪里爬山，都必定举办传统的煨桑仪式，挂起经幡，请喇嘛诵经，以表达对神山的敬畏，也祈求神山保佑攀登平安顺利。

中国登山队的帐篷搭在位置偏高、离水源近又避风的一处，这次攀登活动的指挥部也设在这里。实际上，指挥部一般都设在大本营，由队长坐镇，统筹指挥，应对临时发生的各种情况。但这一次，由于是一支业余登山队，队员们都是第一次挑战 8000 米级峰，综合考虑后，指挥部安排在了更高的前进营地，队长王勇峰也跟着来到这里。王勇峰高海拔攀登经验丰富，在这个位置，他可以更清楚地掌握队员的身体状况，全盘考虑攀登计划。副队长则分别带领 A、B 组继续攀登。

晚餐有芹菜炒肉丝、白菜、烧茄子和鸡汤，这些在平日里再普通不过的食物在雪山上已经算得上很丰盛。海拔 5150 米的珠峰北坡大本营是汽车能够到达的最后一站，海拔 6500 米的前进营地是运输物资的牦牛能够到达的最后一站，后面的路程，就真正只属于攀登队员了。

张梁本以为在这个舒适的营地只休整一晚，第二天就可以继续向顶峰进发，没

走到海拔 5800 米左右，冰塔林出现了。确切地说，它们是残留的冰塔林，有一些已经融化，露出光秃秃的山坡。在过去，海拔 5300 米便可见到冰塔林。它们是大自然的神奇造物，一座座形状各异，连成一片，有阳光照射时，冰体会呈现不一样的色彩，如梦幻般。由于近几十年来全球气候变暖，冰塔林不断向上退缩，规模也不复从前，这是大自然给人类的一个警示。（组图）（摄影：张梁）

想到他们在此一连滞留了多日。

拖住大家脚步的正是珠峰上云谲波诡的天气。

按照最初的计划，中国登山队 5 月 11 日从大本营出发，12 日到达前进营地后，A、B 两组队员继续分别前进，于 17 日、18 日分别正式冲顶。眼下这个计划可能行不通了。大风已经连续刮了几天，未来的天气似乎不太理想。王勇峰联系了各外国攀登队，要来了瑞士和英国提供的天气预报，和中央气象台的天气预报进行了对比。外国队的天气预报显示，12 日至 17 日的天气不好——正是中国队 A 组冲顶时间。我国的天气预报又显示这几天天气虽然不够理想，但也不坏。天气无法绝对预测，很难说哪一份天气预报更精确，这意味着继续按原计划攀登可能有风险，但完全放弃这个窗口期也不是那么合理。

王勇峰清楚，5 月份的珠峰窗口期非常有限，大致上旬、中旬、下旬各会出现一个，因为上旬天气太冷，大多数攀登队伍都会选择中旬或下旬的窗口期，如果再错过了中旬的窗口期，接下来回旋的余地就很小了。在短暂的窗口期和一二十支攀登队伍撞在一起，如何让攀登更顺利，选择好攀登时机很重要。另外，此次中国登山队是一支庞大的队伍，人员多，还涉及诸如后勤、物资、电视直播等一系列问题，可谓牵一发而动全身，攀登计划的调整要更为谨慎。

到达前进营地的当天下午，王勇峰找来副队长尼玛次仁和罗申开会商量应对方案。最后，他们初步商定进行稳妥微调：A 组的冲顶计划只推迟一天，避开可能天气不好的 5 月 17 日，改为 5 月 18 日；B 组冲顶时间暂不做具体安排。

这天，珠峰顶上出现了旗云，这个名字很生动地诠释了云的模样，它们像旗帜一样在世界之巅飘扬。气象专家会把旗云看作风向标，并根据它移动的速度来判断珠峰峰顶的风力。（摄影：张梁）

就在中国队调整攀登计划的同时，新西兰队、瑞士队、美国队等几支外国队则因为天气不好放弃了中旬的窗口期。这几支队伍的冲顶时间原本都在中国队之前，他们的计划一改变，又给中国队带来了新的考验——中国登山队将成为第一支向顶峰发起冲击的队伍。

第一支冲顶的队伍面临的首要困难就是海拔 8300 米至海拔 8700 米这段路的修

路问题。所谓修路，就是在攀登途中铺设登山路绳。登山过程中，队员将自己身上的快挂和上升器连接在路绳上，路绳可以标明攀登路线，辅助队员攀登，同时也起到保护作用。

这是珠峰北坡路线上最难的一段路，海拔高，路况艰险，修路工作危险重重。原本的计划是中国队和新西兰队、瑞士队、美国队联合修路，但现在这几支外国队句后调整了冲顶时间，他们是否仍愿意按原计划联合修路，王勇峰没把握。按道理，各队共同攀登，无论冲顶时间早或晚，各尽一份力修路是合理的，也能减少各自负担。但实际情况是，一切只能靠商量。如果其他攀登队不愿联合修路，中国队作为第一支冲顶的队伍就面临独自修路的问题，这又将进一步影响攀登计划。比如，要投入比原计划更多的人力物力先保障 A 组顺利冲顶，甚至要把 B 组的人力物力资源调配到 A 组，这样一来，B 组的冲顶时间可能就会延期，延期之后，B 组还能把握住那短暂的窗口期吗？

攀登和人生一样，预期和意外你永远不知道哪一个更快到来。

第二天上午，王勇峰召集所有队员开会，会议就在营地最大的帐篷里进行。大家密切关注着攀登计划的改动。王勇峰向大家详细通报了攀登计划的调整以及可能发生的独自修路等情况。队员们个个严肃地听着，有人轻锁眉头，若有所思，也许每个人都意识到了情况的复杂，开始真正领教攀登这座山峰的不易。

会上，王勇峰表了个态，希望大家畅所欲言，指挥部会综合大家的意见及各方情况，再做最后的计划。负责带领 B 组攀登的罗申率先言简意赅地道明了队员们最关心的问题："作为攀登队长，我有两个问题想在今天这个会上有个明确的方案。第一，有关 B 组的下一步安排，我们要对 B 组队员有一个明确的交代；第二，假如 A 组不顺利，A 组下一步怎么走？"罗申时任中国登山协会总教练，曾多次攀登高海拔山峰和参与救援，能力强，性情耿直。

无论如何，分两组攀登是无法改变的。分组的一个重要原因是，海拔 8300 米的冲顶营地陡峭狭窄，无法一次性容纳全部队员，故而分成两批冲顶，第一批下撤的时候第二批再上。

在中国登协以往组织的登山活动中，由于高山营地空间有限，也经常采取分组冲顶的模式。分组一般根据两条原则：一是实力，通常 A 组更强一点；二是平衡，同一组内队员水平接近，这样可以避免在高山上的行军过程中，队员之间距离太远，无法彼此照应。随之而来的"分组矛盾"也几乎成为每次登山活动都避免不了的问题。很多人都希望被分到 A 组，这大概源于一种潜意识或认识误区，似乎 A 组登顶的希望更大。其实在实际攀登中，天气等外部因素变化无常，B 组比 A 组遇到更好的攀登时机的情况时有发生，并没有明确数据表明 A 组胜算更大。

被分到 B 组的成员在讨论中反复调整，而不管怎么改，张梁始终在 B 组。刘福勇个子高高的，性格开朗，喜欢开玩笑，队员们都叫他大刘。大刘一开始被分在了 A 组。会上他第一个发言："对珠穆朗玛，我很陌生，我们准备了这么长时间，我觉得在排除其他因素的情况下，能尽量在好天气周期时让我们试一下。"大刘很想登顶，同时也求稳。他曾经参加过一次山难救援，大家把遇难山友的遗体埋在山上或从山上抬下来，这让他很受触动。从那以后，他对登山的认识发生了很大变化，他说，登山时，只需要往上走就行了，能登多高就登多高。

B 组成员刘建川表达得更为直接和强烈，一连说了几次"给第二组一个机会"。一开始他说："我们虽然是第二组，但第二组也应该争取利用一个好的周期，给我们第二组一次机会，毕竟这么长时间了，我们适应的感觉比较好。"他是一名报社记者。也许因为职业的关系，他又直言不讳地补充了他的担忧："增强第一组实力，把活动搞成功，也是我们共同的心愿，但作为第二组，我们强烈希望给我们一次机会，不要说直播结束了事情也结束了，第二组就打道回府了，也没时间等我们了，我觉得如果这样会很遗憾，所以尽量给我们第二组机会。"

B 组成员的担忧不是没有根据的。王勇峰在会上表明 B 组冲顶时间暂不做安排，什么叫"暂不做安排"？假若在 A 组冲顶完成后不再有合适的窗口期，B 组还有机会吗？

会议的气氛有一丝凝重、紧张和小微妙。王石接下来发言。他是一个攀登经验丰富的登山爱好者，也是一个知名的企业管理者，年纪又长几岁，在队员中有一定的威信。他的发言也显得更为周全。他表达了对攀登计划调整的充分理解，又提出一条新建议——在 A、B 组的编队上再给队员一次选择的机会。他解释，根据目前的天气预测情况，A 组的冲顶时间可能还处在坏天气的尾声，因而 A 组的成功率是有可能打折扣的，那么 A 组成员是否还情愿率先冲顶是个问题，应该给 A 组成员一个选择的机会。同样，针对 B 组"求战心切"的队员，也可以考虑给其一个率先试一试的机会。王石还特别宽慰了刘建，认为他的担心是多余的。王石是深谙管理之道的人，他给大家吃了定心丸："昨天旁听会议我已经感觉到了，实际上我们要抓两个周期，中旬和下旬的，我觉得，我们要两个周期都抓到。"

张梁就坐在王勇峰旁边，他没发言，但他心里一直抱着希望：队长说了，只是由于天气因素调整攀登时间，并没有明确说不让 B 组冲顶，那就是有机会。他只是一个普通的业余登山队员，既不清楚如何判断天气，也不懂制定攀登计划，唯一能做的就是管好自己，服从安排，踏踏实实把山登好。他并不知道，这场决定谁登谁不登的是非，才只是刚刚开始。此时，他这个普通、业余、无法左右未来的"菜鸟"，只想拴住哪怕一丝机会。他不愿意考虑可能失去登顶机会这种情形。

那时的张梁的确青涩而内敛，在会后接受央视记者李小萌采访时，他甚至不好意思抬眼直视摄像机镜头。而十几年后，他在镜头前已经从容大方，可以与资深媒体人在电视节目中对谈人生。攀登内外，时间和里程都在给张梁的人生提供试炼。

开完内部会议的当天晚上，王勇峰和尼玛次仁又马不停蹄地与其他几支外国队的队长开国际协调会，解决修路这个最大难题。开国际协调会在攀登珠峰时很常见，因为攀登队伍逐年增多，有关修路、营地设置、攀登时间安排的矛盾也越来越突出，因而需要开协调会来商量解决方案。这种国际协调会有时候有效，有时候形同虚设，那些不成文的规矩，如果有人不遵守其他人也毫无办法。

各国登山队的队长们聚集在不大的帐篷里，有点嘈杂。尼玛次仁站起来诚恳地说，通向顶峰的路绳要在 17 日前修好，那么有的队伍要负责把绳索送到海拔 8300

米的营地，有的队伍要出人力修路，不便出人力的可以出费用。"这些工作不仅仅是为我们队做的，每个人都会用这些绳子，这是为所有队伍做的。"他强调。

"格雷哥，你找到人把绳子送到 8300 米了吗？"一位戴眼镜的年纪稍长的队长问另一支队伍的队长。

"现在是两个人，他们要送 600 米长的绳子到 8300 米。"格雷哥答，并在本子上写下这两个人的名字。

600 米长的路绳显然不够。

"我们有二十几支探险队，却找不到人把绳子送到 8300 米，我想这真让人感到羞愧。"年纪稍长的男人继续说道，"大家知道，尼玛他们出了许多人力，做了许多工作，但是却没什么人伸出手来帮忙。罗塞尔出了人力，我出了人力，格雷哥也出了人力，那其他队呢？日本队，你们有十个高山协作人员，你们出多少人力？"

大家的视线投向日本队队长。"我们出 400 米绳子。"日本队队长答。

其他队伍也开始表态。

"所有的绳子请送到我的帐篷，我负责带我们四个队的高山协作人员修筑 8300 米到第二台阶的路线。"尼玛次仁接着说，"所以其他的队，那些规模小的队，希望你们能出钱为修路的高山协作人员建立一个小小的基金。中国队除了出人力、出绳子，我们还要出一些钱来支付高山协作人员的额外费用。其他的队，如果你们能做些什么那更好，因为这是为所有的队，不只是为我们几个队。"

"问一下谁会出钱，现在就出。"年纪稍长的男人干脆地说，一边掏出两张钞票放在桌上，"我出两名高山协作人员，再出 200 美元，谁出更多？"有人带头鼓起掌。陆续有其他外国队掏出钱来，中国队出了 500 美元，规模很小的爱尔兰队和韩国队各出 100 美元……每一个队伍出钱，大家都鼓一次掌。

经过讨论，攀登计划得以进一步确定，A、B 组成员又进行了微调，B 组的登顶时间确定在 5 月 22 日。

5 月 14 日一早，A 组队员出发了，他们将从海拔 6500 米攀登到海拔 7028 米的三号营地。B 组人员则在前进营地继续休整。

所有人都在密切关注着 A 组队员行进的情况。路上风力强劲，一位随行摄像师被风雪折磨得眼睛直流泪。

当晚，A 组队员到达了目的地。这时，营地的阵风已经达到 10 级，浮雪被吹起，眼前白茫茫一片。营地上方，海拔 7400 米到 7600 米之间，就是著名的大风口，是北坡三大难关之一。

北坳位于珠峰与章子峰之间，是一个东西走向的峡谷。在每年的登山季节，珠峰地区都会吹起西北风，风从狭窄的北坳出口向东，如同进入一条狭窄的管道，形成狭管效应。管道越小，风速越猛烈。当风通过北坳上方时，珠峰和章子峰就像两幢高楼，导致这里的平均风力高达 10 级。

在海拔 7000 多米的位置刮起的 10 级大风，令人感到异常寒冷。根据风寒效应理论，假如实际温度是 −20℃，哪怕风力只有 8 级，人的体感温度也会达到 −40℃以下。在高海拔，风寒效应加剧了低温对人的侵害。1960 年，中国登山队在进行第三次适应性训练时，就曾在大风口发生比较严重的冻伤事件。

再晚一些，狂风变得像怪兽一样更加凶猛了。队员们待在帐篷里完全无法休息，风太大，他们只能用自己的身体压住帐篷，试图以体重抵抗大风的侵略。但小小身躯在大风面前实在势单力薄。半夜两点多，队员陈骏池发现自己的帐篷被风吹得在向山下的方向移动，他很害怕，赶紧冲出帐篷，一出来就发现隔壁梁群的帐篷竟已被风撕烂。他让梁群赶紧收拾东西躲到自己的帐篷里，然后又叫出尼玛次仁和大刘，几人合力把帐篷加固。大风涌来，帐篷即使做了加固，看起来也摇摇欲坠。他们的帐篷都是连在一起的，是一条绳上的蚂蚱。

大家又冷又怕，一夜无眠。

第二天一早，钻出帐篷，风仍然很大。无论如何不能再向上攀登了。队员们决定下撤回前进营地。临撤前，他们挖雪坑把物资埋起来，再搬来尽可能大的雪块与冰块压在帐篷周围，又在外部罩上一层网，防止帐篷再被狂风吹烂。

另一边，在 A 组经历着狂风肆虐的时候，前进营地显得风平浪静，B 组队员们闲散地打发着时间。有人在打扑克，把三副扑克牌合起来打拖拉机，抓牌就得抓半天。或者闲聊，一个笑话反复地讲。其中一个笑话是这样的：一个人眼神不好，上集市买了两只活蹦乱跳的鸡，他想买条绳子把鸡拴住，正好遇到一个卖蛇的，他误以为是卖绳子的，就说想买绳子，谁知道刚好卖蛇的人眼神也不好，不屑地说，就你这眼神还玩鹰。再就是在帐篷里眯一会儿，醒来再用电脑看光碟。

张梁不爱打牌，也没带电脑，他找到一本不知道是谁带上山的小说《国画》，慢慢翻看着。山上的书就这么一本，大家争着看："求求你了，只读 10 页就还给你。"有时候他也会自己一个人在帐篷周边走一走，捡几块石头看看，观察远处变化的云层，或者仅仅就是活动一下身体。

A 组撤回前进营地后开始重新休整，所有队员都等待着好天气再次到来。

然而等待并不平静。因为天气变化，A、B 组是否都要登顶的矛盾还是爆发了。

5 月 16 日晚饭后，队员们集中在餐厅的营帐开会。B 组队员事前已得知来自北京体育总局的意见——取消 B 组登顶。因为 A 组的遭遇，总局指示，必须保证登顶成功，避免山难，因此从安全角度考虑，精简 A 组，取消 B 组。而另一个很重要的考虑是，此次登顶为实况转播，此时国内正遭遇"非典"，如果登顶成功，将增强全国人民与病魔斗争的信心。

情况一波三折，好不容易争取来的机会，张梁、王石所在的"老弱及菜鸟"组合一下子又成了不确定因素。被反复折腾，B 组队员情绪到了爆发的边缘。刘建在会上直接哭了起来，一向沉默寡言的张樑也有点按捺不住，但他知道，此时唯一能发挥作用的只有王石，因为这次登山的费用是王石筹集的。他瞥向王石说："还是让老王说几句吧。"

谁也没想到一句理性的王石的发言会演化为一场争吵。

王石说："选择登顶还是放弃应该由队员自己决定，而不是被放弃。队长不就是为我们提供登顶机会的吗？"

王勇峰反驳："谁能保证百分之百的安全？"

王石的音量立刻高了上去："你不能保证安全来这里干吗？"

王勇峰："你还不让人说话了？"

王石："谁不让你说话了？"

王勇峰："这样要求我也没法干了！"

…………

一番争吵，王石逐渐冷静下来，他感觉自己有点说过了，于是道歉，且他表明了决心："我们进山之前和登协的探险公司签订了生死契约，明文规定：如果在山上下不来，责任不在探险公司，但探险公司要负责登山队员的后勤保障和协助向导。既然签了合同就要履行……单方撕毁合同的要给对方赔偿！以安全为理由取消登顶资格我就是不服！我就是不服！"王石强调了他的不服，说着说着又急了："只要给我赔偿，我扭头就走，这样别扭地登山太没劲了。不登了，改去航海了！"

一时间，队员们情绪激动，连 A 组的陈骏池也表态，如此登山，不登也罢。

在王石、张梁等人看来，这不是非要争登不登顶，而是争登不登顶的决定权在谁的手上。自己出钱，应该由自己决定，这是一场关于契约权利的抗争。即使他们在高山登山圈是微不足道的新人，即使是被分在 B 组的普通一员，也不能轻易"被放弃"。

这是张梁在 8000 米级高峰学到的第一课。人可以普通，可以不被他人认可，但命运不能被别人决定。

因为王石、张梁等人的据理力争，5 月 17 日，王勇峰召集队员宣布，不取消 B 组的登顶资格，最终的分组方案为：A 组由陈骏池、李伟文、梁群组成，B 组由王石、刘建、张梁和大刘组成。

帐篷里响起了一片掌声。张梁莫名兴奋，但他没想到的是，麻烦并没有终结。

18 日，A 组队员再次出发了。他们将依次到达海拔 7028 米、7790 米及 8300 米的三个营地，预计 21 日登顶。B 组相隔一天，紧跟 A 组的脚步，19 日出发，预计 22 日登顶。

计划如期展开。随着高度的上升，张梁每一天都面临新的挑战。

海拔 6800 米往上的路越来越陡峭，山体坡度从三四十度上升到七八十度，最陡的几米几近垂直。其间，还要接受冰裂缝、冰壁的挑战。

接着是海拔 7028 米到 7790 米的路程。先是冰雪路段，坡度进一步变陡，两侧都是悬崖。翻过一个坡，还有一个坡，连续翻过四五个坡，就到了海拔 7500 米。这里风力最大。路况也变成了冰岩混合路段，很多大块碎石，穿着冰爪走很不舒服，不穿冰爪走又十分危险。大家走在这个高度上，速度变得更缓了。

好不容易平安到达海拔 7790 米的营地，搭帐篷时，他们慢慢地刨开积雪、岩石或者冰岩混合的地方，整理出一小块相对平缓的位置，又把帐篷用绳子仔细固定。地方实在太小了，帐篷只能撑起四分之三，斜斜地搭在山坡上，而帐篷之外几步就是悬崖。风也很大，但风景大不一样了，站在这里已经可以俯瞰群山。

空气越来越稀薄，高原反应也在加重，大家开始间歇性吸氧。由于需要轻装上阵，张梁只带了两瓶氧气，在冲顶前他只能使用一瓶，剩下一瓶要留到最后冲顶时使用。

这里已经很接近海拔 8000 米了。海拔 8000 米，是人类耐受低氧的极限。当然，每个人的体质不同，有的人到达极限，有的人还有余地。随着海拔高度上升，人体的最大摄氧能力逐步降低，到了海拔 8300 米以上还突然下降，当降至每分钟每公斤体重只有 5 毫升的氧气摄入，人就只能停在那里不动了，类似睡眠状态。总之吸氧非常重要，但是氧气面罩戴起来很不舒服，张梁感觉憋得慌，只能忍着。

经过艰难跋涉，5 月 21 日，最终分入 A 组的陈骏池、李伟文、梁群于凌晨 3 点从海拔 8300 米的营地出发，向顶峰发起最后的冲击。他们走过了黄色地带，爬过了被称为第二台阶的陡峭岩壁，再过两个小时就可以到达顶峰。

在 A 组向顶峰进发的同时，B 组也在向海拔 8300 米的营地进发。按照攀登计划，B 组有接应 A 组的任务，一旦 A 组出现突发状况，B 组就要接应 A 组回到安全的地方，如果 A 组一切顺利，B 组则按原计划冲顶。

下午 3 点左右，A 组的陈骏池、梁群两名队员成功站在了珠峰峰顶。梁群也因此成为中国第一位登顶珠峰的汉族女性。他们顺利登顶的消息给了 B 组队员很大的信心。这意味着，一天之后的同一时间，他们也能站在世界之巅了。

傍晚，B 组队员也顺利到达海拔 8300 米的突击营地。他们只能在这个营地休息几个小时，然后就要在凌晨时分出发冲顶。

这个离顶峰最近的营地更加狭窄、危险。营地建在倾斜的雪坡上，和在海拔 7790 米一样，队员们需要在雪坡上刨出相对平坦的地方再搭建帐篷。雪坡面积不大，一共只能容纳五六顶帐篷，帐篷搭好后，周围需要用大雪块压住，然后再用绳子将几个帐篷连接，起到固定的作用。

高空风把帐篷吹得抖动不止。大家钻进帐篷烧水做饭，他们要尽快休息，为几个小时后的冲顶做好准备。他们必须凌晨出发，这样才有可能赶在第二天中午之前登上顶峰。到下午，珠峰的天气随时可能变得糟糕，登上顶峰的时间晚一刻，危险就增加一分。

夜里，寒冷和疲惫使得 B 组几位队员之间几乎没有交流，在这样的海拔高度，任何一个多余的动作，任何一句多余的言语都是奢侈的。因为寒冷和缺氧，人的状态也是迷迷糊糊，想睡也睡不着。

终于熬到凌晨，队员们开始做出发的准备。张梁推开帐篷，外面漆黑一片，只有风呼呼作响。他的最终目标真的近在咫尺了，但他不知道，等待他的不是登顶，而是命运的玩笑。

他整理好装备，临行前，对讲机里传来了指挥部的最新指令，通知 B 组队员参加救援。指挥部接到英国登山队的求援，一名英国登山者在海拔 8400 米的位置摔断了腿，急需中国队的帮助。

能够站上海拔 8300 米，每一位队员都付出了极大的辛苦和努力。经过反复争取才获得登顶机会，天气正好，一切冲顶条件具备，眼看着要达成最后的心愿了，却要在这个时候前功尽弃，与顶峰失之交臂，似乎没有人能在第一时间接受。

此时在这个营地除了 B 组队员外，还有几位来自西藏登山学校的小伙子。这次攀登活动，一共有 40 多名西藏登山学校的学员分别为各国队伍担任高山协作人员。他们也默默为攀登付出了很多。对于这些藏族同胞来说，能亲自触摸一次珠峰的峰顶，是一生中莫大的幸运与荣耀。

现在幸运它要溜走了。一位名叫阿旺给吨的小伙子哭着给家里打电话："明天我不能去登顶了。"

对于在场的 B 组队员来说，因为纪念登顶珠峰 50 周年的契机，他们得以在不用花费巨额开销，又有强大的后勤和安全保障的情况下来攀登珠峰，机会实在难得，这甚至可能是他们一生中唯一一次登顶珠峰的机会了。更何况，他们一路波折、一路抗争、一路艰辛，珠峰已经近在咫尺，没人甘心退出，没人舍得退出。

但没人能继续。如果此时他们不去营救，那名英国山友几乎只能在山上等死。那是一条活生生的人命。

一群男人在海拔 8300 米的雪山上哭得一塌糊涂。一向沉默寡言的张梁站在人群边上悄悄流下了眼泪。他的心里充满委屈和失落，他很清楚，这一次，他只能停下来了。他仍旧给时任农行深圳分行副行长周宏亮打了个电话，电话那头传来意料之中的回复：服从安排。

天亮后，B 组队员张梁、尼玛次仁以及几位西藏登山学校的学员一起护送英国受伤队员下撤。天气不太好，云雾有点厚，风很大，张梁无法登顶的失落心情

队员们营救穿着蓝色登山服坐在地上的霍华德。（摄影：张梁）

因为营救又生出了几分紧张。

被救的这位队员叫霍华德，据说是自主攀登。他从海拔 8550 米的位置下来，起初以为自己只是崴了脚，但怎么也站不起来，才知道自己是骨折了，只能求救。

张梁他们用冰镐和绳子把霍华德骨折的左小腿固定好保护起来，起初的一段路还没有路绳，霍华德坐在地上，大家护着他，前拉后推，拖着他一点一点往下蹭。好不容易蹭到有路绳的地方，队员们就帮助他把身上的快挂挂在沿途的路绳上，这样多一些安全保障。

被白雪覆盖的路段还好，到了海拔 8300 米以下的岩石路段，即便是一个没受伤的人行走起来也十分费劲，何况再拖一个腿骨骨折的伤员。每个人都异常辛苦。尤其当遇到特别陡的山壁，队员们只能用绳子控制以防霍华德滑下去，有时拉扯不动，他们就在后面使劲推一把，有安全绳保护，并不用担心会一下推太远。

霍华德受伤的是腿，他的意识一直保持清醒。张梁一行在他因剧烈疼痛而不停息的叫唤声中，终于在天黑前把他"挪"回了海拔 7028 米的营地。

张梁人生的第一次珠峰之行就这样结束了。

在与"非典"艰苦抗争的时期，中国队登顶珠峰的消息令国人振奋。时任中共中央总书记、国家主席胡锦涛也发来了贺电。从拉萨到成都，再从成都到北京，回程的路都是哈达、鲜花和掌声铺就。庆功会一个接一个地开，庆功酒一场又一场地喝，每一次张梁都在，但他总是躲得远远的。热闹属于那些成功登顶的人。

其实他的失落和遗憾一开始还不是特别强烈，直至来到北京人民大会堂，那种不是滋味的感觉才强烈起来。在人民大会堂，中央领导、登山协会领导、中央电视台、老一辈登山家都来了，张梁第一次见到了潘多，还与她合了影。队员们接受表彰时，登顶的队员站在第一排，未登顶的队员站在第二排。所有的目光都聚焦在第一排。虽然 B 组队员的救援事迹也有媒体报道并获得赞扬，但在那荣耀与光环闪烁的时刻，他们是聚光灯之外的人。

其实张梁想登珠峰还有一个原因，他想为儿子树立一个榜样。他的心愿没能实现，遗憾是必然的，但也不是没有收获。尽管最终没有登顶，可当时的国家登山队队长马欣祥在点评队员时，给了张梁这样一句评价："张梁的素质比较适应登山，当队长都可以。"

那个事前被分在 B 组、随时可能被刷掉的张梁，那个沉默寡言、容易被遗忘的普通人张梁，那个最终没能登顶的张梁，依然被发现了有登山的潜力。

面对第一座 8000 米级山峰，遭遇第一次挫折，像极了男孩第一次有了喜欢的目标，却被迎头一击。但男孩成长为男人，有时候就恰巧需要这一击。这一击，既让他们看到自己有成功的潜质，又让他们明白自己到底有多喜欢这个目标。

所以，珠峰，张梁迟早还会来的。

加缪说，"人一定要想象西西弗斯的快乐"，因为"向着高处挣扎本身足以填满一个人的心灵"。极限攀登本身是痛苦的，但这种痛苦又可以反过来成为一种愉悦。就像西西弗斯没日没夜地把重石推向山顶，"他的命运逐渐属于他自己，他的石头从此受他左右"。

又见珠穆朗玛：
不甘成就不可能

大自然的鬼斧神工。（摄影：张梁）

命运这只翻云覆雨手，在张梁遗憾告别珠峰两年后，再次将他带到了这座神山面前。

2005 年 4 月，一支中国科考队准备攀登珠峰。这次攀登的主要任务是重新测量珠峰的高度。测量活动由国家测绘局（现国家测绘地理信息局）组织，由西藏登山队协助。由于采用实地测量的方式，因此测绘专家们必须携带专用设备，亲自登上珠穆朗玛峰峰顶。

这是一个难得的机会。张梁得知消息后找到西藏登山队，表达了自己想再次攀登的意愿。由于 2003 年攀登珠峰时的实力有目共睹，张梁如愿加入了这次的攀登队伍。他又交了十几万元人民币的攀登费，不过这笔钱不是他自己出的，他的境况也拿不出这笔钱，他所供职的中国农业银行深圳分行承担了这笔费用。

2003 年珠峰攀登归来之后，尽管张梁没有登顶，但他们放弃冲顶改而救人的事迹仍被人称赞。从那以后，农行深圳分行开始持续为张梁登山提供经费。

这次测量的意义的确十分重大。

中国上一次测量珠峰还是在 1975 年。那一年，国家测绘局会同各方测绘专家及登山队员，组织了一支 434 人的庞大登山科考队伍来到珠峰。这是新中国成立以来第一次精确测量珠峰海拔高程，测定结果为 8848.13 米。

人类测量珠峰的历史可以追溯到 19 世纪中叶。最早的一次是在 1852 年，一支英国测量队来到了这里，由于诸多因素，他们只能在距珠峰数百公里的地方建造观测塔进行远距离测量，经过漫长的测算，他们宣布珠峰的高度为8339.8米。后来又陆续有过几次测量。1954年，印度测量珠峰的高度为8847.6米；1999年，美国采用全球卫星定位系统，根据物理和数学运算，测算珠峰的高度为8850米。

这两年间，张梁从不主动与人谈论珠峰，有时候别人问到救援的事，向他表达敬佩，替他遗憾，他都只是简单地应付几句便不再多说了。他是那种表面看起来风平浪静，其实内心里暗下决心的人。他再次主动来到珠峰脚下，就说明了问题。一切也是有迹可循的，2003年珠峰攀登结束后，央视记者李小萌曾问他会不会再来珠峰，当时他只说了一句"一定会的"。

2005年4月5日，张梁再次来到珠峰脚下。这次珠峰北坡大本营没有2003年那次热闹，虽然也有央视记者随行报道，但氛围完全不同了。

此时张梁的状态比2003年时自如了很多，他对8000米级山峰也有了更多了解。

2004年9月，张梁和山友饶剑峰、罗丽莉去攀登了海拔8201米的卓奥友峰，并成功登顶。张梁觉得卓奥友峰就像两次攀登珠峰之间的一个过渡。这座山峰他仅用了13天就攀登完毕，攀登前在启孜峰（海拔6206米）的拉练让这次攀登非常顺利。唯一印象深刻的就是卓奥友峰的峰顶，那是一个像足球场一样的平台，没什么特点，但在这里他再度看到了雄伟的珠峰。站在一座8000米级峰峰顶眺望另一座8000米级峰峰顶，感受与平时在山脚的仰望截然不同。张梁觉得珠峰离自己很近，这种近又与身在珠峰不同，敬畏中夹杂着一种站在成功的肩上信心满满想要向更高处进发的豪情。那一刻，登珠峰的念头又一次在他心中升起。

七个月之后，张梁等来了第二次攀登珠峰的机会，却出师不利。他最依赖的身体在关键时刻拖了后腿。到了大本营后，他开始发烧。

从上中学时起，张梁的扁桃体就爱发炎，几乎每月一次，不依不饶。尤其到了考试前，张梁必然会倒下一次，发烧，打针，折腾一周后才好。其实这次进山前张梁的嗓子就开始痛了，他一直吃药，但效果不佳。在大本营，一位日本登山队的医生帮他打了消炎针，两天过后，还是没好转。

无奈之下，张梁只好从大本营撤回定日县扎西宗乡，一个人待在屋里继续打吊针。扎西宗没什么人，白天很无聊，不过张梁待得住。他白天打针，到了饭点就在门口一家小店买面条吃，偶尔也把面条带回房间吃，还不忘把相机摆在面前，自拍一张用插着针头的手端着碗吃面的纪念照。张梁在后来的登山生涯中又多次来到珠峰脚下，每次路过扎西宗时都能看到这家小店。这是一对四川夫妻开的店，十几年如一日。这世上总有人有各自的理由能耐得住寂寞，他们不求攀援与变化，只求岁月静好。但张梁心中渴望挑战。

在扎西宗休息两天后，张梁的身体终于恢复了。他有一副强健的身体，心态也端正。遇到这样的小伤病，他不会暴躁失序，他知道缓一缓恢复会更好。

他迫不及待地返回珠峰海拔 6500 米的营地。这个位置只有中国队驻扎，很清静，

在 5200 米大本营身体不适，打点滴，张梁自嘲：老虎也有打盹的时候。（图片提供：张梁）

海拔 6500 米的前进营地。（摄影：张梁）

其他外国队的营地则建在海拔更低一点的位置。

张梁的帐篷是橙色的，他将之称为"橙色卧室"。他很喜欢自己这个安静地嵌在蓝天、高山、云海之间的小天地，扎眼却又遗世独立。

高山营地的环境往往十分糟糕。登山家埃里克·希普顿的《在那座山上》曾这样描述营地的难受："能看到的文字只限于罐装食品上的标签；沙丁鱼油、炼乳和糖撒得到处都是……这里真是'不堪入目'：帐篷里混乱不堪，同伴胡子拉碴、

张梁的"橙色卧室"。（摄影：张梁）

蓬头垢面，还好风声盖住了他那不畅的呼吸声……现在我唯一的愿望就是快点结束这折磨人的差事，尽快回到一个正常的环境。"

张梁却很适应甚至很喜欢营地里的生活。他没事儿就拾掇一下，把衣服、装备、食物、药品和杂物分门别类摆好，再到周边找石头垒在帐篷周围加固。他的帐篷门口被"装修"得非常整齐，还有他特意搬来的大石头当椅子。白天，太阳暖融融地晒过来，他有时坐在大石头上喝杯茶，晒太阳，看书，有时也望着雪山发呆。

他觉得很神奇，感觉躺在帐篷里比躺在城市里的床上还舒服，可以睡得很踏实。每天都有人从他的帐篷前不远处经过，他看着他们拉练、运输、谈笑，虽然有人来来往往，但他却觉得身体仿佛吸收了远处高山白云的宁静，让他的内心也跟着宁静。

到了晚上起大风时，他听着风从远处的北坳吹过，像有火车驶来。当风声爬过帐篷顶，帐篷就"呜呜呜"地扁下来，等风过去，又恢复原样。只有在这雪山上才得以细细感受风的存在，温柔的，轻缓的，迅疾的，暴烈的……张梁觉得有点意思。

这是他自己一个人的世界，他很享受。他知道，在营地最重要的就是要耐得住寂寞。烦躁、浮躁或者沉不住气，最终都会导致崩溃。

5 月 19 日，攀登队从海拔 6500 米的营地正式出发冲顶。分 A、B 组的问题也还是存在，但张梁这次一改之前的默默服从，主动找到队长说了两次，争取分入了 A 组。

出发之前，在营地举行了煨桑仪式。在西藏，有人烟、有寺庙的地方必燃桑烟。这是藏族群众祭告天地诸神的仪式。传说古代藏族男子在出征或狩猎归来时，部族首领、老人和妇幼都会聚在寨外郊野，燃上一堆柏枝和香草，并不断向出征者身上洒水，意为用烟和水驱除各种污秽之气。人们认为，桑烟可以直达天神住的地方，它可将人间的美味传递上去，使诸神欢喜，保佑世间凡人诸事如愿，平安幸福。

几条长长的经幡被拉得很远，覆盖了整个营地，经幡上还写着队员的名字。然后，他们在燃起的煨桑堆上加上松枝、柏枝等，刚一点着明火便立即用啤酒浇灭，烟雾腾起来，还散发着一股清香。一丝神秘感随之飘散开来，据说这些烟雾会让山神高兴。

张梁跟着大家一起把自己的冰镐、高山靴、头盔等重要登山装备和随身物品也摆在祭台上，图个吉利。整个煨桑仪式持续了两三个小时，庄严神圣。藏族群众一直坐在祭台前诵经，其他队员也坐在后面默默祈祷平安顺利。仪式结束后，队员们手里握着一把糌粑，一齐欢呼着向天空扬去。

张梁后来听说，就在他们向顶峰发起最后冲击的晚上，留在营地的藏族群众做了一夜煨桑，不停地诵经，虔诚地祈祷山神保佑大家平安归来。

对于登山队来说，煨桑还是出征的一种象征。相传魔国红铜角野牛进犯岭国，西藏著名传奇人物格萨尔王，煨桑敬神。神灵喜爱这恭敬的行为，支持格萨尔王。格萨尔王出征大败邪魔。

所以为出征者煨桑，也是期盼勇士凯旋的仪式。

重新面对珠峰，这一次张梁想凯旋。

通往山顶的每一步路他都认真走过，现在，他再次踩过碎石坡，路过冰塔林，挨过大风口，曼曼接近曾经遗憾下撤的海拔8300米冲顶营地。

从海拔7790米到海拔8300米的过程非常辛苦，好在有清晰的路绳指引，剩下的就是自己和身体的对话。

张梁惯用的方式是：心里默默数数，1，2，3，4，5……走到10步，停下来，喘几口气，歇一两分钟。即使非常累的时候，他也努力克制自己不要大口大口喘气，以避免肺部受伤。在海拔低些的地方时张梁也数数，区别是一次可以数到 20 步，随着海拔上升，慢慢变成 15 步，10 步。

到海拔 8300 米的冲顶营地时已经是 21 日下午三四点钟。狭小的营地只能搭两顶帐篷，七八个队员都挤了进来。严寒大风，大家都没有脱连体羽绒服和高山靴，连水也没有烧，就这么挤在一起熬着，腿都伸不直。他们打算凑合几个小时就出发。

一切就绪，可帐篷外的风越来越大了。风速已经超过 20 米 / 秒，相当于 8 级以上的大风，吹起来的雪粒打在脸上生疼，人也站不稳。这比 2003 年的冲顶天气恶劣许多。通常安全攀登风速在 15 米 / 秒以下较为理想，风速越大风险越大。

此时营地的风速已经超过安全的临界点，西藏登山队觉得太危险，不想再继续。他们常年与雪山相伴，对天气的瞬息万变有切身体会。大本营也在下面研究天气，他们向高空放气球来观察海拔 8000 米的风速，给出结论：天气条件允许攀登。可是队员们身处大风中心，对天气的实际感受更直接也更准确，他们的担心不无道理。

上还是撤，成了一个问题。双方争论不休，对讲机不停地叫。张梁心里非常担心。他觉得目前的情况并没有糟糕到必须放弃的程度，可以一搏，他担心的不是风太大而是队伍放弃冲顶。他不想再失去第二次机会。

原本计划凌晨 0 点 30 分出发，因为山上山下意见不统一，一直拖到了凌晨 3 点。

张梁心里越发着急，如果再不出发就真的来不及了。

最后还是指挥部下了死命令，必须上。这次的攀登队伍背负着测量珠峰的重要任务，必须完成。

终于，队伍硬着头皮准备出发了。张梁心里松了口气，从这个角度来说，他还真想感谢测量珠峰的任务，没有这一档子事，他很可能又要打道回府了。

大家开始做准备。在海拔 8300 米的地方穿一双冰爪是什么感觉呢？原本张梁手上戴着厚厚的羽绒手套，羽绒手套里是一层防风手套，现在，他不得不摘掉羽绒手套，冒着被冻伤的风险，用仅戴着防风手套的手抓住冰爪的鞋带，使出全身力气扯——他要尽可能大力地把它勒紧。等到穿好一只冰爪，20 分钟已经过去了。随身装备也要尽量精简，一个新的氧气瓶，外加一点吃的和水，一共 10 公斤左右。准备好后，张梁又抓了一把高热量的坚果塞到嘴里随意嚼了几口吞下，再喝上几口热水，就出发了。

风丝毫没有减弱，黑灯瞎火什么也看不见，只有呼啸的风声以及无边的寒冷。通常在登顶的过程中，从凌晨出发到天亮之前是最难熬的一个阶段。四周漆黑一片，头灯把脚底下一小块地方照出一点暗暗的光亮，风持续狂吹，面罩把脸部捂得严严实实的。夜间不需要戴雪镜，眼睛就这样被风肆虐着。张梁整个人的状态也是蒙蒙的，非常累，直到慢慢走，走顺了，借助氧气把呼吸调整好了，人才感觉稍微适应一点。

这是张梁第一次向海拔 8300 米以上的位置慢慢移动，也是他人生中从未企及的高度。每一步都是咬着牙走的。他也没有机会吃东西，因为在这里即便是喝口水也需要费很大力气。但他没有感觉到饿，坚果为他提供了高热量，除了这些热量，剩下的就是消耗自己的身体。后来的十多年，每一次张梁上山前和下山后都要称一下体重，瘦掉十几斤是常有的事。

尽管很累，但张梁好像第一次意识到，他的体能要比自己以为的更好一点。其实情况越是看上去不可能，对登山者的要求就越高。压力释放后，血液的流动会更加畅快。

想着可能的危险不过是在磨炼人的感知力和控制力，张梁便觉得好受一些。他可以提高努力的程度，并强化自己全神贯注，这样就可以赶走多余的情绪。不同的是，寻常时候通过专注来转移多余的情绪时还允许犯错，允许改正，而在珠峰上，一举一动都事关生死。

在冲顶途中，体力弱一点的队员已经需要向导帮着换快挂。由于路绳是一截一截连接的，每隔百十米，就要把快挂换到下一段路绳上。在山上戴着羽绒手套做这个简单的动作并不容易。而张梁都是自己来，他仍有余力。

天终于慢慢亮了。雪山巍峨，但张梁没有任何心情欣赏眼前的壮丽，他机械地迈着腿，走着走着，忽然看到左侧的雪地上写着两个汉字：加油。这应该是前边的队友写的，若是平常在地面上画上几个字，他多半会觉得做作，但在 8000 米级山峰的雪地上，这两个字就像富含能量的坚果。

既然前者可行，自己也一定可行。张梁得到了鼓舞，一口气攀爬到了传说中的第二台阶跟前。第二台阶是珠峰北坡冲顶路上最大的，也是最后一道难关。它在海拔 8680 米的高度，是一块高 4 米左右的几乎垂直的陡峭岩壁，这是通向顶峰的唯一通道。1921 年到 1938 年，英国人曾七次攀登到此处，最终都以失败告终。以至于英国人流传，这里连飞鸟也无法逾越。

1960 年中国队第一次成功从北坡登顶珠峰，但他们在这里同样遭遇了困难，后来，是队员刘连满用身体做人梯，让队友屈银华踩着他的肩膀在岩壁上多打了几个钢锥才翻越过去。为了不让冰爪踩伤刘连满，屈银华脱下了高山靴，这导致他双脚被冻伤，最终截肢。1975 年，中国人再次从北坡攀登珠峰，并在第二台阶架设了一架近 6 米高的金属梯子，后来它被称为"中国梯子"。从此之后，很多攀登队都是通过这个梯子最终到达顶峰的。也有很多人曾倒挂在这个梯子上命悬一线。

此刻，张梁面前就是这架"中国梯子"。接下来，他要顶着风，在被氧气面罩挡住视线的情况下，将脚下的冰爪准确而牢固地卡在每一级梯子上，否则一旦滑动，后果不堪设想。他每挪动一步都要调整呼吸，只能凭感觉确认冰爪是否深深紧扣住梯面，小心翼翼地借力攀登。

短短几米的梯子，他爬了近 20 分钟。

翻过第二台阶继续往上走，就在海拔 8800 米左右，几近垂直的第四台阶右手侧，张梁看到了一具被红色羽绒服包裹着的遗体。那具遗体以头朝下的姿势倒挂着，已经冻成一大坨，只能从羽绒服上的韩国国旗来辨认他的国籍。2006 年攀登季，一位韩国登山者曾带领 16 名夏尔巴人想把遗体带下山。几近垂直的岩壁难以寻找着力点，想要攀登上去已困难重重，更别说搬运遗体。他们失败了。

这是张梁第一次直面海拔 8000 多米的峰上逝去的生命。但此时他的身体已经麻木，思维已经停止运转。他没有时间也没有心思为他人的死亡触动，他的脑子里只有一件事，尽快登顶，然后安全下山。

活着的人依次从陌生的遗体前爬过，这显得人情和雪峰一样寒冷。实际上，这却是每一位攀登者必然经历的"冷漠"。如果有人此时去收殓尸体，那么他很可能失去体力，成为下一个倒挂在那里的"冰雕"。戴维·罗伯茨在《犹豫的时刻》中曾说，有时候，登山者会被深深打动，甚至会流下热泪，但那只是为了曾经志同道合如今死得其所的山友。通过登山的经历，人会体验驾驭一切的冷漠。

当你到达某一高度时，"如果困难出现，就要战斗到底。如果训练有素，你就是活下来的那个。如果不是，大自然就将你收为己有"。

2005 年 5 月 22 日 12 点 20 分，张梁终于登上珠穆朗玛的顶峰，站在了地球之巅。最后三四十米路，他走了近半个小时。放眼望去，云在脚下，四周的山峰也都在脚下，巍峨众峰像一把把利剑拱卫着中心的剑皇。此时，他虽然站在地球的最高处，但他的心底，却第一次如此真切地对大自然生出了深深的敬畏之心。

在张梁展示国旗、农行行旗拍照的同时，科考人员在珠峰峰顶架设测量觇标，并获得了第一组数据。几十分钟紧张的测量工作后，全体队员开始下撤。8 月，中国向全世界公布精确测量结果，珠峰峰顶岩石面海拔高程为 8844.43 米，峰顶冰雪深度为 3.50 米。

下山时，张梁才注意到来路的恐怖。夜里他只顾看脚下，根本没有意识到周围就是万丈深渊，白天看得清楚，反而开始害怕了。

晚上七八点，张梁返回了海拔 8300 米的营地，迷迷糊糊在帐篷里过了一晚，没有睡袋，就穿着羽绒服。第二天醒来继续下撤，他边走边仔细在一堆路绳里辨别哪一根是最新的，以免挂错了。因为一旦挂错路绳，就等于走到了另一条路上，结局只能是迷路甚至滑坠。夜里快 10 点，张梁回到了海拔 6500 米的营地，终于安全了。后勤人员帮他煮面，他提出了一个小要求："给我罐啤酒。"

经历了漫长的登顶和下撤的煎熬，这时候，吃一碗热气腾腾的面条，睡袋也是暖融融的，真正放松下来，张梁的心情很愉悦，整个人有一种散掉了的轻松。

回程的路上他也有了好心情关注登山以外的事情。他第一次去了西藏的林芝、鲁朗、巴松措湖，车开在路上，车里一路放着欢快的藏族音乐。在空旷的天地之间听这些音乐，张梁感觉很不一样，跟他在车水马龙的深圳听完全是两种感觉。他还去了一趟尼泊尔。从那个没有生命迹象的高峰上，来到一个海拔只有 1000 多米的亚热带地区，张梁一下子有点"醉氧"。一路上山清水秀，绿草如茵，植被茂盛，耳边充满异域风情的歌曲欢快热情，连这里的风都是温暖的，让人感到无限温柔。山上的日子远离人烟，单调枯燥，从天寒地冻飞鸟都绝迹的高

张梁登顶珠峰。（图片提供：张梁）

山冰雪世界回到人间，看见清澈的小河里游动的小鱼和远处房顶上的袅袅炊烟，张梁都觉得感动。越是曾经经历可怖的环境，才越能感受到稀松平常的生活里一枝一叶的美好。这或许是登山带来的另一种极致体验，一种人为调整人生的体验，生命好像被按下切换键。这种体验容易让人上瘾。

2005 年 7 月，张梁再次来到人民大会堂。这一次的表彰在西藏厅举行，规模虽然比 2003 年那次小了很多，但对于张梁来说，心里的感受却大有不同。2003

年时他的心里充满了惋惜与不甘，而如今，他被激发出更多渴望。

张梁回想，从自己 1999 年进入深圳户外圈到成功登顶珠峰，花了六七年的时间。一切都那么难以预料，可似乎又顺理成章。他已经不记得多年前是怎么误打误撞进入《万科周刊》的"游山玩水"论坛，只记得论坛里聚集了深圳最早的一批户外运动者，各行各业的山友们扔掉身份标签聚集在此，每周都组织爬山活动。他跟着大家一起走遍了深圳的每一座山峰。

2003 年登顶珠峰未果后，在王石的努力下，深圳市登山户外运动协会（后文简称"深圳登协"）正式成立。王石任第一届会长，曾任北大山鹰社社长的曹峻放弃稳定工作任秘书长，张梁也是创始会员之一，任副会长。深圳能成为北京之外的又一个登山发源地，实际上与曹峻的深耕有关。曹峻是中国民间登山最早的代表人物之一，他由衷地热爱登山，并致力于将深圳登山事业专业化。自 2004 年起，他多次到香港学习香港攀山总会的培训课程体系、教练管理办法和评审制度等，并撰写了中国内地第一部地方登山"安全宝典"——《深圳市户外运动规范体系》。深圳登协仅用了 6 年时间，便发展成国内最专业的民间户外组织。

两年后，张梁终于达成登顶珠峰的梦想。而和许多山友把珠峰当成终极攀登梦想不同，登顶珠峰只是张梁真正攀登之旅的开始，冥冥中，命运已铺陈。

而王石，就是命运为张梁铺陈的重要一环。

王石说："在生活中总结出这些道理往往需要
10年、20年，等你领悟时，很多事情木已成舟，
来不及改变。但在登山的过程中，一个星期就可
以让人懂得很多，这就是人生的浓缩。登山之前，
我认为人生短短几十年，能做成一件事已很不容
易。但在登山之后，我感到个人的潜力无限，可
以成就更多奉献，体验更多乐趣，这就是人生的
延长。"

王石&张梁：
人生的浓缩与延长

2016年，迦舒布鲁姆I峰。（摄影：张梁）

20 年前，张梁与王石相识于深圳郊区的山峰上。

有人说张梁和王石在照片上看还有点像，张梁看上去就像王石的弟弟。那时的张梁 30 多岁，在深圳生活了十多年，只是一名默默无闻的普通银行职员；王石则是一位喜欢登山、玩滑翔伞的企业家。王石觉得当时他和张梁由于年龄、人生状态的差别并没有太多相似之处。张梁沉默，而王石高傲，他们本是两条平行线，没什么特殊的机会不太可能交会，是登山把他们连接在一起。

他们的相识很寻常，甚至已经一起爬过好几次山后，张梁才知道那个爬山时总是闷着头走，不爱吭声的男人就是万科的王石。那时万科远没有今天这样知名，包括张梁在内的很多队员对于王石的印象也仅止于他很会说，有管理经验，有点钱，他和大家一样，都是普通的登山发烧友。这是登山圈特有的气场，山友间不在乎彼此身份，只在乎是否投缘。

通常人群中总会有八面玲珑、消息灵通的人，张梁是另一种类型，他有点"钝"，后知后觉，对与自己不相关的人和事基本不关注，爬山时更是如此。他通常闷着头走，不爱吭声，这样的状态似乎慢慢成了习惯。

20 世纪 90 年代末，深圳开始零星地冒出一些户外运动爱好者。散兵游勇，三五相约，小范围地探索深圳市郊的山。火狐狸户外用品商店是当时深圳唯一一家户外用品店，大家都去那买东西，来来回回就那么几伙人，不认识也脸熟。张梁起初是跟着这家户外用品店组织的活动去爬爬山，后来不知怎的，一来二去，就被带进了《万科周刊》的"游山玩水"论坛，还成了论坛的元老。

张梁的好友王雁东就是"散兵"中的一员。那时候为了爬山，王雁东早上 6 点半就赶到位于罗湖区的银湖汽车站，搭乘最早的一班 360 路公交车，一路向东，晃悠两个半小时，到达深圳最东部的大鹏半岛南澳镇——现在叫大鹏新区南澳街道，然后开始爬山。下山后，他还要赶晚上 7 点钟从南澳发出的最后一班车，再晃悠两个半小时，抵达银湖汽车站，再换乘别的车回家。深圳是一个东西向的狭长城市，山又多集中在东部，远离市区。想要去东边爬山，常常要横穿大半座城市。

后来，有朋友对王雁东说，万科也有一帮人喜欢爬山，认识一下呗。就这样，王雁东也进入了"游山玩水"论坛。他在这里认识了张梁，看到张梁第一眼，王雁东想，这人我见过。

大家相识的情形大同小异，那两年的"游山玩水"论坛就像一个充满魔力的吸盘，把深圳很多像张梁、王雁东这样的年轻人通过各个渠道吸过来，聚集在一起。"游山玩水"论坛能有这么大的吸引力，成为深圳户外人的大本营，从根本上说，是缘于王石一直在有意识地倡导和推动户外运动在深圳发展。因而，不管是不是之前就喜爱登山，越来越多身处各行业的深圳人被户外运动这个潮流吸引、聚拢到这里，并成长为深圳第一代登山者也属意料之中。张梁就是被这个潮流带动的一员。

那时的深圳已经具备了户外运动兴起的条件。城市自然条件优越，山水资源丰富，为户外爱好者们提供了扎根的土壤。同时，深圳作为改革开放的前沿阵地，经济发达，出现了一批有意愿、有能力好山乐水的城市新贵。还有一个重要因素是深圳的城市特质，这是一座移民城市，移民的重要特点之一就是愿意尝试新鲜事物，他们是从骨子里就具有探险精神的一群人。王石就是那个重要的领路人。

2000 年至 2001 年，论坛组织活动特别频密，每周都有。梧桐山、七娘山、排牙山、大雁顶、梅沙尖等，都留下了他们开山拓野的足迹。

说"开山拓野"一点都不夸张。那年月，张梁和王石、旗手、十一郎、老爬虫、王雁东等山友真的是背着砍刀上山。砍刀就是在南澳镇上买的当地居民的砍柴刀，十几块钱一把。那时最偏远的地方还未通电。山上没有路，即使有居民上山砍柴踩出一条小路，不出一个月，也很快被杂草覆盖，难以分辨。所以，山友们从进山开始，就得一边开路一边爬，每次爬完山下来，个个身上都被划了一道道口子，尤其是开路的人，从头到脚像遭受了虐待。

但是，虐归虐，一周之后，大家又聚到一起，再去开拓另一座山。可以说，后来深圳山友们所攀登的成熟山路，都是当年这群人一刀一刀探索出来的。

万科公司也很给力，为山友们提供了最实际的支持。一到周末，公司就会派出几辆中巴车载山友们去东部。位于罗湖区水贝二路的万科总部门口后来成了每次活动的集合点。比起过去坐两个半小时的公交车去爬山，坐中巴车一来一回能节省两三个小时时间。一开始坐中巴是免费的，后来每人交 10 元钱，用来买保险。王石也在其中，也跟着大家交 10 元钱。在山里，王石不叫"王总"，叫"老王"。每每下山回到市区后，张梁就和山友们一起，带着一身臭汗和"累累伤痕"直接去 AA 制吃饭喝酒，不醉不归，快意江湖。山上的豪情和酒桌上的肆意交汇在一起，构成那段热血而快乐的时光。

张梁在早期的户外活动中，慢慢展现出了不错的综合素质。他的一身装扮看起来也很专业。最早的时候，山友们爬山很随意，装备也很业余，穿什么的都有，牛仔裤，运动鞋，还有很多人穿军胶鞋，背普通的双肩包。但张梁不是，他是最早一批在装备上专业起来的山友之一。专业的装备能让登山事半功倍：一双好的登山鞋是登山的关键，它的底部摩擦阻力更强，防水防滑的功能会更优良，同时它也能保护脚踝；一个好的登山包，它良好的背负系统可以让登山者的腰部分担一些肩部的重量，使身体负重时感觉舒服一些；登山服则在排汗、保暖、防风方面有多重优势……

张梁很看重这些装备的专业性。他有一身军绿色的速干衣裤，这套衣服一直到十几年后都还在陪伴着他的登山之路。早期他还背一个 60 升的大登山包，脚上蹬着一双专业的登山鞋，刚开始户外运动的山友见到他都觉得"好酷"，"一看就是很厉害的样子"。

当然，最重要的是他的身体素质不错。他体力好，登山时速度平均，动作也敏捷。在其他人眼里，也非常稳重。有时会有新人问他一些关于登山的问题，他就给讲讲，其他的时候，他不多言语。他经常走在队伍最后，和前面的队员稍微拉开一点距离，就形成了一个人的世界，不用与任何人交谈。他喜欢这个位置。同时，在登山途中保持自己的节奏也是对体能最好的保护。这样，他有意无意地充当了队伍中的"收队"角色。与"收队"相对的另一个角色是"领队"，他们是一支登山队中的两个核心人物。领队负责带路，控制整体速度。由于队员身体素质和登山水平各异，队伍难免被拉得很长，收队就显得非常重要，他要跟在队伍最后，以防任何一人被落下。

时间一长，张梁的沉稳和实力博得山友们的信赖，大家都亲切地叫他"大梁"。而王石这种领导型的人平常在人群中一贯是焦点，但他在山上和张梁是同一种类型，话不多说，稳扎稳打，清楚自己的节奏并能控制得很好。除此之外，王石还有个独一无二的特点，他只要走起来，中间就不停，不休息，耐力非常强。因而，山友们形容王石登山像骆驼，非常坚韧。

张梁的山，越登越高。

2000 年 9 月，张梁和"游山玩水"的十一郎、梁群、李伟文、朱廷峰等十几位山友结伴去登青海玉珠峰。玉珠峰海拔 6178 米，被视为山友初登雪山入门的最佳选择。

出发时张梁的心情并不轻松，就在几个月前，玉珠峰接连发生了两起令人震惊的山难。5 月 6 日，广州绿野户外探险登山队在攀登玉珠峰时三人失踪。5 月 10 日，北京 K2 登山队在攀登此峰时也发生悲剧，一人死亡，一人失踪，还有一人严重冻伤。若干天后，失踪者被证实死亡。在这两起震惊全国的山难中，共 5 人死亡，其中有 2 人还是深圳山友。

王石听闻噩耗后，立即赶赴玉珠峰参与救援。他抵达的第三天，失踪者全部被找到了，但都是尸体。救援队员抬着部分遇难者遗体下山的那天，天气很坏，风呼啸着，雪花纷飞。突然间，风静止了，阳光透过乌云之间的缝隙洒向雪山以及抬运遗体的队伍。那一刻，王石想，无情的苍天也被触动了吧。4 个月后，张梁出发去玉珠峰，王石虽然没有参加此次攀登，但还是亲自到机场为张梁一行壮行，空气中隐隐有种不知名的悲壮。

幸运的是，这次张梁一行的玉珠峰攀登比较顺利。在他站在山巅，把自己的名字写在登协会旗上的那一刻，他攀登雪山的序幕被悄悄拉开。

2001 年，核心队员还是张梁、王石、梁群、李伟文、十一郎、朱廷峰这些人。他们去攀登了位于新疆、海拔 7546 米的慕士塔格峰。活动是中国登协组织的，除了深圳的山友外，还有大连的刘福勇和成都的刘建等人。王勇峰是队长。这次的多名队员也成了 2003 年攀登珠峰的骨干。

相比第一次攀登玉珠峰时的经验匮乏，张梁在攀登慕士塔格峰时专业了一点。在玉珠峰，大家登顶时穿的羽绒服是统一租的，不太合身。到了慕士塔格峰，张梁对从衣服到鞋子等的各种装备都进行了专门的改良。不过他的相机还是胶片机，有的队员则用起了炫酷的单反相机和长焦镜头。

在大本营，一支日本登山队令张梁印象深刻。那支队伍里都是老人，领队的人正是世界上第一位登顶珠峰的女性田部井淳子。他们来这里不为攀登，只是拉练。他们排得整整齐齐，井然有序，和其他队伍的松散形成鲜明对比。张梁很欣赏这种"有规矩"。

2001 年张梁初涉雪山，扮演更多的还是一个跟随者的角色。王石是队伍的核心，这一年，他将登顶慕士塔格峰作为自己 50 岁的生日礼物。那时候张梁虽与王石直接交流不多，但这并不妨碍他感受这位 50 岁男人身上的活力、激情与坚韧。

2003 年攀登珠峰被共同分到 B 组的经历，让张梁和王石有了更多相处的时间。

这是一次彼此感染的机会。

那一年王石 52 岁，在珠峰大本营誓师大会上，被央视主持人李小萌问到他是目前中国登珠峰年龄最大的人，有没有信心。王石从不认为年龄是个问题，甚至还认为它是个优势。在他看来，登山是人生的浓缩，也是人生的延长。年长，意味着对山、对人生参得更深。在痛苦的登山过程中会随时想放弃，但他最终总能坚持并登顶，因为他始终没有放弃。"我们的生活何尝不是如此？很多事情就是因为放弃才没有成功。在生活中总结出这些道理往往需要 10 年、20 年，等你领悟时，很多事情木已成舟，来不及改变。但在登山的过程中，一个星期就可以让人懂得很多，这就是人生的浓缩。"王石说，"登山之前，我认为人生短短几十年，能做成一件事已很不容易。但在登山之后，我感到个人的潜力无限，可以成就更多奉献，体验更多乐趣，这是人生的延长。"

52 岁时的王石的这种心态，就是张梁之后一路的心态。

年龄同样没有困住张梁。时间非常吊诡，当 2018 年张梁完成"14+7+2"的壮举时，他也已经到了知天命的年纪，似乎在回应十几年前攀登珠峰起始之时王石所谈

张梁在珠峰与王石合影，此行他被王石深深感染了。（图片提供：张梁）

及的人生理解。50 来岁不只是知天命，还可以破天命，是让人生浓缩，让人生延长。只要你不放弃，你就可能体验更多。

王石登山一度在社会上有所争议。自他 1999 年尝试攀登珠峰开始，只要他一进山，万科的股价就微跌，等他出山才会恢复原来的水平。他认为这是市场对他登山行为的不认可。

虽然王石登山被常年指摘，但 2003 年他登珠峰时国内恰遭"非典"肆虐，他登珠峰的经历又被解读为鼓舞了市场的士气，对万科的投资者又有了正面影响。因此，在整个股市低迷的环境里，万科的股价却一直在升。

事情在张梁身上似乎也有映照。作为农行的普通职工，张梁的登山也曾引来一些非议，觉得他不务正业。

然而，一方面农业银行深圳分行拥有开放的企业文化，另一方面张梁坚持攀登的拼搏精神慢慢让大家折服，张梁成了企业精神的体现。

所以，一个人不要太在乎一时评价，要选择做自己认为正确的事。

王石是这样做的，张梁也是。

还有一些值得咂摸的细节。比如攀登的途中，队员有时会停留拍照，有好几次，王石都提醒张梁："大梁，你把农行的旗子拿出来拍。"有时候他干脆和张梁一起拽着农行行旗合影。对于展旗这件事，张梁后来才回过味儿来，而在当时，有点"钝"的他根本想不到那么多。

王石的细致来自他对自己状态的笃定和对周围环境的准确判断。海拔 8000 米以上的环境里，人只有 6 岁的智商，头脑迟钝的话，行为近乎机械。因此在山顶上，你能做的事只有两件：一件是拍照"取证"，证明自己来过；另一件就是展旗，感恩支持你的人。

人生也无非如此，展示最好的自己，珍惜那些帮助自己的人。

不过在 8000 米级高峰上，哪怕像从包里或怀里掏出旗帜这样简单的事，过程也会变得繁琐，变得不容易。王石自己曾带过万科的旗帜登顶，搞了半天才将旗子挑出来，结果没时间再次照相。因此他会善意地提醒张梁，会把自己的经验以非常恰当的方式传授给旁边的人。

王石登山时有自己的节奏。考虑到自己在队伍中年龄最大，速度也慢，为了不掉队，他每次比别人早半小时出发，然后一直匀速前进。这样的稳健与自律令队友们佩服。

其实王石知道如果节奏被打乱会有什么结果。攀登珠峰时，由于央视要给每个人拍摄登山日记，所以有一天，他被安排去打头阵。打头阵一下改变了他的节奏。后面的人想要他快一点，他就必须调整节奏，结果非常累。在攀登过程中，人一疲劳，动作就会变形，结果对着镜头，他又必须挺着腰，苦不堪言。所以王石但凡有机会都要保持自己的节奏。

回想起登山时的种种，张梁更深切地感受到王石身上的沉稳、有主见、有魄力以及看问题的宽阔视野。他还记得，在珠峰海拔 8300 米的冲顶营地，B 组队员因为无法登顶而掉泪时，只有王石没有吭声，没有掉泪。

后来张梁登的山依然与王石有着密不可分的关系。

2008 年，在王石的组织策划下，张梁又去攀登了希夏邦马峰，这也是唯一一座完全位于中国境内的 8000 米级山峰。

这次是一支大队伍，队员包括张梁、王石、汪建、王静、金飞豹兄弟、朱廷峰等 11 人，队员平均年龄 45 岁左右。

进山之前，张梁跟着王石去了拉萨盲童学校。王石在 2003 年攀登珠峰前跟随一名摄影师第一次来到这所学校，那天天气温暖，阳光洒满校园，孩子们歌唱着欢迎来客。领唱的男孩叫久美，他纯真的歌声让王石深受触动。

这所学校的校长赛布芮娅是一名德国人，她 12 岁失明，在来拉萨旅行的时候发现这里的盲人很少有机会受教育，有的还遭受歧视。为了帮助他们，赛布芮娅在两年后来到拉萨，创办了这所盲童学校。

那次走访让王石与这所学校建立了难以割舍的感情。之后，王石每次来到拉萨都会到学校看看。此外，因为《万科周刊》的宣传，万科的员工也持续向学校发起定向捐助。

2008 年这一次，王石照例去学校参加捐赠仪式，他们在学校里待了一天。那天久美也在，还与老师一起表演了弹唱。过去的半年，久美已经在大学学习钢琴和声乐，取得了很大进步。王石看着，感到欣慰。

这是张梁在工作与生活里很难现场感受的一幕。一名企业家对公益事业的持续关注，慢慢拓宽了张梁的视野。

希夏邦马峰攀登起来也困难重重。冰塔林路段非常消耗体力。最矮的冰塔也有

陡峭的冰塔林极难攀援。（摄影：张梁）

两人多高，连成一片，人走在里面被无数座"小冰山"挡住视线，像进入了一座巨大的迷宫。队员们需要在这些坚冰山丘里上下攀爬，进入腹地，四处都是看上去差不多的"小冰山"，立刻失去参照，很容易迷路，必须依靠路旗与向导的脚印来找准方向。

踩在冰上也容易崴脚，这对队员脚腕的力量有不小的要求。在一处比较陡的冰塔上，队员"花雕"使不上劲，不太敢走，王石和张梁轮番给他鼓劲儿。

"两只脚跳，一只脚很容易挂到那里绊倒，注意冰镐！"张梁冲他大声说，"跳，没关系。""花雕"一下子跳下一段路，王石也在旁边鼓励着："跳得漂亮。"

到了下一处更陡的冰路，"花雕"的步伐有一点进步了，他一边下，王石一边不停地鼓励："很好，很好，走得非常好！对，对，太棒了！漂亮！"等"花雕"走下来，王石过去问他："对你的冰爪有点信心了吧？你得相信它。"

王石有多年的攀登经验，体力与技术被山友们广泛认可。也许是过于自信，攀登过程中，王石又对汪建提出了一个激进的建议：争取一天之内登顶并下撤，创造一个年纪最大、用时最短的攀登纪录。汪建是一个骨子里胜负欲很强的有趣老头儿，他当即接受了这个建议。

王石与汪建碰在一起的时候总是很有趣，有他们在，聊天也更热闹，几个队员经常在大本营就某事"辩论"，谁也不服谁。张梁一般不参与这些讨论，听到大家开始讲了，他就自动走开。看到两个年纪都不小的人要创纪录，他忍不住告诫他俩："你们可悠着点儿。"张梁不赞成登山时有这种激进的做法，他心里想，好好地、稳稳地下山不行吗？为什么非要创这个纪录？

这个"创纪录"的行为果然危险，用汪建自己的话说，"在山上差点'挂'了"。最后，他们以 27 小时的成绩完成了登顶与下撤。

最后大家都平安登顶并下撤。这应该是一名登山者最轻松最快乐的时刻。队员们在大本营兴奋起来。王石兴致大发，惟妙惟肖地模仿起队友王静在冲顶过程中因为紧张而有些滑稽的攀登动作，还边学边调侃。王静也不生气，一边笑一边找来自己在山上穿的黄色连体羽绒服给王石披上加强效果。队员们被逗得大笑不止，闹了一阵，又跟着藏族小伙跳起舞，舞姿笨拙，但很尽兴。接着又开始对歌，一首接一首，唱得声嘶力竭。气氛实在太好了，连平时一贯沉默、唱歌水平也一般的张梁也不知不觉融入大合唱里。空气中飘荡着他们合唱的《真心英雄》，这一刻他们都是自己心中的英雄。

张梁喜欢这种简单的快乐。高原上的阳光洒下来，照在一张张笑容洋溢、被紫外线灼得黑黝黝的脸上。山峰拉近了人与人之间的距离。

2009年，依然是与王石一起，张梁去攀登了位于尼泊尔的马纳斯鲁峰。这是张梁第一次去尼泊尔攀登8000米级雪山。回想起来，从2000年左右进入"游山玩水"论坛，一直到近10年之后的马纳斯鲁峰，他的前期攀登之路一直与三石的引导有着密不可分的关系，也多亏了王石的支持。在正式攀登马纳斯鲁峰之前，队员们计划7月份先去玉珠峰拉练。本来张梁不太舍得花这笔钱，想着能省则省，不去拉练应该也没问题，没想到王石直接替他出了5000元交给攀登队。经过多年的相处和了解，也许两人之间已经彼此惺惺相惜。

9月，他们到达尼泊尔的加德满都。这里虽然破旧落后，但充满风情。当地人的纯朴、大自然的美妙让张梁立即喜欢上了这里。王石背着相机不停地拍，张梁慢慢观察，自己也拍。他摄影起步较晚，但颇有悟性。

有一张关于王石的照片是张梁很喜欢的。照片里是三个尼泊尔小姑娘无邪的笑容，王石在她们身后专心地看书。这是在徒步进山的路上拍的。那天，大家行进到其中的一个营地后开始休息，安顿好后，王石找到一张桌子，他把水壶往桌上一放，然后掏出书看起来。张梁隐约记得那本书是《时间简史》。王石爱

张梁很喜欢的这张照片。（摄影：张梁）

看书，不管何时何地，见缝插针拿起书就能读。这是张梁观察到的。他喜欢观察也习惯观察，这让他的攀登拥有更多成功的机会。

其实张梁与王石的交集并不止于登山，还有一次南极探险。对于王石来说，南极探险是他完成"7+2"的最后一个目标。而对于张梁来说，这一次探险，使他的视野里不再只有山，他开始看到另一个维度的"极"。世界在他的眼里更加立体起来。

时间是 2005 年 12 月。队员有张梁、王石、钟建民、曹峻等 6 人。其中，王石、钟建民都在为"7+2"这一目标进行最后的挑战。这次探险，他们还带着两个任务：一是为北京大学生物学家潘文石教授的白头叶猴保护项目筹集资金；二是受北京华大基因研究中心嘱托，在南极圈内不同纬度取雪样，以研究极寒之地的细菌、微生物。

张梁有生以来第一次出这么远的门。飞机先从香港飞行 12 小时到达德国的法兰克福机场，等候 4 小时后，再乘坐智利航空的航班前往圣地亚哥，算上经停西班牙首都马德里的时间，这一程还需要 16 小时。

飞机越过大西洋，慢慢靠近南美大陆。当地时间 12 月 10 日上午，张梁第一次踏上了南美洲的土地。

时间很紧凑，一行人又立即搭乘飞机前往蓬塔阿雷纳斯。这是智利南部一个美丽的海港城市，也是他们的探险开始前到达的最后一座城市。

眼前是一个陌生又新鲜的世界。

蓬塔阿雷纳斯安静、整洁、充满诗意，连街边卖小工艺品、卖蔬菜的摊位都井然有序，处处透着祥和。刚到的那天傍晚，小镇还下了一点雨，天晴后，阳光透过云层洒在小镇红黄色的屋顶上，艳丽非常。张梁喜欢这里。

因为即将前往的营地在下雪，飞机无法降落，一行人只好原地等待天气好转。利用这短暂的时间，他们就近逛了逛，感受当地的风情。19 世纪的古城堡、麦哲伦企鹅，无一不让人感受到在路上的新奇和美好。

在咖啡馆前的柱子上挂上标有北京的方向标。（图片提供：张梁）

他们还去了一间位于高地上的可以鸟瞰整个小镇的咖啡馆。那里视野非常开阔，咖啡馆门前竖了两根高高的木柱，上面钉满了各种箭头形状、标示着"距某地多少公里"的木牌方向标。

王石最先注意到这两根柱子，他凑过去仔细看了一圈，发现在那堆写有世界各地地名的木牌中没有中国北京，只有一个指向东北方向的木牌写着"距台北13000公里"。

队员们决定把首都北京的名字也挂在柱子上。老板很乐意，并且已经准备好了这块木牌，不过挂在上面需要交纳 60 美元。这块原木色的木牌左边画着五星红旗，右边写着"BEIJING 12961KM"，看着很漂亮。

几名队友捧着这块木牌，选了一个高高的位置挂上去，为了让每个人都有参与感，他们轮流爬上柱子，象征性地敲打钉子，共同完成了这块木牌的安装。

小镇民风淳朴，对外来游客很友好。张梁英语不好，一路上很多交流都是队友来完成。也不仅仅是语言的原因。在这支队伍里，王石见多识广，是核心人物；曹峻毕业于北大，当时就职于万科，又是这次的领队，很多事都由他张罗；钟建民是香港人，不仅英语好，还学过法语，法语跟当地使用的西班牙语同属于拉丁语系，所以在购物、吃饭时能派上用场。相比之下，张梁本就不爱说话，在陌生的异国，就更插不上话了。

事实证明，和优秀的人在一起会激励人也想变得更优秀。从那时候起，张梁暗下决心，日后一定要把英语学好。

12 月 18 日，队员们终于出发了。他们要先从蓬塔阿雷纳斯飞到此次探险的基地。而后，他们将从南纬 89 度开始，花 7 天时间徒步 120 公里，最终到达地球的最南点——南极点。

零下 30 多摄氏度的天气，每个人都包得严严实实。大家列成一个纵队，每人都拖着将近 40 公斤、装满帐篷、睡袋、食物、燃料、厨具的大雪橇，走在一片白茫茫里。所有人都不说话，闷着头往前走。事实上，在这样的条件下也根本没法交流。每走一个半小时，大家就会统一停下来休息，吃点东西，喝口热水。食物

张梁等人的营地（上）。云层很厚，天似穹庐（下）。（摄影：张梁）

只有花生、青豆、核桃、葡萄干、饼干、能量棒和切成小块的奶酪，它们混装在一个袋子里，吃的时候抓一把，只求补充体力，不管味道。取水倒是很方便，辽阔的雪原有取之不尽的雪块，用炉子加热就可以饮用。

每次停留的时间只有几分钟，因为时间长了太冷。休息的时候，只有王石还算活跃，他会拿着相机拍照片。

世界只有白色，其实拍来拍去没什么两样，连参照物都没有。但王石也能拍得兴致勃勃。他想了一个点子，以"中国人在南极的表情"为主题，每天拍大家的脸。后来回国，他又为这组照片办了展，都是队员们不同神情的大头照。照片里的张梁，有一张饱经风雪透着沧桑的脸，他的眼神平静而坚毅，沧桑里又带着硬朗。

负重徒步辛苦又枯燥，走完计划的路程后，大家就地搭帐篷休息，三个人一顶帐篷。帐篷里相对还算暖和，大家钻进去，把帘拉好，脱掉羽绒服，终于可以聊几句天。

如果说雪山攀登挑战的是人类体能和意志的极限，那么极地徒步就是对人类心理的终极考验。极地广袤，空无一物，世界只剩下无尽的白，过度的空旷和单调极易让人产生遗世独立的巨大孤独感。在这里，时间无法以日夜计算，7天，168小时，生活只有行走和搭帐篷休息两种模式。没有黑夜，时间仿佛在这里停摆。幸运的是，他们在南极这个"暴风雪的故乡"并没有遭遇暴风雪。

在这场心理的极限挑战赛中，张梁依然保持了他的稳劲儿。他心里非常清楚，

企鹅。（摄影：张梁）

可以走得慢，但必须保持清醒，慢慢往下走，不能停。

北京时间 12 月 28 日 01 时 05 分，张梁和伙伴们终于成功抵达南极点。任务顺利完成，回到基地后，大家开了香槟庆祝。

张梁还是那个低调话不多的张梁，只有他自己知道他的内心发生了怎样的变化。王石像一个引路人，潜移默化地带领他进入了人生的另一面。他站在世界之巅俯瞰过震慑心魄的雄伟瑰丽，穿过茫茫冰原体验过极致的孤独，造物那样奇妙，世界那样迷人，而生命，原来那样丰富和坚韧。就像修道者只有入红尘才得以破红尘，登过更多的雪山，探索过更多的精彩，走了更多的路，看过更多的人，才更明白要好好珍惜这平凡的一生。

这个低调到外人依然看不出什么变化的张梁，从普通银行职员变身为深圳登山翘楚的种子已经暗晗播下。他将从默默地跟随，逐渐走向登山探险的大舞台。

地球上有"三极"：北极、南极、珠穆朗玛峰。
它们是人类探险事业上最具标志意义的三个极点，
也象征着人类能走到的地球最高处和最远处。人
只有勇于试探自己的"极点"，才能活出生命的
高度与广度。

孤独北极，与熊共舞

极昼里，太阳不会落山。（摄影：张梁）

古希腊人把北极叫作 Arctic，意思是"熊站在头顶的地方"。这里的熊，不是特指北极熊，而是指北极天空里的大熊座，只要往北走，大熊座的 7 颗耀眼明星就会与你共舞。

这里当然也生活着北极熊。北极熊其实并不喜欢往极点跑，因为那里冰层太厚，海豹钻不出冰面，没有食物，它们也不愿意太冒险。但总有人类热爱冒险。

从时间上看，人类对北极这个"地球冰冷头颅的银色王冠之顶"很有兴趣。1909 年 3 月，美国海军中校罗伯特·皮尔里从哥伦比亚岬地出发，经过 36 天艰苦跋涉，到达地球最北端，成为历史上第一位到达北极点的探险家。随后，"最先到达南极"的较量在英国鱼雷专家罗伯特·福尔肯·斯科特和挪威极地探险家罗尔德·阿蒙森之间展开。1911 年，两人各率一支探险队向南极发起进军，最终，阿蒙森比斯科特早一个月到达，而后者的队伍在归途中不幸全员遇难。1957 年，美国在南极点建立科考站，将科考站命名为阿蒙森－斯科特站，就是为了纪念这两个人。相比之下，人类对珠峰的探索时间就晚了许多。

张梁的挑战顺序刚好相反。他先登顶了地球最高点珠峰，接着又在王石的影响下领略了人迹罕至的南极，到 2008 年，他的探险经验已日趋成熟，这一次，他一个人去参加了北极挑战赛。

北极挑战赛是一项国际赛事，由英格兰人创办于 2003 年。比赛的起点在加拿大北部的北极圈地区，终点设在 1996 年测定的地磁北极，路线全长 600 多公里，完成整个挑战，须历时 2 至 3 周。比赛期间，参赛者要拖着 50 公斤重的行李，

在 −50℃的冰天雪地里，每天走上 30 至 40 公里。试想，即便是在城市里不负重的情况下，每天行走几十公里，连续行走一二十天，一般人也很难坚持完成，何况是在极端的天气和环境下，其强度与难度可想而知。

这是张梁第一次没和中国同伴一起行动，他独自报名参加了比赛。

参赛者来自世界各地，三人一组，小团队行动。因为先前有过南极探险的经验，张梁一开始对此次北极挑战赛挺有信心。后来的事实证明，他实在是乐观得太早了，这分明就是一次魔鬼行军。

这是张梁的一次重要改变。他第一次在没有熟悉的同伴陪伴下探险，他和两个陌生的法国年轻人结成了一组。这意味着，他不光要面对极地跋涉的艰难，还要处理和异国刊队成员的关系，还要考虑名次，不像攀登珠峰那样，只要安全登顶归来就算成功。

2008 年 1 月 5 日，张梁带着三个塞满衣物和装备的 60 升长型大包从香港出发了，目的地挪威。与之前那次说走就走的南极徒步不同，为了保证参赛者的安全，这次北极挑战赛举办方对所有参赛者进行了为期一个月的赛前系统训练。

这是张梁第一次来挪威，下了飞机再坐大巴车来到挪威北部接近北极圈的一个小镇。正值冬天，小镇被白雪覆盖，训练地点在一所军营内。先要学习理论知识，诸如怎样在北极圈里最快速地搭建帐篷、如何查看地图和准确定位、队员之间怎么分工合作以实现效率最大化等。教员讲解得很细致，他把每一样会用到的

张梁、托马斯（左）、莱丝莉（中）的组合叫"北极三剑客"。（图片提供：张梁）

装备都拿出来，帐篷、靴子、滑雪板、燃气罐等，一一演示。可惜张梁的英文水平一般，对于这种全英文的大段讲解他听得很吃力。回去后一定要再把英文学好点，他再次在心里暗下决心。

理论学习完后就是实战训练，队员们来到户外模拟行军。张梁的两名队友都是法国人，20多岁，男孩叫托马斯，女孩叫莱丝莉。托马斯个子比张梁还高，有着深深的眼窝和一笑就浮现出来的酒窝，整个人透着一股阳光的帅气。他曾经在杭州工作过两年，懂中文，善谈，张梁与他交流容易了很多。

他们要把行军中需要做的事反复演练。滑雪是基本技能，以后的每一天行军都要靠脚踏滑雪板一步步向前滑行；挖雪洞也很重要，它可以应对突然袭击的暴风雪；在三五分钟内快速搭建好帐篷也是十分必要的，因为气温过低，搭帐篷时间稍微长那么一点儿，人就有冻伤的危险；还需要三人做好分工，比如两人搭帐篷的同时第三人去烧水，这边帐篷搭好，那边热水烧好，队员就可以喝上一口暖暖身体……

最特殊的一项训练是如何吓退北极熊。

北极熊看起来憨态可掬却充满危险。它是陆地上最大的食肉动物，雄性北极熊体重为 400—800 公斤，雌性北极熊体形稍小，体重也超过 200 公斤。它的奔跑时速能达到 60 公里，前掌力量之大，能一掌致人死亡。一旦在行进过程中遭遇北极熊，不能拔腿就跑，正确的做法是：敲打铁器作响，向北极熊扔石块，如果这些方法不能吓退它，就要对空鸣枪乃至朝它开枪了——主办方给每一个参赛小组发了一支枪。张梁和队友测试了这把雷明顿霰弹枪。实践证明这些训练是十分必要的，关键时刻能救命，而且后来真的救下张梁一行的命。

训练的最后一天，队员们进行了一个残酷的训练项目：跳冰窟。这是耐寒训练，队员们要依次跳入一个临时挖出的八九平方米大的正方形冰窟中，再尽可能快速地爬上岸。在极地行走，除了可能遭遇北极熊和暴风雪，也有落进冰窟的风险。进行这种耐寒训练，是为了让队员能在最危险的时刻有机会活下来。

天气已经不是单纯的"冷"可以形容，刺骨的寒风里，队员们即使身上穿着厚厚的羽绒服也冻得原地打转。张梁排在第 3 位。做完原地踮脚热身，托马斯帮他把已经系紧的冲锋衣底部又紧了紧，这样可以尽量减少冰水灌入衣服里。四周响起了掌声，张梁向大家点点头，他发现自己居然有一丝兴奋。在掌声中，他踏着滑雪板，几乎没有犹豫，径直冲进了冰窟里。尽管已经做好准备，但入水的那一瞬间，张梁还是骨子里打了个冷战。过度的低温让身体对寒冷的感触变成了疼痛，但他顾不得许多，拼了命地挥开膀子往前游。他必须迅速游到对岸，在冰水里待的时间越长就越危险。

"加油！加油！……"托马斯在岸上声嘶力竭地大喊。张梁已经努力扑腾到了岸边，他用已经冻僵的双手举起滑雪棍奋力向岸边冷硬的冰层扎去，支撑起自己的身体向上爬，爬一点，又将滑雪棍往前戳一点，身体再往上爬一点……挣扎了半分钟，张梁终于爬上岸。上岸，风一吹，衣服上的水迅速结冰，浑身都硬邦邦的。

队友们又送上了一阵掌声。张梁拖着冻僵的身体赶紧向百米以外的帐篷跑去，他一边跑一边快速脱下湿透的衣服，然后一头钻进帐篷。终于暖和了一些，换好衣服烘干头发，他开始剧烈地咳嗽，有痰从喉咙里涌上来，吐出来一看，是黑色的。

一个月的系统训练让张梁第一次感受到欧洲探险活动的专业化。离开挪威前，主办方专门为队员们举行了化装舞会，大家各出奇招。

转眼到了 2008 年 4 月 1 日，张梁从深圳出发去正式参加比赛。他先飞至加拿大渥太华，而后又转了两次机。一路往北飞，飞机越换越小。当飞机进入北极上空，透过舷窗，眼下就是真正的北极风光了。北冰洋被冰雪断断续续地覆盖，有些

跳冰窟训练（左）。北极熊足迹（右）。（图片提供：张梁）

冰雪集中的地方，冰块之间的裂缝就像人的掌纹在地表蔓延开去，细密，纵横，交错，有种几何之美。

张梁抵达的是加拿大最北部的小镇雷索卢特（Resolute）。这个小镇上只住着大约 250 名因纽特人，但它却是个传奇小镇。

1854 年 5 月，一艘前往北极寻找一支失踪探险队的搜救船远航到这里时陷入冰阵。巨大的冰块死死"咬"住了搜救船，几经努力无果后，船长和船员们决定放弃这条船。这条被遗弃的船叫作"雷索卢特"，意为"勇敢者"。人们以为，这条船很快就会消失，因为经历冬天后，冰山的挤压会使船体分崩离析，变成一堆烂木头。但是奇怪的事情发生了，不知什么原因，这条船在无人操纵的情况下，竟然自己挣脱了冰阵的围困，进入了不冻的水域。一年之后，一艘美国捕鲸船发现了它。当时，它正如幽灵一般在海上四处漂泊，距离当时将它困住的水域居然已有 1400 公里。归来的搜救船，船如其名，成为孤单的勇敢者。从此，这艘船被困住的地方就被命名为雷索卢特，并逐渐发展成一个颇有名气的北极村落。

大概是因为与探险、勇气和传奇归来有关，探险培训也乐得选择这里。当地的因纽特人实际是蒙古人种，这让张梁很有亲切感。他很快适应了当地的环境。

26 名参赛队员都在规定期限内到齐了，他们来自世界各地。大家在真正的极地环境下，再次进行了行军、拉练、枪支使用（实弹射击）、帐篷搭建、GPS 使用、紧急呼叫系统使用、体温失温情况下的自救等实地培训。

由于是自由挑战，每个小组都需要自行确定路线。出发前，张梁和托马斯、莱丝莉一起仔细商量确定了路线，在 GPS 上进行地图定位。600 多公里的赛程是指直线距离，真正行走起来，需要绕过冰裂缝等危险路况，实际路程远不止 600 多公里。他们拟定了 80 多个定位地点，需要一一沿着这些定位完成这次挑战赛。

食物准备倒是和登山差不多，好处是有雪橇可以多带一些，坏处是所有东西都得自己拖着走。三人准备了充足的路餐。他们把芝士切成小块，再与坚果、葡萄干、牛肉干、巧克力等混合在一起，分装在小袋中。麦片、奶粉、蔬菜干等也同样分成很多份，平均分配。因为沿途没有补给，不能少带，为了降低负重又不能带得过多，所以他们必须严格控制物资的重量，精确分配每天的食物，这样才能撑得下去。

终于正式出发了，真正的考验正式开始。

张梁踩在滑雪板上开始在皑皑雪原中向前滑行，两米厚的冰雪层下就是 4000 米深的海洋。他身后拖着 50 多公斤重的雪橇，雪橇上装满了食品、帐篷、燃料、装备等。

4 月的北极圈刚刚进入极昼。太阳永不落山，沿着遥远的地平线横着走，走一圈就是一天。破碎的冰川周而复始地融化又结冰，到处是冰裂缝。此外，他们还要警惕暴风雪和北极熊。

极寒是对所有人最大的考验。有时候太阳看起来好似就在眼前，但这太阳并没有带来丝毫温暖，相反，太阳不升也不落，气温是恒定的——24 小时都是一样的寒冷。

赶路的时候，身体还能因运动而暂时抵御寒冷，但每隔一两个小时停下来休息时就会立即感受严寒的侵袭。所以，他们就算停下来也不敢多作休息，饿了就用最快的速度从食品袋里抓一把坚果、芝士放到嘴里，粗略地嚼嚼就吞下，再喝一口水，只停留几分钟就继续出发。

因为三人的节奏不同，赶了一阵路后，张梁和两个年轻人拉开了一段距离。张梁走得慢，和登山一样，他有自己的节奏。他还要拍摄。登山也好，航海也好，极地探险也好，他要给自己留点纪念。托马斯和莱丝莉就不一样了，他们连相机都没带，纯粹只是来参加比赛想拿名次的。两个年轻人年纪又相仿，他们速度快，径直往前走，走累了就坐下来休息并等等张梁，张梁一到，他们又站起来继续往前走。

比赛前两天，张梁就深刻感受到北极探险比他想象的要残酷得多。他的脚底磨起了水泡，脚腕也开始痛。更惨的是，他的脚踝和小腿被袜子、靴子捂出了湿疹，一摩擦就痛。他只好在这些部位贴满止血贴，尽可能减少摩擦。不仅如此，他还要克服大脚趾的痛风，双膝的旧伤也犯了，每隔一段时间就要换膏药。腰也痛，除了贴膏药，还要在腰部再放个发热袋。新伤旧伤一起爆发，常常痛得他龇牙咧嘴大声喊叫。

意想不到的情况还在后头，到了第三天，张梁的右脸被严重冻伤了。这是他自登山以来从未发生过的情况。他的面部僵硬，整个右脸肿得像馒头，脸上冻出了水泡，一时没注意，伸手去摸，脸上的皮就被摸掉了。伤口暴露在寒冷的空气中，冻伤的地方全都溃烂了，看上去跟烫伤似的。

晚上，张梁与深圳卫视一名记者连线接受采访时，突然委屈得哭了出来。

主办方得知了张梁脸部被冻伤的消息，要求他退赛。机会实在太难得，他当然不甘心就这样放弃。尽管一开口脸就疼，但他还是操着还有些生疏的英语语气轻松地对主办方说："没关系，我登山时经常冻成这样。"实际上，即便是在8000米以上的雪山上，他也从未被冻成这样。

如果因此退赛，张梁没法看得起自己。北极远比他熟悉的珠峰、惬意的南极凶险得多，而磨难才刚刚开始，这反倒更加激起张梁的斗志。

接下来的每一天，张梁都小心翼翼地保护着麻木无知觉的右脸，为了保持伤口

行进途中，满面冰霜的张梁。（摄影：张梁）

干燥防止二次冻伤，他每天都要换干净旳纱布。在这样的环境下，一旦被二次
冻伤，伤到肌肉层，等待他的基本就是毁容。考验还在一天天持续。行走旪，
张梁的帽檐上、胡子下，经常挂着两三道冰溜子。身体上的状况也在持续出现，
口腔溃疡，脚继续磨起泡，头皮也跟着瘙痒，他只能忍。

他们每天徒步近 20 个小时，到处都是冰裂缝，有时候会遇到三四米深的三大冰裂缝，站在岸边向下望，蓝得发黑的海水就在裂缝里激荡。他们需要找安全的地方绕过去，经常这样来来回回找路，额外又消耗很多体力。张梁常常走到大腿后侧抽筋，又整天握着雪杖，导致双肘疼痛，到最后手掌都打不开了。他的十指关节也疼痛难忍，就算休息过后，拳头也无法握起来，几乎捏不住东西。每次勉强完成当天的行程，张梁和队友还要握着榔头砸钢钉搭帐篷，帐篷还必须在三五分钟内搭好。

赶路，搭帐篷，进食，睡觉，这几件事情像机器程序一般循环往复。

这天，帐篷一搭好，三个人即刻钻进去开始烘烤靴子、鞋垫、袜子、面罩、手套、衣服，然后准备烧水做饭。太累了，大家都没有说话，张梁此时只想迅速干完该干的事抓紧时间睡觉。衣物烘烤到一半，刚才还在窸窸窣窣整理衣物的托马斯忽然没了动静。张梁心头一跳，侧身探过去，才发现他竟然已经栽歪着身体睡着了。

看着毫无预警就地睡着的托马斯，张梁意识到，这样下去不是办法，不能所有人都一直处于极度疲劳的状态，这样太危险。第二天，他用简单的英语对托马斯和莱丝莉说："这样，不行，必须轮流睡觉。"

大概是托马斯和莱丝莉也深有同感，他们沟通起来竟然出奇地顺畅。经过简单商量，三人决定以后每天都由两个人干活，另一个人抓紧时间睡觉，轮流倒班。但即使这样，也总有一个人是连续两天没法好好睡觉的。不过总算是有相对充裕的睡眠时间了。

睡觉的问题可以协调，但食物就没办法了。都不用时间长，几天之后，简单、重复的食物就变得和这冰天雪地一样令人乏味。

早餐很简单，麦片、牛奶、干果和麦片、牛奶、干果。张梁要做的是把干果和麦片用温水一泡，把黏黏糊糊的食物大口大口往嘴里填，吞下去，然后用水把碗洗一下，再把洗碗水喝下去。他们用的碗其实不是碗，是塑料狗盆，它重量轻，用起来又不会烫手，非常方便。

路餐是坚果、干果和芝士、巧克力以及巧克力、芝士和干果、坚果。吃它们仅仅是为了保持本能，至于口感，那太不重要了。有时候有些干果和巧克力冻得太硬，根本咬不动，张梁经常被它们硌破牙床，再加上缺少维生素导致的严重口腔溃疡，每吃一口都要强忍痛苦。防寒防风的面罩把他的嘴堵得严严实实，把食物塞进嘴里是困难的，而把它们嚼碎吞下去是痛苦的。

晚餐是袋装的户外混合速食，有米饭、意粉、豆类等。这也令人烦恼。只有牛肉干区别于其他任何食物，它是张梁的最爱，每次嚼完，还要想办法把剩下的筋也吞下去，不浪费一点。对于张梁来说，牛肉干就好像是孤独的行囊里那点生存的意义。在登山时也是如此。

人类似乎天性如此，即使再孤独、再困苦，也总能找到一个让自己坚持下去的理由，有时候是某个人，有时候是某种信念，有时候是某件东西，而有时候，只是一块牛肉干而已。没过几天，每个队员的健康状况都开始恶化，体重大幅下降，甚至瘦到脱相。

喝水也是个问题，好在并不严重。如果渴了，就取冰层上薄薄的一层雪融化食用。薄雪在北冰洋上经过反复冻结、融化、蒸发，口感只余齁咸和苦涩。可是他们别无选择，只能品味苦涩。另外，雪水里有很多沙子，用它做出的饭也夹杂着沙子。所以，张梁他们每天要喝这样的苦水，也要吃含着沙子的饭，或者叫"吞"，不细嚼，闭着眼睛咽下去。

因为身处日不落的极昼，没有黑夜，只有白天，张梁只能依靠太阳的方位来判断是清晨还是傍晚——太阳在他们前面就是清晨，太阳绕到他们身后就开始进入晚上。"晚上"要戴上眼罩才能睡觉，只能睡三四个小时，然后就要赶紧起早准备出发。出发前要把所有物品收拾妥当分类放在雪橇上，排泄物也要装好带走，不能给大自然留下一点负担。人"吃喝拉撒睡"的基本需求，在这极端环境下变得非常困难，"方便"也变得非常不方便。

除了身体上和精神上的折磨，张梁还要克服和两个年轻人之间的文化差异。有一次，他们前进时遇到一个小雪坡，张梁觉得可以从雪坡周围绕到前面去，托马斯和莱丝莉不同意，一定要严格按照GPS的指引，爬上坡再走下去。欧洲人在户外探险活动中常常对规则表现出一种绝对的服从，张梁觉得，他们未免太过教条，但他拗不过，最后只好说"OK"，因为僵持毫无意义。

类似的问题还有很多，比如线路的选择、休息的时间、每个人的分工合作、GPS导航……只要不涉及生死和底线，最后都是张梁妥协。他没有办法，这是团队行动，或者再想开一些，自己年长，让着一点、包容一点，总要大步调一致这支队伍才能完成这个挑战。无论做什么都需要勇敢坚持，但也要为了共同

恐怖的巨大冰裂缝，似乎斩断了极地，流出了海水。（摄影：张梁）

目标学会适当妥协，这是他在登山过程中逐渐深深明白的道理。但难受是无法避免的，于是就只能每天给自己暗暗加油。

考验无处不在又五花八门。在破碎的冰山中，他们深一脚浅一脚地爬上爬下，经常"扑通"一下，脚陷到很深的裂缝中。有一次，三人在破碎的冰山中行走，在找路时，莱丝莉突然大叫一声，人突然就矮了一截，原来她的膝盖以下全部陷进了冰裂缝里。闻声，张梁和托马斯眼疾手快，立即冲过去拖住了她，由于担心附近冰面仍有危险，两人使劲把她往后拖了200多米才敢停下。然后立即搭帐篷、点火，抓紧时间烘干靴子、袜子和内衣。零下几十摄氏度的环境中，如果不及时处理，腿就极有可能因冻伤而不保。

行进到第五天，他们抵达了第一个打卡点。连日来身体上的折磨和与队友之间无声的摩擦，让张梁终于承受不住，情绪有些失控了。他比托马斯和莱丝莉年纪大得多，身体接受的考验也更剧烈，无边无际的冰面，无边无际的天空，无边无际的寒冷，看着几乎无法沟通的队友，他第一次想问自己，我在干什么？我为什么会在这里？

他又忍不住哭了出来。

这一定是他这辈子哭的次数最多的日子了。张梁这样想。

哭过之后，一切继续。张梁骨子里有一种 man 劲儿。困难最终总是会被他的信念击败，北极的磨炼只是其中一份，随着每一次坚持的成功，他越来越相信，只要能爷们起来，艰苦从来就不会成为绊脚石。

与几乎看不到活物的珠峰不同，与随处可见企鹅的南极不同，一路上张梁时常看到动物的遗骸。荒无人烟的冰原上，它们安静地躺在那里，被经年累月的风吹日晒雕琢成了大自然的艺术品。这场景显得非常孤绝与恐怖。这些死亡的痕迹，激起张梁对生命的热爱。

但比起这些尸骸，让张梁直接感受到震慑的是地上北极熊的足迹。这些足迹让他的内心产生了一种微妙的矛盾，他既希望不要遇到北极熊，又希望能亲眼见一次这种大家伙。

培训时，教员告诉他们，在前行过程中三人要分工，走在前面的人看前方，走

巨大的尸骨看起来像鲸的遗骸。（摄影：张梁）

在中间的人看左右，走在最后的人看后面，分别看远处有没有北极熊出没。三个人只有一把枪，用来以防万一。考虑到男人的情绪容易激动，为了避免在危机时刻男人持枪伤人，他们把这把沉重的枪交给了莱丝莉保管。

他们已经走了17天。风依然很大，连续赶路的三人都已疲惫不堪。疲惫让人在不知不觉中放松了警惕，张梁只想尽快到达既定目的地。

他们在雪地里拖着雪橇机械地往前，走着走着，就看到了前方几十米处的一个小雪包。他们以为那只是自己将路过的无数个小雪包中的一个，待走近，张梁才赫然发现，那里趴着一只成年的北极熊。

它的毛发呈淡黄色，似是觉察有人，慢慢站起来，然后向张梁他们走来。大概它心情不错，边走还边在地上打了一个滚。

张梁的心情就没法不错了。他感觉自己的血液正在从头到脚凝固，已经迈出去的脚步僵在那里，不敢往前，也不敢后退。

北极熊是世界上已知体型最大的熊，也是地球陆地上最大的食肉动物。一头成年北极熊直立起来足有 2.8 米高，而眼前这一头，体重估摸超过 600 公斤。更可怕的是，北极熊虽然身躯庞大，但动作一点也不慢，它甚至可以说是北极地面速度最快的家伙。它的奔跑时速可达 60 公里，一般的车辆在冰原上都不敢开这么快。它还喜欢用它巨大的熊掌拍击，掌力惊人，能瞬间砸穿北极厚厚的冰面重伤水下的白鲸。它的犬齿可以长到 10 厘米，拥有 1600 牛的咬合力，是老虎咬合力的 1.5 倍。它的皮下脂肪厚达 10 厘米，厚厚的皮毛简直就是防弹背心。就算是体型最大的东北虎，在北极熊面前如果攻击不到它的要害，也根本毫无胜算可言。最要命的是，北极熊是已知的唯一会主动攻击人类的熊。

托马斯和莱丝莉显然也已经发现了它，他们停下来不敢再动。空气都凝固了。

北极熊离他们越来越近，只剩下不过几十米的距离，它只要稍稍一发力，就能在几秒之内冲到他们面前。

很难想象这是一次偶遇而不是伏击。因为北极熊嗅觉灵敏，甚至可以闻到1.6公里外深埋在1米积雪下的食物的气味。连狗在极地都做不到这一点。换言之，如果北极熊认定是猎物，那它一定会发现。

这是张梁第一次和北极熊打照面。当然，他绝不想有第二次。活生生的庞然大物在靠近，它随时可能发动攻击撕碎他们。不用它出击，光这种念头就足以让人毛骨悚然。

必须冷静。凝固了片刻之后，张梁哆嗦着腿，按照在训练时学到的方式大声喊叫起来。他一边喊叫一边拼命敲击滑雪板，托马斯和莱丝莉很快也加入进来。如果运气好，他们可以通过制造大的声音来吓走它。

可是他们的运气不太好，那家伙就像没听见似的，依然挪动巨大的身躯向他们继续靠近。张梁和托马斯忽然反应过来，他们冲着莱丝莉大喊："快拿枪！快拿枪！"莱丝莉实在太紧张了，她手忙脚乱地把枪从雪橇中拿出来，朝着天空连续打了两枪。

枪声仍然没有吓走它。它还在前进。

眼看着北极熊离自己只剩下七八米的距离，张梁忽然从怀里掏出了——相机，又颤抖着打开了视频拍摄功能。不拍下来谁信啊！他在恐惧中心想。这辈子可能再也不会碰到这样的画面了，一定要把人和北极熊拍在一起，这样才真实！多年的登山让张梁养成了随手记录的习惯，哪怕再危险，只要有一丝可能，他都会记录。

镜头里的托马斯和莱丝莉在声嘶力竭地喊叫、敲击，北极熊一点停下来的意思也没有，张梁举着相机急得大声喊出了中文："莱丝莉，开枪！开枪！对准！打它！"他太急了，已经忘了莱丝莉根本听不懂中文。托马斯更慌了，他居然跟着张梁一起用中文喊："开枪！开枪！"

尽管根本没有听懂两个男人到底在喊什么，但莱丝莉还是把枪口对准了北极熊的脚下。"砰"的一声枪响，北极熊被吓得掉转身子四脚飞奔，瞬间消失得无影无踪。

张梁松了一口气，他还在抖。莱丝莉腿一软，跪在了地上，大哭起来。

主办方后来告诉他们，这是这几年比赛首支队伍面对面遇到北极熊。张梁听后忍不住调侃：这个遭遇真是既幸运又不幸。此事之后，他教会了托马斯一个成语：有惊无险。

随着接连的折磨，三人的精神与身体都处在崩溃的边缘，越往后走越难坚持。张梁已经一个月没有看到星星了，连黑夜都没有，他每天在"wake up"声中睁开眼，光线那么刺眼，他还要硬着头皮机械地迅速穿衣、烧水、做饭，然后出发。

莱丝莉持枪与北极熊对峙。（摄影：张梁）

孤独，绝望，体力严重透支，张梁每天只能靠意志力支撑。那些千奇百怪、造型各异的天然冰雕已经完全不能像刚开始时一样引发他的兴趣。日子过得狼狈不堪，剩下的路上他总是在问自己：遭这么大的罪是为什么？

总要找点理由坚持下去。三个队员开始互相鼓励。张梁教托马斯和莱丝莉喊"加油"，每天出发时，他们就喊一遍。"加油！加油！加油""坚持！坚持！坚持""Don't give up"是三个人之间说得最多的话，除此以外他们再也没有更

暴风雪天气。（摄影：张梁）

多的交流，只剩下信念。沉默中，张梁不停地在心里哼唱汪峰的一些歌曲：《勇敢的心》《怒放的生命》《飞得更高》……以此自己给自己打气。

终于走到第19天，他们熬到了终点。他们取得了第二名的好成绩，第一名的队伍是三名英国军人。

三个人都哭了。哭并不是因为喜悦，而是因为难受。经过19天的煎熬，那一刻，张梁唯一的念头就是：终于不用再走了。

主办方给每人发了两片面包，中间夹一点芝士。供参赛者休息的帐篷已经搭好，张梁钻进帐篷倒头就睡。这一觉睡得天昏地暗，20 多个小时不醒。

结束北极挑战，张梁回到深圳，没过两天，汶川发生 8 级地震，巨大的悲痛笼罩在中国人心上。隔天张梁就参加了文博会主办的拍卖义捐活动。他拍卖的物品是一套几天前刚被他亲自带到了北极点的奥运福娃和一块从北极捡回的漂亮石头。这两样东西刚一亮相就被一个企业主买走，拍卖所得的 13500 元，张梁如数捐给了灾区。

刚完成北极挑战赛的那段日子，张梁都要岔着腿走路。整整 19 天，他瘦了 20 多斤。回到深圳半个月后，他还是每天处于饥饿状态，晚上经常梦到自己依然在漫无尽头的雪原上跋涉。

如此巨大的运动量，是张梁以前从未有过的，登山虽然也很辛苦、痛苦，但像这样在苦寒之地连续走 19 天，长距离地"翻山越岭"爬上爬下，是从来未有过的。张梁觉得，这个比赛被探险圈公认为世界最艰难的比赛之一一点也不为过。

有一次，张梁和朋友喝酒，朋友问他："嗨，哥们儿，这么艰苦的比赛你犯什么傻去凑热闹？"

张梁饮下一口酒，平淡地说："其实一点也不难理解。我已经登上过世界最高峰，也徒步抵达了南极点，再到北极点也就顺理成章。"这是他完成挑战，后来才想明白的。

他后来得知，在比赛过程中，26 名队员先后有 11 人退出了比赛，其中不乏体力很强的人，甚至有的队伍距离终点只有两天的路程最后却还是放弃了。他作为除港澳台地区以外的中国内地第一人，不仅完成了这个比赛，还取得第二名的好成绩，他的内心第一次有了与登山不一样的成就感，他十分自豪，觉得自己的身心好像都得到了某种升华。他无限感慨，第一次开始佩服自己，甚至从前登顶珠峰都没有这种感觉。

毕淑敏在《破冰北极点》中说："去北极点当然会有风险。不过世上最可怕的险境，是凡事万分小心。它的险，不在于险象环生濒临崩溃，而在于此人终将与丰富多彩的生活绝缘。鲜活生命被活成了无汁衰草，一世等同一瞬，实为可怖之事。对使用生命的方式，不必贪图完美。生命乃乘兴而来，尽力生动有益即可。人们常常埋怨命运的不可知性，但我认为，只要不是太离谱的要求，不存太多私心杂念，一个心智健全的人，在太平盛世中，基本可以执掌人生的基本走向。不一定是世俗意义上的成功，但可随理想而起舞。"

后来，张梁对北极之旅又有了新的理解。或许那不只是顺理成章，还是他有意或无意地一步步把握自己的方向的必然，也是他与梦想共舞的雏形。在挑战和寻找意义的过程中，他感受到了生命乘兴、宏愿实现的酣畅。人一旦尝到了甜头，又有了念头，就无法停下了。

所以人有时候需要通过比赛来确定自己。不是为了战胜别人，而是为了挑战自己。每完成一次挑战，都会让人感受到自己普通却又那么与众不同。

孤独的北极。（摄影：张梁）

保罗·柯艾略在《牧羊少年奇幻之旅》里说："在这个星球上，存在一个伟大的真理：不论你是谁，不论你做什么，当你渴望得到某种东西时，最终一定能够得到，因为这愿望来自宇宙的灵魂。那就是你在世间的使命……完成自己的天命是人类无可推辞的义务。万物皆为一物。当你想要某种东西时，整个宇宙会合力助你实现愿望。"

目标『14+7+2』

马纳斯鲁峰。攀登，人生的狂想。（摄影：张梁）

也许每一名探险者都注定要在某一场艰苦的挑战中完成某种蜕变。对于张梁来说，北极挑战赛促成了他的第一次从量变到质变。它的意义不仅仅是成功到达地球的三极那么简单，这只是一个外在的符号，更重要的影响还是向内的。2003 年张梁去攀登珠峰时，他身上还透着初登 8000 米级山峰的青涩。2005 年跟随王石去南极时，探险世界的大门才刚刚在他眼前打开。等到 2008 年第一次独自远征，完成了北极探险，并第一次从心底里开始佩服自己时，他的身体与内心都开始真正强大起来。

所有过程中的痛苦，只要熬过去，就会转换成新的力量重新注入体内。这个男人开始变得越来越坚毅，但他知道，前面还有更远的道路等待着他。

天寒地冻的北极曾给张梁带来了身体上的巨大负荷，脸被冻伤，腰、膝盖以及身体的各个部位都发出警告。那时仰仗年轻，他的身体得以迅速恢复。然而，下一次，再下一次，他依然面临着不同的煎熬。一个极限挑战者的一生注定是病痛积累的一生。

2017 年 5 月 26 日夜里，经过 20 多个小时的奔波，张梁终于抵达巴基斯坦的首都伊斯兰堡。他要去挑战被称为"杀人峰"的南迦帕尔巴特峰。这是他完成"14+7+2"目标最后一站中的一座。

到达的第一天，张梁就告诫自己要好好调整身体，不可大意。就在出发前几天，这副已经运转了五十多年的躯体再次向他发出了警告，他的左膝盖肿痛、积水，连上厕所都蹲不下去。

直接诱因是 2017 年 4 月份的那次远航。那一个月里，张梁随帆船从南非的开普敦北上，经过马达加斯加岛、塞舌尔群岛等，完成了印度洋上 2700 多海里的航行。那艘 80 英尺的帆船每一天都在接受大海的洗礼，潮湿的海风也侵入了张梁的膝盖。

回国后，张梁的左膝盖开始疼痛，肿胀，积水。事实上，这不能全怪印度洋上的风，多年的攀登生涯，膝盖的磨损已经不可逆转。2008 年那次挑战北极的第一天，他的双膝就已经因旧伤复发而疼痛难忍，每晚都要靠贴膏药"续命"。多年上山下海，反复经历严寒与劳损，伤病不断加深。

张梁来到深圳市第二人民医院，他想快速解决膝盖的问题。他的膝盖此时已经肿得像个发光的馒头，医生要用 5 毫升的无菌注射器刺破皮肤，朝向腘间窝方向进针，长两三厘米的针头要插进去三分之二，再缓缓从里头抽出积液。张梁忍着疼，眼看着整整十管积液被抽取出来，肿起的膝盖像泄了气的皮球一般迅速瘪下去，他的心里有一种如释重负的快感。然而抽取积液只是一个缓解疼痛症状的手段，并不能完全解决膝盖本身的伤病，但张梁管不了那么多，先恢复正常行动力再说。接下来，医生又给他打了消炎针并连续 3 天针灸，他感觉好多了。医生还给他开了口服药和外用的膏药，叮嘱他不要去登山，一定要好好保护膝盖。

张梁拿了药离开医院，却没遵从医嘱，他带着一大堆药来到巴基斯坦。他不仅带着伤痛来登山，按照他的计划，还打算连登两座，一座是从未攀登过的南迦帕尔巴特峰，一座是已经攀登过两次均失败的乔戈里峰。

攀登任何一座 8000 米级高峰都不是一件容易的事。如果调整不好自己的身体状态，就意味着巨大的风险，毕竟年岁增长，加上这十年来的攀登，他的身体已经不再是北极挑战赛时的那个受了伤也能前行的状态。

南迦帕尔巴特峰的攀登难度与乔戈里峰不相上下，后者的死亡率高达 29.5%，在 8000 米级峰中位居第二。从人类开始探索南迦帕尔巴特峰以来，悲剧就没有停止过。1937 年，一场雪崩使 16 名德国登山者殒命。1970 年，著名登山家梅斯纳尔的弟弟下山时被卷入雪崩死亡。还有更惨烈的，2013 年，10 名登山者和 1 名巴基斯坦当地人在这座山峰的大本营遭受恐怖分子袭击遇难，其中包括知名的中国民间登山者杨春风和饶剑峰。

当然，极致的危险并不仅仅属于某一座 8000 米级山峰，在大自然的无常下，所有山峰都可能变成炼狱。最著名的一场山难发生在 1996 年的珠峰。那年春天，来自世界各地的近 20 支登山队来到珠峰南坡准备攀登。其中，由新西兰著名高山向导罗布·霍尔带领的"冒险顾问"公司探险队，以及由美国著名高山向导斯科特·费希尔带领的"疯狂山峰"公司探险队，就是悲剧的主角。

这两支商业探险队有一个共同特点，他们的领队均具有丰富的高海拔攀登经验，其所属的探险公司也有着数次带队员成功登顶安全返回的骄人成绩。但是，山峰总是会在让人意想不到的情况下送上教训，攀登它们始终在很大程度上是一种赌命的行为。那一年的 5 月 10 日下午，就在两支队伍的部分队员登顶后下撤的途中，天气突然变坏，风雪逐渐加大，最终演变成狂风暴雪、闪电雷暴。更不幸的是，恶劣天气持续了整整一夜，这一天也成为那一年攀登季的至暗之日。最终，包括"冒险顾问"公司探险队和"疯狂山峰"公司探险队在内的 4 支探险队中共 9 人遇难，另有 3 人因伤病在 5 月底相继去世。幸存的人中也有两名受伤严重，他们的全部手指、脚趾和鼻子都被严重冻伤，最终因坏死而被截去。这起山难因死亡人数之多、死亡者名声之大而在世界范围内引起轰动，后来随队攀登的美国记者乔恩·克拉考尔对此事进行了回顾与调查，并著成《进入空气稀薄地带》一书，获得了 1998 年普利策奖非小说类奖项。这本书直到今天仍是登山爱好者的必读书目之一。

从后来种种对山难的反思中可以知道，天气变坏仅是这次山难的因素之一，错综复杂的各种因素交织在一起最终酿成恶果。总而言之，人类应对险峻山峰还存在太多不足之处。即使到了今天，人类在山峰面前依然渺小无力。一个例证是，2019 年，同样是珠峰南坡，同样是充满希望的春天，1996 年山难的 23 年后，珠峰再一次因为"山难"二字成为世人关注的焦点。

而世界第二高峰乔戈里峰在登山者看来比珠峰更加凶险和冷酷。2008 年在这里发生的山难同样令人悲痛。那一年，天气极为恶劣，来自不同国家的 10 支登山队一直等到 7 月末才终于碰上一个好天气。8 月 1 日，各支登山队陆续从四号营地出发冲顶。事故发生在著名的"瓶颈路段"附近。先是一名塞尔维亚队员在调整自己的氧气时不慎滑坠，紧接着一名巴基斯坦向导在运送这名塞尔维亚队员的尸体时也不幸滑坠失踪。更可怕的事还在后面。在其他队员登顶后下撤的途中，仍然是在"瓶颈路段"，接连发生了冰塔碎裂和雪崩。事故最终造成 11 死 3 伤，成为乔戈里峰登山史上最严重的山难。

其他山难也让人触目惊心：1972 年，一支韩国登山队在攀登马纳斯鲁峰东北坡时遭遇雪崩，共 16 名队员遇难；1981 年，一支法国登山队沿传统线路攀登干城章嘉峰，1 名未登顶队员遇难；1999 年，美国著名登山家亚历克斯·洛威在攀登希夏邦马峰时因雪崩遇难；同年，英国女登山家哈瑞森在攀登道拉吉里峰时失踪；2010 年，中国 8 名民间攀登者攀登道拉吉里峰，其中 3 人在登顶后的下撤过程中遇难；2013 年，12 名攀登者在攀登干城章嘉峰时，5 人滑坠遇难……

血的教训告诫我们，对待 8000 米级山峰，对待大自然，要永存敬畏之心。

到达伊斯兰堡的第二天，张梁开始仔细收拾装备。他一边收拾，一边在心里提醒自己要调整好心态，不要太纠结前一天在香港机场的超重罚款以及刚刚住进来的这家酒店的房间号是否吉利这些小事，要专心登山，顺其自然。

晚上，他和这次一起攀登的队友刘永忠、静雪以及高山向导明玛等人在马格拉山山顶吃饭。在这里可以俯瞰伊斯兰堡的夜景，远远看去，密密麻麻的灯光连成一片，显得璀璨又繁华。

张梁对这座城市一点也不陌生。过去的 5 年中，他来过这里 5 次，就为攀登位于这个国家的布洛阿特峰、迦舒布鲁姆 I 峰、迦舒布鲁姆 II 峰以及乔戈里峰。这几座山峰里，只有乔戈里峰他尚未登顶——攀登了两次均以失败告终。这一次，张梁希望能一举将南迦帕尔巴特峰和乔戈里峰都成功"拿下"，这是他需要挑战的最后两座 8000 米级山峰了。完成这两座山峰的登顶后，他离实现"14+7+2"

干城章嘉峰的夜色，灯光、雪山、云海和繁星。（组图）（摄影：张梁）

的伟大目标将只剩下小小一步。此时，距离他成功登顶珠峰，已经过去了 12 年。

南迦帕尔巴特峰和乔戈里峰的攀登季都在每年的 6 月至 8 月，如果顺利的话，从第一座山下撤再去攀登第二座，时间和身体状态都是合理的。身体对高海拔的记忆可以维持 3 个月，连登两座 8000 米级山虽然艰苦，但有一个好处是攀登第二座时不用重新做高海拔适应训练。

但张梁没想到，第一次攀登南迦帕尔巴特峰，他无功而返。仔细想想，这么多年的攀登生涯，攀登 8000 米级山峰反复失败也是必然的经历。可是，尽管要经历反复的失败，甚至承受着随时可能到来的山难，他却没有停止。他为什么要这样执拗地攀登下去？他只不过是芸芸众生中普通的一个，但他为 "14+7+2" 这个人生目标坚持、拼搏到了今天，或者说"赌"到了今天。

登山并不是张梁的使命。从客观上来看，他也不具备完成这一目标的必要条件。众所周知，攀登 8000 米级山峰仅有好的身体素质是不够的，它还有两个不能忽视的重要外在因素，那就是时间和金钱。它对这两者的自由度要求非常高：每攀登一座 8000 米级山峰前前后后都需要一两个月时间，而攀登费用动辄二三十万元，而且还在逐年上涨。张梁只是一名普通的银行职员，这两个外在因素是横亘在他面前无法逾越的阻碍。他的目标因何而来？

人一生中总会有几个重要的时刻，在当时看来也许再平常不过，但走过漫长岁月后回过头看时，才明白那就是改变命运的十字路口。对于张梁来说，那个重要的时刻就发生在马纳斯鲁峰上。

时间回到 2009 年 9 月。前一年刚成功完成北极探险的张梁继续打开自己的世界，他第一次来到尼泊尔，与王石、王静等队员攀登马纳斯鲁峰。

无论是那座即将抵达的马纳斯鲁峰，还是眼下的异域风情，对张梁来说都是新奇的。嘈杂又艳丽的加德满都，植被茂盛的徒步进山路，以及充满异域风情的村庄和纯朴的尼泊尔人都让他感到简单舒适。他喜欢这里。

加德满都破旧，凌乱，街头有一种失去秩序的嘈杂，但人身在其中又能被一些小细节所感染：精美中透着古朴的手工编织饰品，各种物品上繁复艳丽的图案，造型独特的手工艺品……一切都吸引人停驻，停下来细细品味这个国度的人们在用一种怎样的心情去创造这些美好的物品。

在这座城市里游人必到的泰米尔区，可以感受到一种生生不息的热闹，四通八达的小街道上，小店一家挨一家，光顾的客人们有各样的肤色和语言，人们融入其中，走马观花，讨价还价，在小广场喂鸽子，或者走进餐厅喝一杯，随意又惬意。

加德满都可能是全世界登山、徒步爱好者的集散地，这里似乎有天然的包容度，人们从不同的国家来，彼此陌生，但可以迅速识别出同类，他们在这个城市短暂停留，彼此交换路线、路况、登山经历等信息，轻松地交谈，沉浸在与另一个庸常生活完全平行的世界里，很快，他们又消失在不同的山峰之间，也或许会在路上再次相遇。人生在这样的一些时刻，显得很奇妙。

从加德满都出发进山，先要坐一两天小卡车。山路坑坑洼洼，车开不快，只能颠簸前行。遇上泥泞路段就更难走，车身都是歪的。张梁和队友们坐在卡车后面，伴着"咣当咣当"的声音被一路狂颠，他们用手紧紧握着把手，身体一路摇摇晃晃。有时候刚刚坐好，突然车一颠，整个人一下又弹起来，头"咣当"撞上车顶，然后再摔回椅子上。人就像失去重力，在车里弹来弹去。张梁第一次坐这种车，也第一次体验尼泊尔的山路，新鲜感冲淡了身体上吃的苦头，尽管全身都被颠得快要散了架，但他只感到特别开心。

路上，遇上当地的小伙子想搭车，他不向司机招手，而是跟着车跑，靠近后，一个箭步跳起来扒住卡车后方的护栏，然后翻身上车，到了地方，就自己跳下去。在这里，陌生人搭顺风车是很平常的事，没人会赶他们下车，也不会向他们收费。

当小卡车无法再行进的时候，张梁和队友开始徒步。以前，他去攀登珠峰，去南极或北极，都是人迹罕至、寸草不生之地，但是通向马纳斯鲁峰的徒步路线是完全相反的世界。这里有一片原始森林，非常迷人。因为气候适宜，这里植被茂盛、物种丰富，颜色各异的野花和小野果子，河流泉水，鸟应虫鸣。有的地方一抬眼就能看见远处大片的绿色梯田，处处透着勃勃生机。

进山需要徒步一星期，路程一共 100 多公里。队员们白天赶路，晚上就在由当地政府提供的固定扎营地点安营扎寨。第一天扎营时，当张梁和队友在草坪上搭好帐篷后，忽然看见不远处奔腾的瀑布与阳光交织形成一道彩虹，他感觉自己就像挨着彩虹在休息，那一瞬间，一身的疲劳仿佛全都消失了。

进山的小卡车颠簸在泥泞的山路上。（摄影：张梁）

当然，辛苦也还是辛苦。一路很多羊肠小道，小道旁边就是怒吼的江河，河水奔腾，发出巨大的响声，给人带来无形的压迫感。水流很急，有一天，一名背夫走路时脚下一滑，身上背着的几十公斤物资立即翻滚着掉进河中，瞬间就被冲得无影无踪。虽损失了物资，但大家都很庆幸，假如这名背夫也掉下去的话，那真是一点存活的机会都没有。

背夫们常年在这条路线上来往，自然也知道一路的凶险，所以，他们总结出了独特的背负方法——用绳子套住行李，然后挂在自己头顶，而不是背在双肩，这样身体就能在意外来临时快速脱离沉重的行李，避免连人带行李一起掉下去。

9 月的尼泊尔依然很热，大家一路走一路流汗，衣服湿乎乎的。这样的天气容

整理、清点物资，所有物资都要依靠人力背上山。（组图）（摄影：张梁）

易中暑，队员们只要路过山泉，必定要停下来，用冰凉的水洗一把脸，冲一下头，再喝上几口。

中午休息时，他们就吃简单的路餐。如果运气好，就能碰上一所破旧的废弃房子，在地上铺一张大塑料布，然后用自带的炉具生火做饭或者做简单的三明治。趁休息的时候，大家会把脚垫高躺下，长时间行走让小腿肌肉非常紧张，这样可以稍微放松，缓解很多压力。

张梁的脚又被磨出大水泡，他拿出一根针，熟练地用火烧一下针尖，然后快速挑破水泡，把里面的液体放出来，然后包好。他戏称这是"给自己动手术"。那些背夫令他佩服，他们一路打着赤脚走，身上还背着四五十公斤的物资，看起来实在强悍。这其中，还有一些女背夫。她们身上也背着三四十公斤的物资，看起来体力丝毫不比男人们差。队员们想给背夫们买军胶鞋穿上，他们不穿，说习惯了。他们沉默寡言，干活扎实，一言一行都透着坚韧。

这个地区很穷。深山里的村民们靠山吃山，就地取材，建造简陋的木屋。他们的生活也简单，男耕女织，有一次，张梁还看到不少男人也在做缝纫活。一些看起来只有六七岁的男孩女孩则帮大人背柴，沉重的背篓压在他们瘦小的肩头，却没有压走他们脸上纯真的笑容。

张梁格外注意到，这里虽然贫穷，但村民脸上的笑容很阳光。这里民风淳朴，卖杂货的小店夜不闭户，看店的老人满脸褶皱，但透着慈祥。村民们看到陌生人会主动打招呼，年少的女孩睁着大眼睛对陌生人友善又怯生生地笑，更小的孩子们则会主动鼓掌欢迎，还会笑嘻嘻地挤到相机镜头前摆各种姿势，天真无邪。那时，去攀登马纳斯鲁峰的人还不多，当地人的眼神里写满了对外国人的好奇。他们远离城市，没有交通工具，想要离开深山只能靠走，如果想去一趟加德满都，无异于一次长途旅行。

宗教信仰是当地村民们人生中不可或缺的一部分。张梁留意到，经过村落时，经常会看到摆放整齐的玛尼堆，上面精雕细刻着密密麻麻的经文。也许与信仰有一定关联，他们在穷困的物质生活条件下，身上依然流露着善意和希望。张梁一直记得他们路过的一间小学校墙上刻着一段英文，标题是"The True Meaning of Life"（生命的真谛）。那段英文大意是说，我们是这个星球的访客，在这段有限的时间里，我们必须做好事，让他人感到幸福，找到自己生命的意义。

到达马纳斯鲁峰的大本营后，张梁从容地拉练、准备，有时间就在营地周边走走。一天上午，王石独自带着相机在大本营附近转悠，回来的时候，他给队友看他拍摄的白色雪莲花。这是高寒地带特有的一种植物，在荒凉的高山上，它

张梁找到的雪莲花（上）。

路上偶遇的岩石，上面的花纹像神秘的远古壁画（下左）。

玉珠峰植物（下中），不知名的高山植物（下右）。

（摄影：张梁）

孤零零地从石头缝里冒出来，显得倔强又顽强。它的根茎粗壮，花朵几乎是一大团细密缠绵的绒毛，在寒风中透着些许温柔。张梁挺喜欢这花，于是也带上相机跟着王石、王静再度去拍。他发现了几株新的，非常欣喜。

张梁一直清楚地记得这一天，就在他们拍摄完毕往回走的路上，王石对他提起了去挑战地球上所有 14 座 8000 米级高峰这一目标的事。

这是三石第二次向他提出这个建议。上一次是在一年前，他们去攀登希夏邦马峰，登顶后下撤回前进营地的时候，王石对他说："我非常看好你的实力，我认为你有可能成为第一个完成 14 座 8000 米级山峰登顶的汉族人。"王石的这一判断仅仅是出于对张梁历来在登山中表现的观察，但这个判断的确是有前瞻性的，后来的一项检测结果则从科学的角度印证了这一点。

一年前，一起攀登希夏邦马峰的还有汪建以及深圳华大基因研究院的几位员工，当时，汪健正在做一个高原生理医学项目，需要采集运动员在不同海拔的生理和基因数据，王石、汪建、张梁等 5 名攀登队员都是检测对象。汪建笑称，他们几个都是"高原大白鼠"。后来的分析结果显示，张梁在雪山上血液的基因表达与藏族向导比较接近，也与他具有的快速适应高原环境能力和耐缺氧能力的表现相符。

2009 年 7 月，张梁接到王石的电话，王石建议他参加由北大山鹰社举办的 20 周年纪念活动——攀登青海玉珠峰。就在这座山峰上，王石告诉了张梁一个好消息，他已与农行总行的领导见了面，张梁登山的事基本得到了银行的支持。

这件事是王石悄悄去做的，他没有告诉张梁。他专门飞到北京，向农行领导说明了登山对企业形象推广的助力，如果张梁完成了"14 座"，这将是农行一笔宝贵的无形资产。当然，如果登山失败或发生意外也可能带来巨大风险。王石也直言："登山运动谁也不能保证不出事，但以我对张梁这个人的了解，他的性格、他的处事、他的姿态，经历风险而成功，更有意义。"说到这里，农行领导打断王石："不用说了，明白！" 两人初步沟通，张梁的登山费用农行赞助一半，剩下的由王石考虑。王石一口答应，农行能解决四分之一就让人很高兴了，何况一半。

事实上，后来农行深圳分行全力支持张梁，承担了他所有的登山费用。

这一次，当王石在马纳斯鲁峰上再次对张梁提起这件事时，他已经为张梁考虑得比较周全。他告诉张梁，有了农行的支持，时间和费用就都有了着落。如果费用不够，他会想办法帮忙联系赞助商。他也愿意帮忙争取中国登协的支持，同时深圳登协也会积极参与。他对张梁说："没问题，登吧。"

在王石对张梁说这番话之前，张梁甚至不知道地球上一共有 14 座海拔超过8000 米的山峰。他是喜欢登山，却从没有过一个具体的攀登目标，更是从没想过要把自己的人生与攀登进行更深刻的联结。事实上，他也不敢想太多关于攀登的未来。在获得农行深圳分行的经费支持以前，每次攀登，他都要为经费发愁。登顶珠峰之后那几年，他的每一次攀登都是随机的或是被动的，似乎是王石和深圳登协的推动，才让他一步步走下来。扪心自问，他的确贪恋山上的气息，他喜欢把自己扔在人迹罕至的雪山之上，在艰苦的攀登中、在困境中、在痛苦中，寻找最真实的自己。但也仅此而已，他的前方没有目标。王石的一番话让张梁第一次认识到，原来攀登可以成为更有意义的事。他明确告诉王石，他愿意尝试。珠峰、卓奥友峰、希夏邦马峰的先后登顶，让他在体能上对自己有了一定的信心；北极挑战赛的完成让他在心理上有了更多笃定。他像在大海上漫无目的漂泊的航船，忽然在灯塔的指引下找到了航向。

王石爱才惜才，也愿意默默地实实在在出手相助。他做事雷厉风行，在马纳斯鲁峰上，"就地取材"给张梁拉赞助——动员队友王静赞助张梁登山。王静是一名资深民间登山者，同时也是户外用品品牌"探路者"的联合创始人。王石对王静说："你的身家有 14 亿人民币，只要出那么一点钱，就可以与农业银行这个大品牌结合，'探路者'又刚刚上市，这样的品牌合作是非常有益的。"王静答应了，后来回国在董事会上通过后，一连赞助了张梁攀登三座 8000 米级山峰，每座山赞助 8 万元现金和 2 万元装备。

张梁觉得自己和毛姆笔下《月亮与六便士》里的主人公查理斯·斯特里克兰德很像。查理斯·斯特里克兰德也是一名普通银行职员，却在 40 岁时忽然抛家舍业离群索居去绘画，从零基础的新手开始，不畏困难，最终成为惊世骇俗的画家。如果说画画是查理斯·斯特里克兰德的生活救赎，那么登山就是张梁的救赎。在"月亮"和唾手可得的现实欲望之间，张梁也渴望那似乎不切实际的"月亮"。活到 40 来岁，他依然是个普通到不能再普通的人，他愿意为挣脱俗世的束缚努力，却不知道心中的彼岸在何方。是在王石的提醒与提携以及农行的支持下，他的目标越来越明确，直到有一天，"14+7+2"的梦想清晰地展现在他眼前。

对于张梁来说，南迦帕尔巴特峰并不只有
"14+1=2"最后一座8000米级高峰的符号意义。
它还与故人有关，牵挂的都是疼入骨髓的记忆。

枪声，危险！

南迦帕尔巴特峰营地。（摄影：张梁）

2017 年 5 月 28 日清晨 5 点 30 分，张梁准时起床了。酒店约好的叫早电话没响，是他自己定的手机闹钟叫醒了他。他心想，果然任何时候都要有备无患。

一早，张梁就和队友们带上全部行李出发了。在经王石提点确定"14 座"这一目标后的第八年，张梁终于要向这目标的最后一步挺进了。

他们乘坐一架小飞机，一个小时后顺利从伊斯兰堡抵达巴基斯坦北部的城市斯卡都（Skardu）。斯卡都是巴控克什米尔伯尔蒂斯坦地区的重要城市，宗教派别复杂，街头随处可见军队和警察。克什米尔的安全一直不那么让人放心，在这里死亡并不只和山难有关。1947 年印巴分治后，两国曾为争夺克什米尔爆发过两次大规模战争。自 2002 年到 2017 年，印巴因克什米尔问题，交火超过 1.2 万次，造成约 144 人死亡。

对于张梁、刘永忠、静雪一行人来说，他们到斯卡都属于故地重游。过去的几年里，他们共同攀登过的几座巴基斯坦的 8000 米级山峰入山都要经过这里。

这一次，他们入住的酒店名字叫 Concordia，这是通往几座 8000 米级山峰的徒步路线上的一个地名。这里的酒店似乎都喜欢用地名做名字，张梁记得他上一次来到这个城市住的酒店叫 K2——乔戈里峰。

张梁住在二楼，房间的窗户对着山谷，视野开阔。房间号是 18，他对这个数字很满意。他和队友们在这里只停留一晚，第二天就坐车正式向山中进发。午餐时，领队明玛告诉队员们，此次攀登南迦帕尔巴特峰只有一名巴基斯坦向导外加三名夏尔巴向导。这和之前商定的三名巴基斯坦向导不一致。

明玛是夏尔巴人，来自若瓦岭（Rolwaling），尼泊尔东北部的一个偏远山谷，与中国西藏接壤，也是夏尔巴人的故乡。明玛体能过人、技术稳定，是尼泊尔新一代国际高山向导，还成立了自己的探险公司。2013 年以后，张梁基本都是选择明玛的探险公司进行 8000 米级山峰的攀登。

为了增加此次攀登成功的胜算，张梁和静雪要求明玛按最初的承诺再找两名巴基斯坦向导。明玛说了很多理由拒绝。下午，静雪又和明玛针对向导的事情争论，没想到明玛竟然不吃不喝，像小孩子一样闹起脾气来。这让张梁非常困惑：作为组织者，难道不允许客户与你讨论攀登的安排吗？大家不都是为了安全登山吗？这样的组织者成熟吗？但张梁最终没对明玛说出这些话。他感到无奈，组织攀登这座山峰的探险公司并不多，信得过的更是寥寥无几，他只能忍耐下来。这让人哭笑不得，明明花了钱来登山，却还要哄着组织者想办法。

第二天，他们从斯卡都出发，坐着厢式货车沿着河谷穿行。因为当地局势紧张，沿途都是检查站。有的检查站很简单，只是用一根小绳拉在路中间，但每个检查站都有警察。车被拦下后，有警察亲自过来检查了队伍的进山手续，并核对每一个人的护照号码。傍晚时分，他们到达吉拉斯（Chilas）。住了一夜后继续出发，一直到了一座村庄才停下。前面山路更崎岖了，他们得换两辆更适合走山路的吉普车，而所有人的行李则要由背夫背到大本营。

这是一座十分贫穷的村庄。张梁一行一进村，就有几十名村民聚过来，为了队员们的装备争得不可开交——他们都想当背夫。在尼泊尔—珠峰线路上，通常由夏尔巴人担任背夫。冒生命危险只为养家糊口让夏尔巴背夫闻名世界。而巴基斯坦的背夫其实更为艰苦。他们通常只穿着单薄的衣服，撑一根木棍，背一个铁架，铁架上放三四十公斤的物资，一直要背到南迦帕尔巴特峰大本营。他们每天的工资大约 80—100 元，一趟行程 7—10 天，可以拿到 1000 元左右的工资。在巴基斯坦当地，这相当于普通人家一个月的收入。队员们的物资集中堆在地上，村民们围着它们跃跃欲试。最后，一位看起来是领头人的大胡子中年男人决定用抓阄的方式决定由谁来背。他们采用了一种很原始的抓阄方式，每个人在地上捡一根小木棍，然后乱哄哄挤到一起，由领头人抽签。被抽中的人兴高采烈，没被抽中的人悻悻离开。人群散开，一名被抽中的背夫拖起队员的两个大包就往远处走，他把包放在一处没人的地方，张梁和队友一开始还有点担心，背夫示意"没问题，肯定运到大本营"，原来，他只是想把自己"抢"到的物资找个地方放好看守住，表明是自己的，以免被别的背夫再拿了去。

破旧的吉普车一路颠簸，来到了一条河前。大家下车，开始徒步进山。天气炎热，沿途风景平平，走起来未免有些枯燥。两名之前押车的警察也跟在徒步队伍中。他们没穿制服，而是穿着灰色的长袍，看起来和当地人没什么不同，但他们身上背着明晃晃的 AK-47。

自从南迦帕尔巴特峰发生恐怖袭击后，当地就加强了对外国登山者的保护。派遣配备自动步枪的警察一路伴随，就是害怕会有恐怖分子突然绑架或者直接屠杀登山的外国人。警察一直护卫前行，连睡觉也陪着。

河上没有桥，两岸之间只有一根钢缆，上面拴着一个铁笼子，一次能挤下两三个人。人要过河，就站在铁笼里，用手扯着滑轮让铁笼滑过钢缆。拉动滑轮，铁笼就吱吱呀呀跟着晃荡。（摄影：张梁）

手持自动武器的警察在身边跟着虽然感觉奇怪，但张梁多少觉得更安心。沿途又经过一些小的村庄。村里的女孩子非常胆小，看到陌生人就立即躲闪。男孩子则调皮一些，看到有外人进村，很好奇，伸手乞讨，或者就跟着大家漫无目的地走上一段路。两名警察大概是背着十多斤的 AK-47 走久了很累，他们把枪挂在这些七八岁的男孩子肩上，让他们帮着背。男孩子们对枪并不陌生，这些村庄里家家都有枪，背夫的领头人也一路带着一把手枪。就在北部山区，有个村子专门靠生产 AK-47 赚钱，据说一年能生产上万把，每把约售 200 美元。走累了，大家坐在树下休息。男孩子们聚集在一起摆弄着 AK-47，随意地端起它们对着人瞄一瞄。他们似乎并没有意识到这动作在外来人看来实在有点危险。

从伊斯兰堡一路到山里，无论是持枪的警察还是拿枪的村民，都让空气中飘着一丝微妙的紧张气息。但在当地这却是十分平常的事，自"9·11事件"后，巴基斯坦加入了反恐战争。据巴基斯坦官方承认，其境内有多达数十个不同的恐怖组织，安全形势十分紧张。由于巴基斯坦山区和基层的管理十分困难，部落和村庄只能依靠持枪自治。而恐怖组织也习惯在这些地区推广极端思想，发展部下，只要给支枪，就可以上战场，无论对象是不是孩子。

幸运的是，张梁一行这一路还算顺利，尤其伊斯兰堡的治安还不错。但不管怎么说，他还是不喜欢巴基斯坦的徒步路线。他最喜欢的路线在尼泊尔，是通向马纳斯鲁峰的那条徒步路线。那段经历，即使在多年以后回想起来，不需要时间的滤镜，依然真实又美好。

南迦帕尔巴特峰的徒步路线不算长，走完仅需两天。2017 年 5 月的最后一天，张梁到达海拔 4250 米的大本营。一路跟来的警察也在大本营驻扎，他们的帐篷就安置在厨房帐篷旁边。其实也说不清警察们是来保护登山者还是监督登山者，又或者兼而有之。事实上，在来的路上，队员们已经感受到某种气息，一路上，警察禁止他们对一些建筑和道路进行拍摄，比如某座大桥，警察说那是军事要道。

来到南迦帕尔巴特峰大本营，张梁的内心有一种无法言说的痛，在这里发生的那件事太过惨烈。营地被一层小雪覆盖，一片白茫茫，远处，南迦帕尔巴特峰巍然耸立。大家的心情是一样的。安顿好后，静雪在大本营周边采了一把野花，然后走到一块两人高的大石头前，轻轻放在地上，随后又点燃一根香烟放在野花旁。她在祭拜曾经丧命于此的山友。这里就是 2013 年登山者杨春风、饶剑峰等人被恐怖分子枪杀的现场。没有墓碑，当地人不让立。

那是一件让所有登山者都心痛的往事。

❦

2013 年 6 月 23 日，恐怖分子半夜偷袭了南迦帕尔巴特峰大本营，他们把所有登山者捆绑在这个大石头下让他们跪成两排，然后残忍地将他们逐个枪杀了。遇难的人中，有 2 名中国人。那时大家正在大本营休整，还未来得及出发攀登。

特种兵退役的张京川是唯一的幸存者。恐怖分子将他反绑着推到雪地里，他小声对跪在身边的杨春风说："要不赶紧逃跑？"杨春风没回答，他以为只是遇上了抢劫，如果逃跑，或许反而会被射杀，他没想到这会是一场专门针对外国人的恐怖屠杀。

恐怖分子搜刮完钱财，逐一枪杀了他们。杨春风、饶剑峰倒在血泊中。在枪声响起的同时，张京川瞬间低头，子弹擦着他的头皮飞过溅起血花。他自己也不知道哪里来的力量，一跃而起，向着斜坡的方向一路狂奔。那是一条 50 多米高的斜坡，张京川奔到斜坡边上想也没想就纵身一跳。斜坡下是一条冰河，赤脚单衣的张京川身上被冰凌划出一道道鲜血直流的口子，但他仿佛感受不到。在夜色的掩护下，他滚进了冰河旁的一条冰裂缝里。他在冰裂缝里隐约听到恐怖分子在山崖边上大声嚷嚷。幸好夜色太黑，他们没有下来追击。

张京川暂时躲过一劫，但仅着单衣的他很难熬过这寒夜。等待了很长一段时间，决心不再坐以待毙的张京川做了一个大胆的决定：返回营地。他一路大气都不敢出地匍匐着爬进了自己的帐篷，顾不上疗伤，套上棉服和高山靴，然后他看见了杨春风放在帐篷里的卫星电话，他想也没想就拿起了电话。要真正脱困，他必须让外面的人知道这里发生了什么。

帐篷里不能久留，更不能在此时打电话。空旷寂静的雪山上，电话里的声音会显得分外响亮。凭着特种兵的本能，他知道必须看看现在的情况。他爬上山崖，借着营地微弱的灯光观察。恐怖分子并没有离开，他们聚集在营地的另一端，不时嚷嚷。被枪杀的山友们的尸体倒成两排，无人收拾也无人看管。恐怖分子离得很远，张京川又做了一个大胆的决定：回到枪杀现场查看。他希望有奇迹。

于是他又爬回了血腥的枪击现场。他爬到杨春风和饶剑峰的身边，可惜并没有奇迹。

张京川知道还有一组十多人的登山队外出了，如果他们回来遭遇恐怖分子必死无疑。他忍着悲伤，向雪山深处跑去。尽管他知道，一到白天，自己的脚印可能会被发现，但他有高山生存经验，他只有躲进雪山里才可能活命。

北京时间凌晨 4 点多，张京川终于打通了求救电话，之后他就在雪山深处找了一处掩体一直躲到天亮。天亮后，另一组下撤的登山队并没有出现，他又原路返回，想察看恐怖分子的行动。营地里仍有十几个人，但仔细观察后，他发现恐怖分子已经离开了，原来那些人是收到他的求救后赶到现场的巴基斯坦军警。事后，有恐怖组织宣布对这次事件负责。恐怖袭击的消息传出，震惊世界。更为痛苦的是张京川本人。将杨春风、饶剑峰的尸体转移后，他看似怨怼实则无限痛苦地说："他们倒是走得快，剩下的事都得我一个人来做了。"这是如同失去战友般的痛苦。

与张梁有过复杂交集的杨春风的确处处让人心痛。

杨春风 1998 年涉足户外运动后，关闭个人诊所，成为职业登山向导，并于 2007 年成功登顶珠峰。他的经济状况一直不太好。世纪之交，探险趋热，开中医诊所积攒下来的那点钱，请山友吃饭就差不多用光了。1999 年攀登慕士塔格峰，他甚至穷到连 2000 元的登山费也交不起。

最开始他只能找一些免费的机会参与，比如当背夫。2000 年夏，山鹰社组织攀登博格达峰，杨春风获得了当协作背夫的机会，帮助登山队员背东西。这样总算是有机会登山了。那时他连登山鞋都没有，有人送了他一款 1960 年代的塑料底壳登山鞋。

因为超出常人的激情，2001 年，杨春风又获得陪人登慕士塔格峰的机会。为了这次登山，他每天坚持跑一万米，但那时他家里已经拮据到连肉都吃不上了，午饭只能就一碗凉面，有一次他竟然饿晕在操场上。

生活有多窘迫，杨春风的理想就有多炽烈，甚至疯狂。这也就是很多人认为他不适合登山的一个重要原因——不成熟、不专业。比如 2001 年，本是陪人登山，在弄好第二营地后，他没有管队员，自己率先登上了山顶。

但是杨春风的理想应该被理解，他只是太爱登山了。由于总是去爬山，他的诊所开不下去，到了后来，他想到直接做户外，还专门开了一个户外店，之后又开了一家名为 K2 的高山探险公司。他热爱攀登，希望能"以山养山"，一边以探险公司的角色组织 14 座 8000 米级峰攀登，一边自己也完成这一攀登梦想。只不过他压根不擅长赚钱，他更在乎让自己享受登山的过程。这个落魄的公司甚至经常捡别人的装备。常常做一次生意之后，别说赚钱，杨春风甚至穷到连回程票都买不起。但是他对理想的激情还是引起很多人的注意，包括张梁、王石也都曾聘用过他的团队登山。

杨春风在以商业登山糊口与获得个人登山快乐之间保持着捉襟见肘且危险的平衡。这与张梁形成了鲜明的对比。

必须说，理想终究是要有现实作为基础的。张梁虽然也是普通家境，但他生活在深圳。深圳的市民对户外运动的投入在国内城市中首屈一指，并且已经形成了良好的民间户外活动氛围、成熟的市场机制，还得到企业家等的广泛关注。到 2013 年时，深圳就已有超过 100 万人常年登山，参加户外运动。也没有哪座城市像深圳一样，会有民间机构自发组织登山赛事和山地救援。它也是全世界成功登顶珠峰人数最多的城市。

在这样的氛围里，张梁还遇到了王石以及很多其他愿意帮助他登山的人，更有农行深圳分行在背后一直慷慨支持。张梁登一座山，费用高的需要 40 万元，便宜的也要一二十万元，有的山还攀登不止一次。对于普通人来说，这些开销并不是小数目。十几年来，张梁登山的诸多费用全部都由农行深圳分行承担。这也是这家银行的了不起之处——支持普通员工做不普通的事，在平凡的道路上实现不平凡的理想。也不独张梁，其他不同岗位的员工，只要想做事、有才干，农行都会支持。

张梁在地球边缘的挑战，他所展现的不屈不挠、努力向上的精神，正是农行的价值追求。农行不但支持，还为张梁骄傲。2012 年，张梁荣获了农行总行"道德模范"的荣誉称号。包括现任农行深圳分行行长许锡龙在内的历任领导都一直支持张梁，农行是他登山的坚实后盾。随着登山成就越来越突出，张梁也成为农行公益精神的员工代言人，反哺农行的支持。在广州亚运会火炬传递、"探索南极"等公益项目上，他都为农行树立了健康的企业形象。企业与员工双赢，这是其他城市的民间登山者很难遇见的。

当然，并不是只有杨春风才会面对困窘与危险。对于热爱登山的人来说，他们知道探险之路注定危险重重，也早就做好了万一遭遇不测长眠雪山的心理准备。从某种意义上说，一名登山者如果不得不长眠于雪山，也算是将生命的尽头交给了梦想之路。但是谁也不曾想到，南迦帕尔巴特峰上的 10 名登山者却是以这样与登山无关的惨烈方式告别这个世界。这让人在情感上无论如何都无法接受。在这次南迦帕尔巴特峰的攀登队伍中，厨师是巴基斯坦当地人，他的弟弟当年就在大本营当厨师，目睹了那次恐怖事件的全过程，深受刺激，至今没有恢复。

张梁所在队伍的营地就在大石头不远处，尽管大本营有警察驻扎，但仍旧让人忐忑。夜里 12 点前，他不敢入睡，一直熬着，想着到了后半夜恐怖分子再到大本营的可能性就小了。熬到凌晨一两点迷迷糊糊睡着后，他的睡眠仍然很轻，一有点动静就会被惊醒。每晚如此，非常煎熬。

白天，张梁就在大本营周围来回转悠，但始终不敢靠近大石头，他心中总有一层阴影。当初，得知杨春风、饶剑峰遇难，他还以为是发生了山难，完全没想到是恐怖袭击。因此，来到这里，他总是安不下心，一直在研究大本营附近的环境，反复琢磨当年张京川到底是从哪条路线逃生的。他希望能找到这条逃生路线，以备不测。

实际上，南迦帕尔巴特峰大本营宽阔又平坦，遍地鲜花。如果没有那次悲惨的事故，这里会是一个舒服的休整之地。张梁心里不禁觉得惋惜，他想起进山徒步过程中那位身上带着一把手枪的背夫领头人说，希望他回去后多宣传，让更多的人来徒步。他不好意思直接告诉这位背夫，发生过这么骇人的事件，有几个人还敢来呢？

在那次事件中遇难的中国山友杨春风和饶剑峰，张梁都认识。饶剑峰就生活在深圳，张梁与他在2000年左右便因山相识，2004年还一起去攀登了卓奥友峰。张梁与杨春风则相识于2009年的马纳斯鲁峰，确切地说，那次是跟随杨春风的探险公司攀登山峰。当时的杨春风刚刚成立探险公司，且是第一次组织8000米级山峰攀登。

张梁一直记得初见杨春风时的样子。他瘦高，戴着眼镜，不说话的时候看起来有点书生气，也开朗，爱讲笑话，能和所有人打成一片。在大本营时，每天都能听到他讲冷笑话。

在攀登马纳斯鲁峰的过程中，杨春风的实力就已经显现出来。他虽然瘦，但体能非常强，甚至能像夏尔巴人一样大步朝前，作为个体来说，他算得上一个攀登健将。他早年在新疆登山，还曾被山友们开玩笑称为"天山派"。

第一次组织队伍上马纳斯鲁峰，杨春风充满信心，队员们也是。第一次拉练时，队员们从大本营往一号营地走，迎面看到一支外国队三人结组前行，大家感觉很奇怪，这不过是常规路线，海拔又不高，为什么还需要结组？多年以后张梁才明白，当时大家都还是"无知者无畏"，事实上，那段所谓的常规路线上有很多冰裂缝，而且还不排除有被雪掩盖的暗裂缝，结组才是科学、安全的方式。只可惜当时的他们不懂，杨春风也不懂，大家都没有意识到自己是不专业的。那时，中国的登山运动尚处于萌芽期，一切都在摸索中，他们有无限的攀登热情，但攀登经验不足，攀登理念也不够成熟，也正是这些没有意识到的不足，最终酿成了若干年后的苦果。

但马纳斯鲁峰的攀登是一次愉快的记忆，所有队员顺利登顶又下撤。也是在这座山峰上，张梁第一次有了确切的目标。他已经成功挑战过地球三极，他的身体在变得更加强大，他的信心，自 2003 年开始攀登 8000 米级山峰以来，达到了最高点。

张梁也从来不曾想到，就在一切都在更有信心地向更高处迈进时，山峰给了他重重一击。这也在后来让这个男人体验到一点：理想和激情，不是一项事业能够坚持下去的唯一基础。事实上，一个人前进的道路上往往需要各方助力，它包括但不限于需要维持理想所需的金钱、技能、科学、专业与坚持的心。

比恐慌的事实更可怕的是恐慌本身，比身体垮掉
更可怕的是信念坍塌。在绝望面前，人性多数经
不起考验。当人选择自己活下来时，作鸟兽散的
悲剧是唯一结果。

道拉吉里：生存还是死亡

风雪迷漫的道拉吉里峰二号营地。（摄影：张梁）

在南迦帕尔巴特峰大本营的每一天，张梁都盼着快点出发，早点到更高一点的一号营地，安心睡个好觉。大本营的那个大石头始终在散发一种令人不安的气息，仿佛杨春风还躺在那里。

张梁还记得最后一次见到杨春风的情景。那是 2013 年 3 月，他和刘永忠出发去尼泊尔攀登干城章嘉峰，没想到在机场碰到杨春风。张梁不太想理他，态度不冷不热，简单说了两句话。刘永忠想调和一下，在一旁提议："给你们两个合张影吧。"两人没反对，刘永忠便拍了一张。

张梁没想到，那会是他与杨春风的最后一张合影。人生难料，想想不免心酸。一提起杨春风，张梁心中就五味杂陈。他们曾共同攀登雪山，曾共饮一杯庆功酒，他们本有可能成为攀登路上的兄弟，但是，他们却因为一次攀登而分道扬镳。

张梁怨过甚至恨过杨春风。那次不堪回首的攀登发生在 2010 年 5 月，这是张梁第二次跟随杨春风的探险公司去登山，目标是位于尼泊尔的道拉吉里峰。在这座山峰上，张梁经历了人生中第一次重大山难，这也一直是他记忆中最惨烈的山难，更是迄今为止中国最严重的海外山难，让人刻骨铭心。

在张梁看来，这个悲剧原本可以避免。

出发时，比上一年去马纳斯鲁峰轻松很多。张梁和杨春风、饶剑峰三人从加德满都坐直升机直达道拉吉里峰大本营，这样就省去了为期一周左右的徒步。谁也没想过，如此轻松的开始，却得到一个沉重的结局。

直升机里非常吵，每个人都戴着耳机，说话要用对讲机。受气流的影响，直升机不时颠簸。相比经常穿梭在这条线路上的 30 人座小飞机，直升机已经很安全了。它飞行一趟的价钱可不便宜，需要四五千美元。

直升机在山间穿行，眼前的景象令人遗忘所有颠簸与嘈杂。他们一连经过了好几座 8000 米级山峰，张梁不太能分辨出各座山峰的名字，但这不重要。与在山下仰望它们完全不同，在高空中俯瞰它们时，每一座山峰的顶端都近在眼前，因为近，又显得格外庞大与雄伟。飞行时间不到 2 小时，张梁却感觉像"穿越"，从绿色的山谷转眼间到达冰天雪地，好像经历了两个世界。

其他队友是在惕春风的搭档张伟的带领下徒步一周进山的，张梁在大本营见到了他们。

虽是初相识，但张梁对李斌、赵亮、韩昕三个人印象不错。李斌身材适中，脸偏瘦，他性格沉稳，话不多，这一点和张梁有点像。因为是深圳航空的一名机长，所以大家在山上都省略了他的名字，直接称他"机长"。赵亮看起来则白一些，嘴唇薄薄的，在公安局工作，性格有点柔中带硬，不说话看不出来，在山上和大家讨论话题时观点明确，有股不服输的劲儿。韩昕长着一张宽阔、亲切感十足的脸，正如他这个人，开朗，热心，容易交朋友。他是户外品牌"探路者"的山东省总代理。也许真的是和气生财，他对人十分温和，即使面对性格不太招人喜欢的队员，韩昕也会主动和他说话，开开玩笑，目的就是不冷落他。

在大本营等待出发的日子与以往攀登任何一座山峰并无不同，反复拉练，回营

道拉吉里峰，反复拉练锻炼体能。（摄影：张梁）

地休整，等待好天气。韩昕、李斌、赵亮在来攀登道拉吉里峰之前就已经彼此熟络，他们一年前跟随杨春风成功攀登了卓奥友峰，对 8000 米级山不算陌生。拉练时，除了李斌感觉有些不舒服，大家的状态都正常。李斌在大本营时就出现严重高反，恶心呕吐，拉练时也显得有些疲劳，这从他迈出的步伐就能看出一二——他的腿部力量不够，脚底也没有踩实。不过，作为一名训练有素的机长，没人怀疑他的体能会有任何问题。杨春风一如既往地从容，尽管他那么瘦，略夸张地说，他的大腿瘦得如小腿一般，但是，就是这双瘦腿，不知从哪里来的力气，在山上行走起来不逊于夏尔巴向导。拉练沿途都是雪坡，途中运会遇到约一米宽的冰裂缝，走起来不轻松，杨春风在走这段路时没有穿冰爪，他一边走，一边用带着自负的口吻对队员说："如果不穿冰爪这一段都走不了，那还登什么山呐。"夏尔巴向导走这段雪坡时也没有穿冰爪，他们常年与雪山为伴，攀登经验丰富，所谓"艺高人胆大"，从这个角度来看，杨春风的攀登能力的确不错。但是，他大概忘记了自己是一名组织者，他那自负的话实际上在向队员输送一个错误的信号。与其嘲笑队员，他更应该做的是，提醒每一个人都穿好装备，谨慎行事。

就在反复拉练的过程中，他们经历了一次有惊无险。一天半夜，在通往一号营地的攀登路线上发生了一场巨大的雪崩。队员们是在第二天从一号营地撤回大本营的途中发现的，他们前一天刚走过这个路段，雪崩发生时他们已到达一号营地休息。

雪崩让一切变得面目全非，大大小小的冰块和雪块滚落下来堆在一起，最大的足有一人高，还有很多半人高的。这种体积的冰块、雪块重可论吨，人在它们的面前就像一只小蚂蚁。张梁有些后怕，假如雪崩发生在他们正走过此段路时，毫无疑问，他们会全军覆没，毫无生还的可能。

雪崩的发生从来都是一瞬间的事，它从不预告，来势汹汹，似乎有意不给人类逃生的机会。相比攀登途中那些可以预见的危险，这种随时可能降临的灾难更

队员们要穿过这片雪崩后塌陷的松软雪块区域。（摄影：张梁）

让攀登者恐惧。后来拉练再经过此处时，张梁的心都悬着，他不时抬头看，生怕高处再有哪一大块冰雪融化、垮塌，再度引发雪崩。多年以来，他登山、徒步时从不戴耳机听音乐，因为戴着耳机听不到队友的声音，也很难觉察到滚石、雪崩等突发情况的动静，任何一个微小的闪失都可能酿成苦果。

队员们在大本营和一号营地、二号营地之间往返了两次进行适应训练，天气时好时坏。

从一号营地上看道拉吉里主峰，完全看不出危险与可怕。（摄影：张梁）

5月1日，队员们计划冲顶了，但此时队伍已经暴露出了一些问题。队伍里的夏尔巴向导低效、松散，根本谈不上服务质量。就在同一天，一些基本设施就被夏尔巴组织者提前拆除送回了成都。杨春风作为组织方也从未组织队员与夏尔巴向导沟通，很多拉练也是队员自行组织。

事实证明，懒散的夏尔巴向导成为引发致命灾难的因素之一。

天气不好，风雪太大，队伍刚到达一号营地住了一夜就被迫撤回了大本营。一直到 5 月 10 日，才终于等来了适合攀登的好天气。

受天气影响，之前路过的冰裂缝形状已经发生了变化。来时路上的冰河等下山时早已融化，让人觉得恍如隔世。同时在道拉吉里峰攀登的瑞士登山队认为，天气环境非常复杂，不适合攀登。后来，领队理查德·博尔特很庆幸他的队伍最后选择了留下。他说："错误的抉择可能会失去一次登顶机会，但世界上没有一座山值得我们失去小指尖。"

杨春风的队伍却没有意识到危险。5 月 13 日，冲顶那天，8 名队员出发，领队匆忙安排夏尔巴向导一对一陪同队员。然而，整个登顶过程只有 6 名夏尔巴向导跟随。张梁一直没有见到给他指派的夏尔巴向导，他等于在独立攀登。

条件艰苦，吃的也很简单。（摄影：张梁）

此路段后面不再有路绳。（摄影：张梁）

然而队伍还是出发了。4点30分左右，攀登至海拔7500米时，路绳终止了，大家决定结组继续攀登。队长张伟负责领攀，后续队员拽拉结组绳，把保护绳当作固定绳往下拽。这样的操作导致前面的队员体力消耗巨大，攀登效率骤然降低。发现这一点，杨春风改变策略，改将结组绳分为数段，由队员和夏尔巴向导结成对子。这等于将生命的后背交给了夏尔巴向导，可他们偏偏不让人省心。此时李斌犹豫了，他有些不太敢上，便没有跟着大家一起再继续攀登。

大约上午10点30分，队伍抵达海拔8100米左右，杨春风做先锋修路登顶，张梁发现，在杨春风身后并没有夏尔巴向导来修路和做先锋。谁也不知道夏尔巴向导们到底在干什么。

登顶比较顺利，下午 1 点前，张梁和队友们就登上了顶峰。天空飘着小雪，风把它们吹得乱飞，肉眼可见的范围内都是白茫茫一片。大家开始拍照，小憩。张梁突然发现，在海拔 7500 米时犹豫不前的李斌竟然也跟着他的向导一起登顶了。

后来，张梁无数次想起这个情景，他想，假如李斌当时就选择和向导从海拔 7500 米处下撤，是不是就不会发生后面的悲剧了。但当时，在顶峰的大家只顾着兴奋。李斌还在举旗拍照，而赵亮晒出全家福，对着天空欢呼胜利。

大约在峰顶停留了 20 分钟后，队员们开始下撤。趁着天亮，要尽可能早地下撤，越早撤回到离峰顶最近的营地越安全，这样才能最大限度避免天气变坏、氧气耗尽、体力不支等各种不可控因素带来的威胁。

意外总是来得悄无声息。

下午 2 点左右，走在张梁前面的张伟回头对他说："梁哥，撤，快点撤。"谁知"撤"字还没有落音，张梁还没来得及回应，张伟就已经摔倒发生滑坠。张梁见状，喊了一声"坏了"，可他却什么也做不了，只能眼睁睁看着张伟向下滑去。张伟的氧气瓶已经被甩了出来，也正是因此，氧气瓶起到了制动作用，阻止了他继续下滑。待到张伟停止滑坠，他已在张梁 200 多米开外，再往前，就是万丈深渊。他小心翼翼地在原地缓了一口气，艰难地爬起来，大喊"达瓦——"，让达瓦去接应他。达瓦是夏尔巴人，和妻子在尼泊尔经营一家小型探险公司，他所带领的夏尔巴向导为这次攀登提供高山协作服务。达瓦赶下去救下了张伟。

张梁凉住了，路段如此危险，他不敢轻易再走一步。他也在原地小心翼翼地平复了一下情绪，然后冲走在前面的杨春风大喊："一定要结组。"于是几个队员结成一组，从头到尾依次是杨春风、赵亮、韩昕、张梁、李斌、娄国龙。三个夏尔巴向导走在旁边，他们不肯与队员们结组，也没有说明原因。其中一名向导用手拽着队员们的结组绳走，走着走着忽然一滑，好在被结组绳拽住，不然，他可能会像张伟一样滑坠。

多人结组可以避免有人滑坠，这让每一名队员多了一层安全保障，但同时也要求所有队员必须保持同一个速度。没过多久，本就体能不充沛的李斌逐渐慢了下来。娄国龙在他身后，速度也不快。整个队伍以非常缓慢的速度下撤。

天色一点点变暗，李斌越走越慢。到后来，他基本上是走几步就疲惫不堪地坐在雪坡上休息七八分钟，再勉强起来接着走。张梁时不时猛拽一下结组绳，希望能使李斌加快一下速度。李斌在后面喊："梁哥，别拽。"其实李斌比张梁还大一岁，但也佩服张梁，所以一直尊称他为"梁哥"。走着走着，李斌在后面突然喊道："梁哥，我们明年一起去登珠峰！"

张梁大声回应："好！"他想给李斌鼓劲儿，希望燃起他的斗志，但李斌明显有些力不从心。在山上，生性话少的张梁也只跟初相识的李斌、韩昕比较投缘。在拉练时看到李斌走路姿势不对，他会专门提醒，还会告诉李斌一些登山的技巧。可这会儿，由于李斌的速度实在太慢，张梁有些着急了。

到了晚上 6 点多，整支队伍才下撤到海拔 7800 米左右。以这样的速度，他们根本无法及时返回三号营地。而这时李斌已经完全走不动了。

张梁大声呵斥："咬咬牙！起来！坚持！"

李斌摇头，说："我走不动了。"他已经靠在雪坡上，氧气面罩不知道什么时候摘掉了，他的脸上挂满了霜，雪镜也不见了。氧气面罩戴在脸上并不舒服，呼出的气体会让面罩结冰，让人感觉憋闷，但不戴又会缺氧。人在极度疲惫的时候，可能因为难受而扯下氧气面罩，这是非常危险的。在高海拔缺氧与寒冷，人的智力水平与大脑思维都可能出现异常，导致一些错乱行为。

此时的李斌无力又无助，但谁也帮不了他。

队伍几乎停了下来。更糟糕的是，走在前面的杨春风没有带对讲机，队伍失去了和前行队员的联络。原本大家打算撤到三号营地，然而，一切都乱了套。

一阵僵持之后，杨春风解开了自己身上的结组绳，脱离了队伍。他是这次攀登的组织者，在每个队员心中，他就是队伍的主心骨。这个主心骨在海拔7800米的位置上，选择了自行下撤。临走前，他还撂下一句话："不走全都得死！"韩昕大喊着"老杨，老杨"，杨春风似乎也听不见。所有人目瞪口呆又手足无措，意外却还在不期发生，韩昕一下滑坠了20多米，幸亏被别的队员拉住。

大家都慌了。张梁虽然曾攀登过几座8000米级山峰，但每一次都组织有序，稳扎稳打，他从没遇到过这种情形，面对危机他依然是个稚嫩的新人。

多人结组靠结组绳提高安全系数，但整体速度也会受影响。（摄影：张梁）

见此情形，除了走在最后的李斌与娄国龙外，其他几名队员也都纷纷解下了身上的结组绳。

作鸟兽散，就是张梁唯一的感受。但他也只能选择下撤。李斌被留在了海拔7800米的雪山上。张梁走时，他还活着。娄国龙后来回忆，当李斌彻底躺下的时候，他已昏昏沉沉麻木不已："我就这样看着李斌从一口气变成半口气，最后结束了生命。"

攀登8000米级山峰的残酷第一次在张梁眼前被毫不留情地撕开。他在选择下撤时就已经很清楚把李斌留在海拔7800米的雪山上意味着什么。但是，他只能头也不回地往下走，因为留下来就是一起死。他在后来的回顾日记中痛心地写道："李斌是在没有得到任何救援的情况下走的！"

后来张梁曾设想过很多如果。如果有人给李斌换一瓶氧气，让他歇会儿，恢复一下体力，他是不是就有可能活着下来？或者组织者能好好统筹一下，协调几位夏尔巴向导辅助李斌下撤，李斌会不会就活下来了？现实没有这些"如果"。事实上，此前张梁曾试图叫杨春风给李斌换一瓶氧气，杨春风没有反应，径直向下走，也不知道他有没有听到张梁的喊话。

解下结组绳的队员们跌跌撞撞继续向下走。韩昕走在张梁前面，一路跌跌撞撞。摔倒不仅仅是因为路滑，和腿部力量不足也有关。人的体力和意志在这漫长的折腾中已被磨灭殆尽。

黑夜如期降临。到了晚上 9 点多，大家不仅没能走回三号营地，还被困在了海拔 7600 米左右的位置。天黑意味着看不到路，如果有路绳，还可以摸索着下行，但没有路绳，每走一步都是危险的。在茫茫雪山上盲目地走只有一个后果，那将是真正的"失之毫厘，谬以千里"，等在前面的必然是迷路，甚至死亡。

所以只能被困着。

张伟自海拔 7800 米滑坠后，从滑坠的地方横切向三号营地走，脱离了队伍。在张梁的记忆里，张伟虽然是攀登队队长，但在整个攀登过程中，他一直都是自顾自地走，并没有好好负起相应的责任。饶剑峰和自己的向导最早从峰顶下撤，也很早就消失在队友们的视线里。

队伍的几个组织者基本都不再组织下撤了。

娄国龙在离开李斌后又慢慢追上了先走的几名队员。这是一位穿着西裤来到道拉吉里峰大本营的攀登者，50多岁，吃瓜子时喜欢把皮直接吐在地上，拉练中走不动时会坐在雪坡上往下滑。他攀登8000米级山峰的经验不多，走到此时更加体力不支。

这是和以往一样异常寒冷的夜晚，比寒冷更冷的是前路未明的恐惧。

寒冷和恐惧吞噬着每一具疲惫不堪的身体。大家散乱地东一个西一个，失了魂一般。实际上，从最初杨春风解开路绳的那一刻起，整个队伍就已经溃不成军。

情况一片混乱。三个夏尔巴向导没有跟着下撤，他们疲惫不堪地蜷缩在一起。张梁感觉自己的身体似乎到了极限，两条腿好像已经不属于自己，但他仍顽强地坚持在原地走来走去，希望运动起来让身体不至于失温，他还不停地甩手，以免手指冻伤。七八米远的地方，韩昕和赵亮萎靡地坐在地上，张梁冲他们喊："站起来！别睡！站起来！别睡！"

韩昕依然是那个热心的韩昕，听到呼喊，他站起来，走过来帮张梁揉腿。这个情景后来成为张梁心上永远也忘不掉的一幕。

没有遮风处，没有帐篷，没有任何可以保暖的方式，每一个人都被冻得不太清醒了，不断有求救和哀嚎声冒出来。那些虚弱的声息飘在空气里，很快就被无边的夜色淹没。

除了他们自己，没有人能听到他们的求救声。

直到此时，张梁、韩昕及赵亮心里仍然抱着一线希望。他们期盼着杨春风回到营地后能找到达瓦，再联合其他几位夏尔巴向导或队员上来接他们下山。他们并不知道，晚上 10 点左右，杨春风在海拔 7450 米左右发生滑坠，直接晕了过去，后来被发现后让人一路拖到了三号营地，一直昏迷到了次日凌晨 5 点。

时间一点点过去，只有更深的寒冷和夜，没有任何上山救援的身影。凌晨以后的夜更加寒冷逼人。登山这么多年，张梁第一次在山上出现了幻觉，他看到前方不远处有一家客栈，队员们在忙碌，还有热茶喝。那客栈时有时无，张梁在恍惚中撑到凌晨 2 点多，彻底绝望了。他明白，不会有人上来了。他的意识也开始模糊，他只知道再这样熬下去只有死路一条。

他在恍惚中开始下撤。他的脑海中只剩下最后一个信念，走下去。没有路绳，他只能凭借仅存的一点印象，比如上山时翻过的岩石路段，来找寻下山的路。残存的理智告诉他，只要沿着岩石往下走，就不会偏差太多。

这一夜，月光倒是没有吝惜，洁白的雪坡在月色里泛起一层薄薄的灰色，让张梁下山的路不至于太黑。可是在张梁内心里，他仍然是在黑暗中行走。他不能确定自己是不是走对了路，也不能确定自己还能不能活着走出这座山。他的思维停滞了，好像精神与肉体都不再属于自己，只能靠仅存的求生本能，机械地往下一步步挪动。他不敢停，不敢睡，更不敢松下胸中这口气。

漫漫长夜，前路未卜，张梁独自一人面对天地山峰，一种刻骨的绝望与活下去的信念同时包裹着他。也不知道过了多久，他发现了路绳。这条再熟悉不过的绳索，仿佛无尽黑暗中的一点亮光，抓住它就抓住了生的希望。张梁感觉似乎脚底忽然腾起一股力量，脑子也一下子清晰了很多，心里也有了底，只要沿着路绳走下去，一定会回到三号营地。

又不知走了多久，不知不觉中，天色开始变化。凌晨 5 点，张梁抬头，看到黑夜的边缘被撕出一道细长的口子，金色的微光从另一边渗进来，天光乍泄，太阳要出来了。

张梁告诉自己：我活下来了。

早上 6 点多，张梁终于走回了三号营地。临进帐篷前，他拿出相机，他要记录下这一刻的自己。他的整张脸又黑又肿，胡茬上挂满冰雪，嘴唇已经蜕皮。他的嘴唇翁动着，含混不清地说了几句自己都听不清的话，然后走进帐篷，倒头就睡。

这一睡就是一天。在这一天里，杨春风终于组织夏尔巴向导上山寻找队员，并最终拖下了在山上困了一夜的娄国龙和饶剑峰。饶剑峰的夏尔巴向导不知什么

死里逃生后的张梁返回三号营地，他的胡茬上、身上已经结满了冰。（摄影：张梁）

时候扔下他自己下撤了。糟糕的是，韩昕和赵亮依然没找到。

据后来饶剑峰描述，被困在山上的夜里，他曾向夏尔巴向导求助，并承诺支付300美元，但没人救他。他和娄国龙在雪洞里互相依偎着，直到被救援人员发现。而赵亮在凌晨2点左右，寻错了路，攀错了岩石，在夏尔巴喊他返回的途中突然滑坠，直接消失得无影无踪。

15日，在三号营地休整了一天一夜后，张梁开始自行下撤。路上，他看到前来救援的直升机一趟趟从头顶飞过。山难发生，杨春风打电话求救。消息传回国内，中国登协组织营救。喜马拉雅山地救援组织和欧洲山地救援组织联合雇用了直升机救援。直升机来回盘旋，在三号营地无法找到平坦的地面降落，又飞到二号营地才降落。最后，大家通过人力起吊和空中悬停的方式救出了七名负伤的队员和夏尔巴向导。其中一次，直升机在张梁头顶盘旋，救援人员示意他上去。张梁摆摆手，让直升机走了。最危险的时刻已经过去，他计划走回大本营，拿上自己留在那里的装备离开这座让人悲痛的山峰。

当天晚上，张梁走回一号营地。就在接近帐篷的时候，提前下撤的几位夏尔巴向导看着狼狈的他忽然不停地笑起来，他们似乎对山难的发生毫无知觉。张梁无奈又愤恨，他们竟然还笑得出来！此后，张梁一直坚持一个观点：队员和夏尔巴向导之间，不是朋友更不是生死兄弟，只是纯粹的雇佣关系，仅此而已。

在一号营地又住了一晚后，张梁撤回大本营。杨春风等人陆续回到比大本营海拔更低的"意大利营地"。直到在"意大利营地"，张梁才知道另一个噩耗：韩昕和赵亮永远留在了雪山上，而救援队始终没有找到滑坠后的赵亮的遗体。

寻找他们两个人的下落，需要队员们拼凑支离破碎的信息。娄国龙说，韩昕和他一起在山上被困了一夜，到天亮时韩昕还是清醒的，并起身要先走，还与他告别。这告别成了永别。韩昕一位守在大本营的朋友在追问了每一个人后，意识到韩昕回不来了，开始忍不住哽咽。他一边哭，一边埋怨队伍进山时非要赶三只羊上山，三只羊是在大本营被杀的，遇难的也是三个人。

人们总是在最无助的时候试图抓住点什么，尽管那通常于事无补。其实赶羊上山几乎是攀登每一座 8000 米级山峰时的常规行为，活羊既方便驱赶，减轻运送物资的负担，又能让攀登者补充新鲜的高质量蛋白质。

回想起来，张梁也觉得唏嘘。他带着一串手串上山，出发前做煨桑时还专门把它摆在了玛尼堆前。在二号营地，早上醒来，他发现手串断了，珠子散落得到处都是。

这次山难是惨烈的。除了三位遇难的队员，活下来的人也多受到巨大创伤。饶剑峰刚下山时思维错乱，面对问题一直答非所问。娄国龙因被困了一夜，有 9 个脚趾因冻伤被截。

回到加德满都后，有一天，张梁在一家四川饭馆吃饭，刚好碰见张伟。张伟来到张梁所在的餐桌想与他喝一杯，张梁指着他的鼻子毫不留情地说："滚蛋吧！"他这辈子再也不想见杨春风和张伟当中的任何一个人。

其实这次山难发生后杨春风也饱受折磨。登山圈里的很多人提出要"干掉杨春风"或者把他"清出登山圈"。他只好闭门不出，颓废宿醉。有一次喝醉，他爬上 15 楼的阳台差点跳楼轻生，幸亏旁边有人把他架了下来。亲友只好给他更换了一间没有阳台的房间，防止他酒后自杀。

谁也放不下心里的这层痛。张梁永远也无法忘记他在脱险回到三号营地时见到杨春风说话自如、面无表情地一根一根抽烟的样子，无法原谅这次攀登中组织的混乱。他在心里删除了杨春风，此后也确实再也没与他一起爬山。

然而，通讯录上的名字容易删除，但心中的郁结已永远难消。回到深圳，山友们给张梁接风，席间，谁也不敢多问一句关于山难的事。饭毕，张梁坐好哥们王雁东的车回家。王雁东开着车，听张梁说起山上的事。起初，张梁的情绪一直很稳定，说着说着就突然毫无预警地号啕大哭起来。王雁东不做声，默默递上纸巾。三四个月后的又一次饭局结束后，张梁仍旧坐王雁东的车回家，无意中再度聊起过往时，他再次失控地哭了。

吴晓波在为王石《大道当然：我与万科（2000～2013）》所作的序中曾写道："王石这一代人，少时贫瘠，青春荒芜，及至壮年，才守到雨霁云开。日后他们遇到的每一件事都不可思议，都超出以往的经验值，他们的成功几乎都凭借无畏的勇气和对秩序的破坏，对命运的西西弗斯式的嘲笑构成一代人共同的姿态。"被王石影响的张梁，显然也是这一代人当中的一分子。时代的剧烈变化给个体的命运烙上印记，而个体的变化，也为时代提供印证。

风雪中的马纳斯鲁峰就像一幅水墨画。（摄影：张梁）

少年张梁：
因为苦涩，所以珍惜

道拉吉里峰给了张梁自登山以来最沉重的打击，可是第二年，他又出发了。多年以后再回顾山难往事，他理性得近乎冷酷。他笃信一点：人在关键时刻只能靠自己，谁也不要指望。

"靠自己"，这三个字显示着坚韧的同时也暗含冷酷和孤独。对于张梁来说，这三个字可能是他人生最重要的注解之一，它们曾在他人生中最关键的几个时刻起到决定性作用，也帮助他战胜过人生中不止一次出现的心魔。

张梁是河北石家庄人。1964 年春天，他呱呱落地。

他是家里最小的儿子，上面有三个哥哥一个姐姐。一家人住在石家庄槐中路 253 号的"十二化建"厂区，他的父亲在这家工厂工作。和那个年代很多国企一样，厂区是一个自给自足的小社会，包含了子弟学校、医院、粮油店、家属楼等生活配套。

张梁家在 2 号楼。这栋楼和周围的每一栋都完全一样，4 层高，红砖墙面，没有任何修饰，是北方最普通的楼房模样。每栋楼有三四个单元，每个单元有 2 户或者 3 户。在工厂这个"大家庭"里，人与人被强行糅到了一起，彼此之间已经分不清是同事、朋友或是邻居。

张梁 2 岁那年发生了两件大事：一件是他的父亲入狱，作为家里唯一的经济支柱，父亲出事让这个家陷入了绝境；另一件是"文革"爆发，社会陷入混乱。

父亲被带走时，张梁甚至尚不能记住他的脸。因为父亲当时管供销，经常请人吃饭，这种公关活动不是个人行为，只是父亲选择了一个人扛下所有事。

张梁五六岁的时候，母亲时常带他去探监。监狱在石家庄的郊区，因为没钱，只能一路步行过去，一走就是一天。

再长大一点张梁就不愿去了。上学之后，他基本没有再去探望过父亲，也没有通过信。父亲在他最重要的人生阶段长久缺席，使得"父亲"这两个字对于张梁来说更多时候只是一个名词。父亲直到张梁上大学才出狱，而那时张梁早已习惯父亲缺席的人生。

由于父亲缺席，这个家庭的一切重担都落在了母亲马淑兰一个人肩上。马淑兰不识字，也没有工作，突如其来的变故对于这个带着5个孩子的母亲来说，无异于天塌了下来。张梁的大哥、二哥在上学，三哥与姐姐还没到上学年龄，而三哥仅比张梁大一岁，也还是个需要人看护的孩子。

为了生存，母亲白天必须出去打零工，三个年幼的孩子只能扔在家里。邻居潘奶奶人很好，会帮忙照看一下。对于这个无助的母亲来说，能让家里每一个人吃上饭，不饿死，已经是她能力的极限。

没有父母的细致呵护，这是张梁从幼儿时期就面临的现实。而穷，是少年张梁对生活最直接的体会。

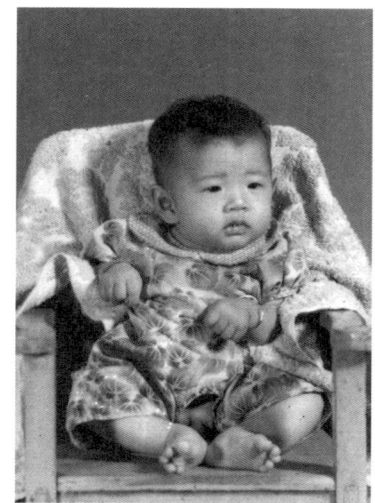

年幼的张梁（上左）。

张梁的父亲（上右）。

张梁（右）与姐姐（中）、三哥（左）合影（下）。

（图片提供：张梁）

记忆中的一切都是困窘的模样。一家人挤在一个不足 20 平方米的房间里，推开房门，屋里摆着一张大床和一张小床，晚上，母亲和儿子们并排睡大床，姐姐睡小床。房间里除了一个柜子外还有两个水泥台，上面摆着锅碗瓢勺。厨房与卫生间则是与邻居共用。

独立支撑生活的那些年，母亲干过很多杂活，因为没文化，她只能选择很辛苦工资却很微薄的零工。有一段时间，母亲在一家小工厂打工，那家工厂用猪肝提炼油脂做肥皂，提炼过后的猪肝就成了废料，扔在角落。母亲把这些炼成渣的猪肝带回家，用辣椒炒着吃。人在童年时对食物的记忆将伴随终身，40 年后，张梁仍记得那种味道，小时候吃时还觉得很香。

还有一年，母亲带了很多布的边角料回家。她将一大堆碎布堆在地上，满屋都是五颜六色的。几个孩子也不太知道这些碎布究竟要用来做什么，只知道母亲剪完这些碎布就能换钱。一开始，母亲用剪子剪，可要不了多久，手就剪不动了。后来，大哥弄回来一把小铡刀，效率就高多了。他们把布摞成一小摞，大概三五厘米厚，然后放在小铡刀上，一刀一刀往下切，刀与布料摩擦发出"嗞啦嗞啦"的切割声，在当时不解世事的张梁听来还有点动听。

张梁长大一些后，就开始帮母亲扫马路。每天凌晨三四点，母亲就要去楼下附近她负责的区域清扫。清扫范围很大，母亲一个人扫不过来，张梁和几个哥哥就一起帮忙。几个人操着大扫帚一下一下划，一直扫到天亮再收工回家。冬天更辛苦，天干冷，路也不好走，地上有积雪还要先铲雪。他们拿着方头铁锹，把积雪敲碎、铲走。每天如此。

尽管母亲已经这样操劳，孩子们还是吃不饱，有时候她只能去捡农村地里收割剩下的麦穗儿，或者捡废品换钱补贴。家里有个柜子，里面放着一点馒头或玉米面饼，因为东西不够吃，母亲只能把柜门锁起来。孩子们每天一到家就习惯性地掀柜帘，再失望地放下。后来，他们学会用织毛衣的竹签偷偷把锁捅开，偷吃一点东西充饥。有一次，张梁的二哥饿得难受，从对面邻居家门框上方的窗户翻了进去偷馒头吃。母亲知道了这事，非常生气，转头就不停地哭。

张梁记得很清楚，到了初中长身体的时候，他每天都感觉饿。母亲把玉米面饼切成一片一片放在炉子上烤，他把这个当成点心塞到兜里，每天一点一点抠着小口吃，吃到差不多后，再把兜里剩的渣抖出来吃。他还经常吃红薯面的窝头，这东西有嚼劲，容易胀胃，有饱腹感，但是吃完之后会便秘。

上学也是一个难题。每学期仅两块五的学杂费，对于张梁家来说已经承担不起。从小学一直到高中，每次开学他都要拿着家庭贫困证明去请学校免学费。有一次，大哥所在的工厂没有给开家庭贫困证明，母亲四处去借钱却怎么也借不到。这让张梁难受了很久。

每次学校在操场开大会都需要同学们从家里带小板凳。这时，张梁就要与三哥"赛跑"，回家抢板凳。那是一个简易板凳，就是一块木板上钉了四条腿，但家里也只有这么一把。张梁和三哥谁先抢到就谁用，另一个没抢到就哭。开运动会时也很烦心，因为要穿统一的白衬衫，可家里没有。每一次，母亲都要找别人借，不管合不合身，套在身上应付过这一天。

至于玩具，没钱买就自己做。很难想象如今像山一样的男人，在小时候是个心灵手巧的孩子。那一片区里，最好的弹弓、最好的钢丝枪、最好的火药枪玩具都是张梁出品。他从工厂里捡来极细的钢丝，掰成枪形，再用野菜的茎做子弹，用钢丝一拨就绷了出去。更厉害点的，是用自行车链条做成的辐条枪，它还配备了强大的皮筋和撞针。子弹则使用真正的子弹壳，在里面装上炮仗里的黑火药和铁砂，一开枪，子弹甚至能打进西瓜皮里。

比贫穷和饥饿更可怕的是空气中无处不在的无形压迫。在那个论成分的年代，"入狱"两个字能把一个原本还算体面的家庭直接打入社会最底层。尤其在厂区这样的熟人社会，谁家出事，第二天就会传遍全厂。

压抑与自卑，对于一个弱小的孩子来说就显得更为沉重了。

张梁在学校里不爱说话，不合群，是老师口中的"蔫巴萝卜"。无论什么时候，聪明活泼的孩子总比沉默寡言的更招人喜欢。张梁上课时几乎从不举手发言，老师也很少主动叫他，更没有因为什么事表扬过他。他在学校里没什么存在感，可有可无。

他为数不多的玩伴都是毗邻而居的几个男同学。郑文斌是他的发小。郑文斌的父亲过世早，母亲带着三个孩子，生活也很艰辛，这一点和张梁家有几分相似。其他朋友多半也是家境贫寒，班上家境好的同学，在穷孩子眼里，都是另一个世界的人。

在张梁的记忆中，从小学到初中他就没怎么正经上过课。那时发生"文革"，特殊的年代，学生们不怎么读书了，年龄大一些的都上山下乡了，张梁的姐姐也离家下乡。留在城市里的张梁和小伙伴们则经历着混沌的校园生活。他们经常逃学，早上去学校报个到，然后就跑了。学校也睁只眼闭只眼，即使他们待在学校也没有认真学习的氛围。

那是一段野蛮生长的日子。不上学的时候，他们就在厂区附近的化肥厂、化药厂瞎玩，有时候一帮人偷偷跑到一街之隔的河北医学院（今河北医科大学），翻墙进去偷核桃，被发现了就会被里面的人胖揍。那时，在不同厂区、不同院之间，可能不需要太多理由就会打起来，这边的人进入了那边的"地盘"，或者仅仅因为看谁不顺眼。张梁很老实，没参与过打架，但他看过别人拿着棍棒或三角刀聚在一起的场面。

不过男孩子们更喜欢的还是一种抽打小纸片的游戏。没钱买纸片，就在垃圾桶里翻烟盒，再把烟盒剪成一个个三角形充当游戏工具。轻飘飘的烟盒纸一抽打就翻个，总输。他们就跑到粮店，把烟盒纸放到油桶里蘸，蘸了油之后，它会变得又硬又平，再难翻个。有一次，张梁和几个伙伴在蘸油时被粮店的人逮个正着，几个男孩在粮店门口站成一排，被罚站了一下午。有时也会玩一些无聊的恶作剧。他们弄来买点心时外包装用的牛皮纸，再找点油把纸弄得更加油乎乎，然后在纸里装上粪便包好，再拿绳子仔细捆上，放在路边显眼的位置等人来捡。总有人会去捡，当看到大人捡起包裹，再气急败坏地扔掉，他们就很满意。偶尔有乡下小贩到厂区偷偷卖酸枣，小贩推着自行车边走边卖，一麻袋酸枣就在车后座上驮着，麻袋的封口处用绳子系了一个活扣。会有调皮的男孩趁小贩不注意，跑到麻袋旁迅速把绳子一把拽开，酸枣"哗啦啦"散落一地，一旁的孩子们一哄而上就抢。那时小商贩还属于"资本主义的尾巴"，本来就胆怯，只能看着干着急、生闷气。这种恶作剧和《阳光灿烂的日子》里的大院孩子的疯闹有本质差别。这是更底层的孟浪。

张梁在这些孩子中一直是一个跟屁虫的角色。他不爱说话，胆子也小，非常老实，别人干什么他就在后面跟着。他本不是一个调皮的孩子，那些恶作剧不会让他有多开心，但如果他不跟着，就会被伙伴们冷落。

孤独，是张梁2岁时就开始学习的人生课题。父亲早早就缺席他的成长，母亲的精力几乎全部用来勉强维持生活，童年的张梁可能是几个孩子中得到母爱最少的一个。

母亲从没有问过他的学习成绩，她更多的时候是在叹气。她经常抱怨命运不济，气急了又会哭，哭完了继续咬着牙坚持。那些年的生活快要把她压垮了，可她还是挺了过来。

那时候兄弟们总吵架，母亲想管管不了，想打打不动，生活一地鸡毛。张梁也惹过母亲生气。最严重的一回，是偷了同学的字典。那时张梁已经上初中，老师要求每个学生都买一本字典，张梁买不起。有一次，第二天要考试，放学后，他看到有同学把字典放在课桌里，便拿回了家。他只是不想考试时什么都不会。

事情当然被发现了。母亲罚张梁跪，张梁就默默跪到半夜。跪完把字典还给人家。

但是毛病没改，下一次要考试，接着偷。买不起字典又要考试，张梁不知道还有什么办法。

从小到大，与张梁更亲近的家庭成员是三哥和姐姐。小时候和三哥在一起最开心的时光，就是剪报纸答题。那时候报纸上流行出一些诸如"中国第一""世界第一""四大发明"这样的知识性题目，读者把答案填写在报纸上，再剪下来寄到报社，就可能收到香皂、牙膏之类的奖品。张梁和三哥把这当成生活中一件非常重要的事对待，两人经常凑在一起挑灯夜战，在各种报纸上搜集这一类知识，把它们一个个剪下来留好，以备答题之需。

三哥也有忽略张梁的时候。有一次，张梁跟着三哥和伙伴们去玩儿，三哥弄到了一些核桃。张梁看着三哥把核桃分给了其他的伙伴，却偏偏没给自己，心里生起闷气。他不告诉三哥自己生气了，他用了另一种方式表达不满。回到家里，他抓起三哥养蚕的小纸盒，一把从四楼窗户扔了出去。三哥愣了，随即大哭起来。看到三哥哭，张梁又内疚了，他悄悄地跑下楼，希望能把丢掉的蚕找回来。费劲找了很久未果，张梁默默回家，但他始终没有告诉三哥他为什么生气，也没有告诉三哥他悄悄出去找了蚕。

受家庭的影响，直到成年之后，张梁也仍是一个不善于表达感情的人。他待人礼貌周到，但同时也给自己裹上了一层壳，他与任何人之间都有一段看不见又很难逾越的距离。他对自己以外的很多事情都不太关心，这实际也是自幼时就形成的自我保护。尽管在混乱、贫穷的童年里张梁身上没有展现任何运动天赋及能力，但少年张梁与未来那个登山的成年张梁之间仍然有着深刻的关联。他

张梁全家福，摄于 2019 年张梁母亲（前排中央）九十大寿。（图片提供：张梁）

自幼得到的就比别人少，可能他自己都不曾意识到，也因此，他实际上希望得到更多的认可 所以也就能更努力，更坚韧，更愿意拼尽全力。越是曾经艰难，越是想要改变：越是不被关注，越是想要证明。

时代给了他改变命运的契机，他抓住了，命运也就伴随时代波澜壮阔的变局而迎来转机。从这个角度看，张梁是幸运的。

改革大潮涌动，每个人都面临选择。有的选择继续安于现状，有的则渴望逃离窒息。人们处在张望自由与恐惧未来的矛盾旋涡中。然而总有一些人为自由和理想迈出勇敢的一步。他们改变了自己，也闪耀了时代。

在珠峰拍摄周边山峰、洛子峰和马卡鲁峰 （日本队员新吉拍摄）

因时代变局而自由

1977 年，升入高中的前一年，张梁遇到了人生中第一个重要的机遇。全国恢复了被"文革"中断的高考。从得到恢复高考的准确消息到高考日，只有不到 3 个月的复习时间，但它依然燃起了成千上万人的热情，他们重新拿起书本，加入到求学大军中。老师们开始在讲台上鼓励同学们参加高考。不管过去的十年里学校的课业究竟是如何的荒废，眼下每个班主任都希望自己的班上能考出几个大学生，为自己的教师生涯添上重彩一笔。

然而石家庄市十二化建子弟初中教室里的张梁对这一巨变并无多少感触，毕竟他还只是初三。但是同学之间还是开始被动地蠢蠢欲动了。那些曾经偷鸡摸狗、上树掏鸟的少年们，随着年纪增长和时代转向，不知不觉收起了顽劣，慢慢老实下来。

过去的十几年，张梁在混沌的环境里生长，随波逐流，懵懂无知。时代潮水改变了流向，形成一股无形力量，潜移默化地引领着诸多像张梁一般的年轻人向新的生活走去。张梁的大哥初中毕业就去了砖厂当司机。20 世纪七八十年代，方向盘（司机）、秤盘子（营业员）、听诊器（医生）是三个令人羡慕的职业，在旁人看来，大哥终于熬出了头。姐姐上山下乡回来后参加招工，成了工人，她的日子也慢慢好起来。

说不清为什么，尽管哥哥姐姐都已经上班赚钱，可在张梁眼里，他们的生活似乎也不过如此。张梁也不清楚自己想过什么样的生活，但司机也好，工人也罢，都不能吸引他。他还是个半大的孩子，对人生毫无头绪，但是和三哥的厌学相比，他很爱读书，他依然想学习。

1978 年，张梁如愿上了高一。这年的 3 月份，石家庄划为河北省直辖市。7 月，石家庄地区革命委员会撤销。而在距离石家庄 700 多公里的小岗村，13 位农民以"托孤"的方式，立下"生死状"，在土地承包责任书上按下了红手印。

改革开放拉开了序幕。

从高考恢复到革命委员会撤销，再到农民破天荒地承包土地，有的人隐约感受到时代正在悄悄变化，只是看谁能赶上历史的车轮。

张梁的高中班主任刘淑文老师就是一个明确感受到时代风向的人。她给张梁指明了一条清晰的路线："你要努力学习考大学。"此时虽然恢复了高考，但社会上并没有恢复高考后的大学毕业生，依然没有人知道读完大学之后到底会不会更好。刘老师的鼓励却十分坚定，似乎读大学能彻底改变张梁的命运，哪怕他的家庭如此"不堪"。

由于家庭因素，张梁确实错失过一次好机会。初中时，石家庄一所军校来学校招小口径步枪运动员，如果能选上，一毕业就能进入部队当排长，属于国家干部。当兵是最荣耀的事，这个机会非常有诱惑力，当然录取比例也很低。张梁上体育课时学过一点射击，手法还不错，老师推荐他去参加运动员选拔。他个子高，视力好，身体综合条件也不错，在选拔过程中，卧射及 50 米气步枪的成绩都是优异。但是，最终因为政审没过，机会错失。张梁为此难受了很久。

上了高中后，张梁叛逆过一段时间。他的表现方式不是淘气，而是一种无声的倔强。他把头发留得很长，在潜意识里，他就是想和别人不一样。有一次，他在操场上做广播体操，校长揪着他的头发当众批评他流里流气。他拧着脖子，一声也不吭，过后也不剪。他很犟，越批评越不剪。还有一次在体育课上，老师嫌他打篮球时运球动作笨，不灵活，说了一句"白长那么大个子，不会打篮球"，从那以后，张梁碰都不碰篮球了。直到今天他也不喜欢玩篮球。

但是张梁听刘老师的话。且不说刘老师有多么关注他，哪怕仅仅是没有歧视他，能一视同仁地对待他，对于他来说也是莫大的温暖。多年以后，他回忆起刘老师，仍充满了感激之情。

刘老师有着典型的人民教师形象，齐耳短发，戴眼镜，个子不高，身材微胖，对学生既慈爱又严厉。她对张梁不错，有时还会把他带回自己家补课，鼓励他好好学习。她还动员张梁入团。那时的张梁受家庭出身影响连"红小兵"都没当过，从没奢望入团。那个年代，刘老师深知政治面貌非常重要，她也清楚张梁的家庭情况，她告诉张梁，入团对考大学有帮助。

受到鼓励的张梁开始刻苦学习。高二那年，和所有暗自立志发愤图强的年轻人一样，张梁在笔记本的扉页用钢笔写下了"奋斗"两个字，占满了一页纸。写完后，他又把扉页塞进笔记本的蓝色塑料皮中，这样别人看不见他这大大的"奋斗"，不会嘲笑他这"问题家庭"的孩子试图"越矩"。但这两个字已经写进张梁心里。

张梁不是那种聪明的、一点即通的学生，但他愿意花更多的时间学习，别人学1个小时，他就学3个小时。他后来有了一本《中华字典》，这本字典几乎被他翻烂了。字典里密密麻麻写满了他的标注，生僻的字他也认识得特别多。他对这本字典非常熟悉，已经到了不用查便知道哪个字在哪一页哪个位置、具体怎么解释的程度。为了能利用更多的时间学习，张梁在空间逼仄的公用厨房里加了一张小床，晚上就睡在那里。夜深人静，别人都睡着以后，张梁还在借助楼道里微弱的光线看书。这样既不打扰家人睡觉，也能省点电费。冬天天冷，夏天蚊子咬，他都忍了下来，他的心里有一团火，他要考上大学，离开过去。

张梁学得最好的一科是历史，历史课本也被他背得滚瓜烂熟，他甚至能准确说出某个历史事件写在书的哪一页，文字有几行，配的图片是什么。

从来兴趣都是最好的老师，而兴趣的产生又和老师的引导和关注有很大联系。对于张梁来说，历史老师徐复坤是和班主任刘老师一样重要的恩师。

徐老师又高又瘦，喉结很大，说话的时候语速慢，还有点口齿不清。他讲课的时候慢条斯理，但每一个历史故事都讲得很透彻，讲课内容经常延伸到书本之外，联系到生活之中。他身上透着20世纪初中国知识分子的气息，有学问，讲真话，一身傲骨。张梁第一次见到这样有学问的老师，很佩服。更让他印象深刻的是徐老师身上始终有的一股韧劲。徐老师在"文革"期间曾被打成"右派"，一直没有成家，生活清苦。但这一切没有打垮他。

徐老师对张梁十分关照。课堂上，他会叫张梁回答问题，这在张梁读高中以前是很少有的，那时的他永远是课堂上被忽视的一分子。课后，张梁有时会去徐老师的宿舍借书看。徐老师的宿舍不大，也很旧，最大的特点就是书多，挤占了所有空间，张梁对看书的兴趣也是那个时候产生的。

在张梁的成长过程中，徐老师点亮了他心中对知识的渴望以及对未来的希望。也许，无形之中，徐老师还在一定程度上充当了一位理想父亲的角色，让张梁佩服与尊敬。而刘老师则像母亲，给予张梁爱护。

时间过得飞快。1981 年张梁第一次参加高考，功夫不负有心人，他的成绩过了本科线。可是命运又一次跟他开起玩笑，因为家庭问题，他与大学失之交臂。最终，他只收到了一张杭州丝绸学校的录取通知书，这是一所中专。

希望刚刚燃起就被无情的现实浇灭，张梁有些不知所措。要么去杭州，要么就只能参加招工。高中毕业在当时也是比较不错的学历，似乎也能混下去。在人生的关键十字路口，刘老师又鼓励张梁复读一年再考。

张梁听了刘老师的建议，转头进了复读班。

又是一年艰苦的复习，张梁什么都不去想，他只希望能把成绩再提高一点，增加自己被录取的概率。高考结束，分数下来，张梁再次过了本科分数线。刘老师建议他报金融专业，这在当时是热门专业，将来能分配个好工作。

这是一个具有前瞻性的建议。那时中国的金融业才刚刚起步，很多人对这个词到底有什么意义毫无认知。其实直到 1979 年日本输出入银行在中国设立代表处，才拉开了中国金融业对外开放的序幕。到 1981 年 7 月，中国才允许外资金融机构在经济特区设立营业性机构试点，所有有关金融的开放仅在深圳、珠海、汕头、厦门几个经济特区。只有在中国的前沿城市，才能咂摸金融的味道。但这仍然与身处内陆的石家庄关联并不那么大。刘老师的建议，不仅是给了张梁一个学习的方向，还在冥冥中把他推向了改革开放最前沿的城市。她的这一建议，使张梁与停留在计划时代里循规蹈矩的同龄人彻底拉开距离。也正是从这一步开始，张梁才有机会遇见此后几十年中国的每一个时代机遇，并把它抓住。

当时的张梁并不太懂这些，他也没有多想，但他知道，刘老师总是为他好的。于是他听从了刘老师的建议，在志愿上填报了河北财经学院（现河北经贸大学）金融专业。

录取通知书终于来了，专业被调剂到了农村金融，虽然不是第一志愿，但总算有大学可以上，这已经非常幸运。那一年，张梁所在的班级一共仅4人考上大学。如果没有恢复高考这个重要契机，如果没有高中时两位给他温暖与鼓励的老师，今天的张梁也许早就泯然众人。多年以后，张梁完成"14+7+2"这个目标时，还专门把照片与视频刻成光碟寄给高中同学陈丽楠，请她转交给徐老师看。徐老师看到视频时身体已经不太好，但他看到张梁的成绩，激动得一个劲儿说"好"。

大学就在石家庄，姐姐陪着张梁去学校安顿好，新的生活就这样开始了。

开学第一天，同学们在操场集合。老师突然对张梁说："你来组织列队。"张梁非常惊讶，也有点紧张。由于特殊的家庭出身，过去他从不在人群中崭露头角，现在要对着彼此还陌生的新同学喊口号，他毫无准备。他镇定了一下情绪，硬着头皮开始喊："立正。""稍息。"……整队完毕，张梁仍然有点回不过神，这是他第一次喊口号，他反复回想，自己的声音够不够响亮，下次如果再喊需要怎么改善。

大学的第一天，世界忽然对张梁另眼相看了。张梁感受到了来自更大的环境的善意。这种正向的力量在他的心中发芽了。

几天后，大学的班主任张老师找张梁谈了一次心。大意是，张梁是石家庄本地的学生，又是市"三好学生"，希望他能以更高的标准要求自己，在同学们中树立威信，成为一名出色的学生干部。

张梁这时候才知道，刘老师为他争取了石家庄市"三好学生"。

1982 年 5 月 5 日，教育部、共青团中央联合发出通知，公布《关于在中学生中评选三好学生的试行办法》。规定"三好学生"的标准是：思想品德好，学习好，身体好。也就是说，刘老师在制度刚颁发的几个月里，就帮张梁争取到了这个荣誉。刘老师的儿子与张梁是同班同学，而她却放弃了给儿子这样一个光荣的机会。在张梁上一年政审不通过的情况下，这样一个荣誉简直是雪中送炭。这份改革开放后石家庄市第一届市级"三好学生"的荣誉也随着张梁的学生档案到了大学，也因此，张梁成为大学老师着重培养的对象。张梁也终于明白，为什么大学第一天，老师会让他来整理队列。

这份来自老师的爱大大鼓励了张梁。接下来的很长一段时间，张梁都很积极。上课时主动发言，他希望自己能表现得更好，不让老师失望。没多久，他还担任了班上的体育委员，早上带同学一起跑步。为了提高自己的文化水平，他找来七八个笔记本，分门别类摘录各类知识，包括历史、地理、科学、经济、文学等，每一份记录都书写得极为工整，还画了很多横平竖直的表格。

然而，尽管一切都在朝着美好的方向发展，但当新生活持续了一段时间后重归平淡，短板就逐渐显露出来。张梁不喜欢他所学的专业，他没有了学习动力。上高中时数理化就是他的短板，读大学报经济类专业更多的是为了学个好专业，毕业分配一个好工作。他以为可以慢慢适应这个专业，其实不然。金融专业对数学要求很高，每天他硬着头皮面对那些数字和公式却总也记不住，时间久了心里越发抵触，考试本着"60分万岁"的原则，能过及格线就万事大吉。

这样的状态如果不调整，很容易就会进入一个恶性循环，越学不好越不想学，越不想学越学不好。张梁慢慢进入一种游离状态，没目标，没理想，没生活，没计划，没思考，什么也没有。

可也不能一直这么浑浑噩噩地过。他开始寻找其他方面的乐趣，试图排解。他把大量的时间挥洒在足球场上。每天上午上完课，他拎起饭盒去食堂吃午饭，快速往嘴里扒完饭后就奔向球场。他经常整个下午都在球场上驰骋，位置通常是中场或后卫。他铆足了劲儿满场跑，不惜体力，拼杀抢夺，脚法硬朗。

踢球是张梁排解心中郁结最有效的方式。他一直是个情感内敛的人，内心有消极情绪也不会说，小到同学之间的矛盾或来自家庭的压力，大到对未来的迷茫，无处排解与发泄，他就默默选择让它们随着汗水一并蒸发，踢上一场球，把所有烦恼都忘光。

他还买了一把吉他，没事就在宿舍里学着弹，还专门准备了一个歌本，上面记着流行歌曲的歌词和曲谱，比如邓丽君的《我只在乎你》《甜蜜蜜》《恰似你的温柔》。20世纪80年代初，邓丽君成为"全民女神"，人们用双卡录音机听"靡靡之音"，获得甜美的愉悦感。大量新事物都在这个时期流行起来，大街上有了喇叭裤，收音机里能听到"敌台"，日本电影涌进中国，诗歌、摇滚也开始兴起，各种舶来文化在这个时代交叠。这一切，都与张梁的灰色少年时期不同。时代溢出了自由的空气，张梁对自由的懵懂渴望也在这其中悄然生长。

转眼到了大四，张梁面临毕业分配。

有点像高考一样，毕业分配个人可以填三个志愿，然后服从分配。对于绝大多数同学来说，第一选择是留校，能留校的都是在校表现最优秀的；其次，是留在石家庄，进入银行、财政局等对口单位；再次，就是回到自己的家乡，那时人们家庭观念强，回家是个稳妥的选择；最后才是去往"边远山区"。

张梁报了三个志愿，第一志愿是深圳，第二志愿是新疆，第三志愿是武汉。石家庄他连填都没填。按理说，他是石家庄人，只要申请，必然可以留在这座城市。

但他就是想离开这个地方。

张梁北京游玩留影，这身打扮，在当时很时尚（左）。
青年时期的张梁和母亲合影。儿远游，母亲总是最舍不得的那个（右）。
（图片提供：张梁）

1986 年的深圳还在建设之中，这个被叫作特区的城市对于北方的大学毕业生来说还是个名词。甚至对于很多人来说，只有没关系、没去处的人，才会慌不择路地去深圳。所以这个选项没人竞争，全系一共 5 位同学申请，全部被批准。

张梁对深圳也没有太多了解，他听上一届的同学说那里工资高，离香港和广州很近。当时广州远比深圳出名，谁家有一位广州的亲戚就像有海外朋友一样荣耀。

在同学们眼里，去深圳意味着前途未卜，他们纷纷在毕业纪念册里表达了对张梁的鼓励。张梁很坚定，他心中早有打算要离开石家庄。大学四年里他没谈恋爱，因为如果有了女朋友，毕业分配会非常麻烦，两个人都分配到一个理想单位的可能性很小，如果再意见不统一，就会有更多烦恼。自己一个人可以自由地选择，完全不受束缚。

张梁填分配志愿时没有与家里人商量。母亲知道后，难过得直哭，她不舍得张梁去那么远的地方。家里只有姐姐坚定地支持他"远走高飞"。离家那大，姐姐给了他 200 元，那时候她一个月的工资才 30 多元。

事实上，姐姐自己也想离开石家庄，三哥后来走得更远，跑到了国外。家庭的阴影影响了每一个孩子，他们想要逃离。

改革开放，南下深圳，张梁就这样既是歪打正着，又是幸运地抓住了人生的第二个重要机遇。

如果说，考上大学是脱离了原生家庭的困境，大学毕业后的南下则是真正打开了人生的视野，带张梁进入了新天地。因为时代的禁锢，张梁曾是绝望的，但张梁又是幸运的，因为他将遇见一个正要腾飞的深圳。

2015 年，南美洲最高峰阿空加瓜峰。（摄影：张梁）

组织学大师沃伦·本尼斯和罗伯特·托马斯在《极客与怪杰：领导是怎样炼成的 》这本书中根据大量采访实例推导出一个观点，那就是成功的英杰们往往都经历过"熔炉"事件的打磨。所谓熔炉，是指一个人成长中遭遇的重大考验和起伏。经历"熔炉考验"，是一个人成为英才与领袖的关键环节。而通过"熔炉考验"实现涅槃，往往需要时代发展的推动，个人特质中必备的强大适应能力、终身学习能力和一颗赤子之心。这些因素也是每个普通人获取人生主动权的关键所在。

深圳浮沉

2017 年，南极洲文森峰。（摄影：张梁）

1986 年 7 月，炎炎夏日，张梁拿着一张派遣证，兜里揣着姐姐给的 200 元钱，和大学同班同学韩印合一起坐上了开往深圳的绿皮火车。20 多个小时的长途奔波对于刚毕业的小伙子来说不算什么，对新世界的好奇扫除了他的一切疲劳。

终点是深圳罗湖火车站。和今天的罗湖火车站规模完全无法相比，那时的火车站没有站台，火车沿着铁轨直接开过来。火车徐徐停下时，在深圳工作的师兄于宁已经站在车窗外等着张梁和韩印合。下车，于宁带着他俩吃了一顿浙江小笼包，深圳新生活就这样简单而平淡地在张梁眼前展开。

1986 年，张梁一定在路边见过一种红色的花树。这年，深圳将一种花期很长，落地就能生长的三角梅选为市花。三角梅又叫簕杜鹃，生命力极度旺盛的同时还姹紫嫣红，如同每一个到来的寻梦者胸中蕴藏的不灭朝气。这年第一期的美国《时代周刊》专题内容是关于中国的，标题为"第二次革命"。《时代周刊》的采访团经过一年的调查采访，承认中国解决了粮食问题，认可中国通过创办经济特区和对外优惠政策让更多的外资公司涌入中国，他们还认为城市改革和企业改革也即将开始。这一年，第一辆奔驰汽车进入中国，第一件比基尼震颤了中国人的眼球。世界似乎重新瞩目中国，而南方的变化正被世界记录……

但对于张梁个人来说，迷茫与莫名的兴奋才是他面对的现实。2 个月前，曾经的专业小号演奏员崔健，身披一件长衫，胸前挂着吉他，在工人体育馆用沙哑的嗓音唱响了一首《一无所有》：

我要给你我的追求

还有我的自由

可你却总是笑我

一无所有

…………

脚下的地在走

身边的水在流

可你却总是笑我

一无所有

…………

歌曲迅速传遍大江南北，成为包括张梁在内的南下青年们最爱哼唱的一首歌。那朦胧理想与经济现实的相互交织与百般纠结，刺激了更多的人在彷徨中追逐自己的存在感。

张梁此时迷茫依旧。他来深圳只是为了离开那个令人窒息的熟人社会。他的偶像郎平将在两个月后迎来一场迷茫带来的人生迁徙。当中国女排实现"五连冠"之后，助理教练郎平成了被遗忘最多的人。她放弃了在体制内做官的机会，远赴美国自费留学。这一年她甚至被称为"叛徒"。她足足用了30年的时间研究排球的先进理念，并在30年后重新拯救了中国女排。巧合的是，张梁也是在迷茫中选择了迁徙，并在多年后逐渐通过登山重新发现了人生的意义。

深圳经济特区于1980年8月26日正式批准建立。最初，经济特区的尝式在招商局蛇口工业区 2.14 平方公里的土地上进行。张梁属于最早一代来到深圳的金融领域的大学生，到深圳时已是 20 世纪 80 年代中期，罗湖区已经紧跟时代的脚步，开始了热火朝天的大规模城市开发和建设，目及之处，都是巨大的建设工地。"时间就是金钱，效率就是生命"的响亮口号激励着所有深圳人。一个众所周知的例子是，1985 年底竣工的位于罗湖区人民南路与嘉宾路交会处的深圳国贸大厦，以"三天一层楼"的建造速度刷新了中国建筑纪录，成为"深圳速度"的真实写照。

到深圳的第二天，张梁和韩印合一起到中国农业银行深圳分行报到。由于整个深圳分行都没有几个大学生，张梁直接被分到上步支行做信贷员，而不是从坐柜台点钞票开始。

那时，深圳的工资比内地高出几倍。1986 年，深圳蛇口著名的港资凯达玩具厂，一个普通的女工月工资可以挣到 300 元以上，再加上各种福利，月收入能达到四五百元，而那时全国职工平均月工资才 106 元。张梁所在的金融行业还不属于私营企业，工资其实相对已经偏保守，但是他刚参加工作工资就已达到每月 400 元，同一时期在石家庄工作的同学工资每月只有六七十元。张梁对此很满足。

另一方面，许多今天在深圳已经做大做强的企业都是在那时候开始起步的。1986 年对于企业和银行来说都面临巨大的机会。《深圳经济特区国营企业股份化试点暂行规定》颁布，股份化改革开启大幕。张梁的登山引路人王石在这一年早已和母公司深圳市特区经济发展公司的分歧不断。王石正谋求从深圳市特区经济发展公司中独立，好让他的展销中心的产权更为清晰。他甚至找到了当时的市委书记，并最终获得股改的认可。两年后，展销中心完成股份制改造，并更名为万科。这就是万科的第一次股改。

这一转变，让资金成为新兴创业者们首先需要面对的问题。企业想发展，都得求着银行放贷款。尽管当时银行的信贷业务尚处于摸着石头过河的时期，但信贷员放贷款基本没有压力，甚至还很轻松。在此期间，张梁学会了抽烟和喝酒。下班之后，如果没什么事，他和韩印合就在单位提供的宿舍里喝酒。两人煮一锅面条，汤里搁一把蔬菜，再炒一盘花生米，就能喝上好半天。有时他们也打电子游戏，打坦克、魂斗罗、超级玛丽，张梁玩了一阵便失去了兴趣。他比较喜欢周末，可以和韩印合骑着自行车出去闲逛。那时还只有罗湖区发展得有了大城市的模样，国贸、国商、竹园宾馆是标志性场所，张梁还去过国贸顶层的旋转餐厅喝茶，这是当时的高端消费场所之一。他们有时也会骑车去沙头角或南山看望其他同学，只和同学见一面，接着再往下一站骑。出了罗湖，城市的感觉就消失了。福田和南山还多是荒地，建筑多是农民房。深南大道也还只有三车道，北环大道还是水泥路。张梁有时骑车在北环大道上，货柜车"呼"地从身边经过，卷起一阵风，像要把人刮倒。

因为毗邻香港，深圳成为接收外来文化最便捷的地方。对于张梁来说，这种便捷体现在一个小小的屏幕上。很长一段时间，张梁都把持着宿舍里的电视遥控器，他最常看的是在石家庄时听都没听说过的香港电视台、亚洲电视台、翡翠台及明珠台。想收看香港的电视台，得自己架设天线接收香港的信号。这就需要一个人跑到楼顶去架设，一个人在家里守着电视。家里的人一边观察电视信号一边冲楼顶大喊："左！往左一点！再往右一点。"楼顶的人听从指挥调整天线。

天线在楼顶经常被风吹乱了方向,每次收不到节目,他们就跑上去重新调整一番。

通过这根不起眼的天线,张梁看了很多电影、港剧以及演唱会。他最喜欢的一个电视栏目是明珠台的《930电影》。每天晚上9点30分,这个频道准时播放各种类型的电影。来深圳之前,张梁对电影的记忆仅局限在家楼下的露天电影,在物质和文化都匮乏的年代,那曾是他为数不多的乐趣之一。而现在一切都不同了,他像迎面撞进了一个新的世界。

香港的电视台还会转播一些国外的演唱会。张梁第一次看麦当娜的演唱会时,看到台下几万名观众,不禁感叹,怎么会有那么多人!有一次,在电视上看到美国歌手蒂娜·特纳的演唱会,他被现场的画面彻底震撼了。1987年3月至1988年3月,蒂娜举行了名为"Break Every Rule Tour"(冲破一切束缚)的218场巡回演唱会,其中1988年1月16日在里约热内卢马拉卡纳体育场举行的那一场,出场观众达到了18万人,打破了当时的全球票房纪录。张梁被震撼的正是这一场。

如果有一天,我也能站在拥有几万名观众的舞台上,那将会是什么感觉?张梁把这件20多年来从未敢想过的事,在脑海里认真想了想。自然是想不出什么,他那时候完全没料到有一天,他真的站到了台上和自己的粉丝互动,只是那不是巡回演唱会,而是解剖他攀登人生的分享会。

时隔30年后的2018年,深圳万象天地,张梁完成"14+7+2"之后,在农行深圳分行的支持下举办了一场个人有史以来规模最大的分享会。数不清的朋友,相熟的，不熟的，都问他要门票。上下两层的会场满坐慕名而来的观众，连过道都被塞得满满的。在这场感人至深的分享会结尾，张梁背对舞台和现场的观众大合影。他终于品尝到冲破束缚、攀登人生而带来的舞台效应。

开放、开阔的深圳生活拓展了张梁的视野。张梁的人生第一次在"生存"之外有了"生活"的理念。

1988 年，张梁跟着客户第一次去了香港。这一年，香港被世界银行认证为第一批富裕的发达经济体之一，人均 GDP 为 10609 美元，高居"亚洲四小龙"榜首。

去到香港，张梁就好似进了大观园。高楼林立的香港和他在港片中所看到的一个样，繁华，热闹，灯红酒绿，有了真正的花花世界的样子，与深圳截然不同。他在香港一口气买了四样东西带回深圳：摩托车、电子琴、微波炉和音响。当时在香港买这些东西还需要指标。除了摩托车是替朋友买的外，其他物件都是他买给自己的。音响是山水牌，柜式，一米多高，下面是功放，上面可以播放胶片。这组音响花了 9000 多港币。电子琴因为没人会弹，买回去不久后便闲置了。微波炉的利用率很高，在那个年代，这个日常用品可以说是潮物。

有了钱之后的张梁有点"飘"，花钱大手大脚，从不算账也不讲价，大有"千金散尽还复来"的意思，生活得很潇洒。他还在宿舍打造了一个"健身房"。他找人焊了铁管，装在墙上做成双杠。他还买了杠铃、哑铃等健身器材，有空就在家锻炼身体，并拥有了清晰可见的腹肌。

为了赶时髦，他怂恿韩印合一起去烫了头发。中卷，蓬松，是当时最流行的样式。和发型相匹配的还有一身白色套装。这身衣服是他参照香港明星谭咏麟的打扮买的，麻布面料，宽松上衣加阔腿收脚裤，这是当时最时髦的服装。1988年2月13日金曲奖颁奖现场，谭咏麟有两首歌曲入选十大中文金曲，但在最后颁发"IFPI"大奖时，谭咏麟突然一字一顿地宣布退出领奖，并且表示不再参加任何比赛性质的音乐活动。他不再拿奖的理由是把机会给新人，让新人给歌坛带来更多冲击。张梁觉得谭咏麟高风亮节，是真男人、真前辈，他把这身衣服穿回了石家庄。

每次回石家庄探亲前，张梁都会去一趟人民桥或者沙头角，采购各种布料、力士香皂还有生力啤酒，这些物品都是当时从深圳回老家的人最常带的礼物。除了这些物品，张梁还特地用录像机录下香港电视台播放的好电影、演唱会，然后把一盘盘录像带带回老家给大家看。有些明星张梁自己也叫不出名字，但是没关系，看看热闹也好。家乡依旧是那个闭塞的城市，它的停滞不仅体现在经济上，也体现在文化和意识上。

看着体面的儿子，母亲对张梁在南方的生活越发放心，有时跟邻居聊天，还会自豪地说："我老小的去深圳了。"

1992年春，邓小平视察南方到达深圳。那年的3月26日，《深圳特区报》发布通讯《东方风来满眼春——邓小平同志在深圳纪实》。30日晚，中央电视台的新闻节目全文播发了这篇通讯。31日，《人民日报》以及全国几乎所有报纸都在头版转载此文。

人人开始谈论和了解深圳。更令人震惊的，是那一年之后的疯狂股市。人们相信，股票可以让人一夜暴富。

严格来说，张梁也是一位深圳金融发展的见证人。然而令人奇怪的是，他居然丝毫没有陷入那场狂热的认股"运动"。多年以后，在谈到这个问题时，张梁说，他觉得或许有的人擅长赚钱，而有的人擅长别的，他对钱则从来不敏感，所以没有赶这个热闹，并且从没认为自己有多大的损失。他的人生注意力从来就不在一夜暴富这件事上。他说："即使是那些因为当年'股疯'而发家的人，也依然是芸芸众生啊。"当时他对自己的生活状态已经十分满足，并不需要那些股票来提供安全感，他甚至觉得有点虚幻和不正常。

事实也的确如此。1992 年的股市疯狂悄悄为 1993 年的股灾埋下伏笔，疯狂的投机也伴随着巨大的危机，有的人一夜暴富时有多风光，一夜赤贫时就有多凄惨。而日后穿梭于山海之间的张梁更加明白，户外的"战场"上，投机取巧等于死路一条。无论是登山还是人生，想要一夜成就，都将付出惊人的代价。

在后来的岁月里，张梁在自己对钱的态度上有了更深刻的自我剖析。这剖析仍旧和王石有关。

王石不只是张梁树立攀登目标的引路人，更是他的人生榜样。股市爆棚的前一年万科就正式在深交所挂牌，成为最早完成股份化并上市的地产企业。1999 年王石又辞去了总经理一职。这两个操作，在当年一个被称为"卖公司"，一个被称为"放权"。

张梁说，王石标榜他不拿那些股份，结果他真没拿，真没贪钱。他不恋权，结果就真的退出直接管理。相对于普通百姓他的收入已经很高，但如果他的欲望是无底洞的话就又不一样了。张梁认为，王石并没有这么做是因为王石有思想，他能摆脱那样的利益和权力诱惑并不是偶然。张梁希望自己能像王石一样活得更"高级"。事实证明，他也做到了，他的攀登之路的价值无法以金钱衡量。

从另一个角度来看，个人的命运总是与时代紧紧相连。1992 年，时代为张梁、王石等一群人拨开云雾，露出人生向好的山峰。这一年，张梁迎来了事业上的第一个小高峰，他被提拔为八卦岭办事处主任，手下管理十几人。同一年，他的儿子张或出生。妻子是经同学介绍认识的四川姑娘，漂亮贤惠。结婚后，单位给张梁分了房子。这时张梁只有 28 岁。

在办事处做主任的日子，是张梁职业生涯中最快乐的一段时光。随着经济发展，银行业也在改革，早已不是"吃大锅饭"的模式。张梁作为团队负责人，要带领团队完成业绩。他所在的中国农业银行深圳分行也是中国金融改革的重要参与者。早在 1979 年，农行深圳分行恢复成立。当时共有 24 家营业网点、22 家信用社，是深圳服务网络覆盖最广的银行。

从一开始这家银行就带有特区的改革气质。深圳经济特区建立不久后的 1982 年，农行深圳分行就在当时政府基础建设贷款没有先例的情况下，破除常规发放贷款一个亿，支持深圳的基础建设。仅仅一年之后，就又往前跨了一大步，探索劳动用工制度改革，打破了"铁饭碗"。到了 1987 年，农行深圳分行开启了国有银行企业化改革的重要一步，率全国之先推出了支行行长竞聘制，"有能力就上台，没能力就下台"。

站在改革开放最前沿的阵地，农行深圳分行更大的转变是市场化。20世纪90年代，它整体从专业银行向商业银行转轨。

关于市场化的体验，张梁深有感触。以前是企业主动找银行，后来角色反转了，他开始外出跑客户，应酬，为了完成业绩经常自己垫钱。拓展业务压力很大，那几年，他每年十几天的工龄假一次都没休过。张梁和副主任分工明确，他在外开拓，喝酒陪客户，副主任协调日常事务。

张梁当领导属于不怒自威型。他话不多，也不骂人，如果有谁做得不好，他的脸一黑，不用多说话，对方就已经感受到无形的压迫感。但他对下属很照顾。有一次台风侵袭深圳，狂风暴雨一直不停，张梁怕同事下班不安全，顶着坏天气开着面包车把他们一个一个送到家后才回家。

相处时间久了，大家都了解了张梁的性格。工作的时候，大家心很齐，努力把网点的业绩提升上去。工作之余，大家形成兄弟姐妹一般的友情。张梁会把妻子做的四川菜带到单位和同事们分享。周末，他们经常以家庭为单位包面包车外出游玩。那几年，他们玩遍了广州、珠海、佛山、肇庆等珠江三角洲的城市。有一次，大家去海边过周末。晚上，在海边的烧烤啤酒宴开始之前，几个同事私下商量，这一次一定要让张主任喝多，因为"他只有喝多了才好玩"。同事们按照事先的密谋，一个接一个过来敬张梁喝酒。张梁来者不拒，大家在玩闹之中，已经不知道喝掉了几箱啤酒。张梁酒量素来很好，但那晚还是喝多了。醉了的他兴奋地抱起才五六岁的儿子逗着玩儿，忽然一把拎着儿子的脚，让儿子头朝下倒立。那天的晚风很温柔，大家的笑声很畅快，即使多年以后再回忆，那依然是这些当时三十出头的职场年轻人最轻松与肆意的美好时光。

团队的业绩很争气，在全行所有办事处的业绩评比中，张梁所在的办事处业绩排名第一。按照大家的预判，张梁只要这么稳妥地干下去，未来一定有更大的空间，再提拔只是时间的问题。

然而命运真的很喜欢捉弄张梁。1999 年，一些错综复杂的原因导致工作突然变动，张梁的事业一夜之间回到原点。工作上的大调整给了张梁沉重的打击，生活再次给了他当头一棒。怎么办？他只有努力让自己冷静下来。他开始学英语，锻炼身体，做一些看起来冷静与理性的事情。一个人在人生关键时刻的呈现，往往是他内心最真实的映射，而这种种表现，在事情未发生时，往往连当事人自己都难以发现。

张梁在面对生活的困惑时表现出了异乎常人的镇定。就好像他的内心在最艰难的时刻能爆发出最狠的力量，他要与不公平的命运做殊死搏斗，而且，他绝不认输。

心中郁结无处可说的时候，不能踢球排解，张梁就开始跑步，让风带走汗水和郁闷。户外运动就是在这时候走进了张梁的生活，他进入万科的"游山玩水"圈子，并从此一步一步打开了通往新世界的大门。一位好友这样形容张梁："他像在高速公路上忽然一个急刹车，转了一个弯，又上了另一条高速路。"登山给了张梁逃遁的途径与新的机会。

命运抛出一枚硬币，你永远不知道哪一面会先落地。有些东西早早到来，那有可能是虚幻的繁荣；有些东西迟迟不来，也许背后藏着命运给你的另一个礼物。要拿到这份礼物可能还要拼尽全力，因为老天要考验你是不是真的很想要。

张梁曾经想过，如果当初工作顺利，一路升职，现在的他也许会当上农行深圳分行某一个部门的"张总"，西装革履，时常奔走在应酬之间，那个完成"14+7+2"的张梁可能也就不存在了。相比之下，他更喜欢现在的人生，跨过山与大海，穿越人山人海。

泰戈尔曾说过，当上帝创造男人的时候，他只是一位教师，他的提包里只有理论课本和讲义。男子的性格中包含人生旅途中的颠簸和坎坷。他们仿佛是在各种职业、各种力量和各种变动之中塑造而成的，这些在他们的躯体和性格上留下了痕迹。张梁的人生和攀登浑然一体，波峰波谷，跌宕起伏。登山难，人生更难。

山峰只承认实力

2011 年，洛子峰。（摄影：张梁）

道拉吉里峰的惨剧曾让张梁多次失声痛哭。那场山难在他身上刻下了深深的印记。反思那次山难，他第一次深刻地意识到，高海拔攀登是一个系统工程，必须通过提高专业性来减少错误，哪怕是一个微不足道的错误。他的攀登理念开始成熟。

后来他总结，一个好的登山组织者是至关重要的。组织者的管理能力、经验、责任心、综合实力直接影响队员的安危。道拉吉里峰山难提供了反例：危急时刻，队伍溃散，队员们生死大逃亡。夏尔巴向导的选择也很重要。他们并非个个都有很强的实力，他们的服务水平与责任心也参差不齐，应仔细考察。在道拉吉里峰上时，张梁就曾告诉杨春风，这一次合作的夏尔巴向导实力明显不如上一次。一名叫拉克巴的小伙子在上一年攀登马纳斯鲁峰时还只是一名帮厨，这一年他却成了主力向导。

队员自身的攀登实力和技术也很关键。队员需要对自己的攀登条件有充分的认知，量力而行。与此同时，组织者也应对参加攀登的队员进行充分考察，包括是否有参加攀登的资格、进山表现如何等，不能收一笔攀登费了事。道拉吉里峰山难之后，张梁彻底放弃了和杨春风继续合作。他希望从此以后都能与专业的组织者、专业的向导、专业的团队挑战 8000 米级山峰。

组织者水平良莠不齐的问题一直困扰着登山界，对于攀登者个人来说，这是个令人无奈的现实，有时候由不得自己选择。

时间回到 2017 年 6 月，南迦帕尔巴特峰，杨春风的遇难地。挥别故去的杨春风以及尘封的道拉吉里峰山难记忆，张梁竟又一次遭遇了组织不利的困境。

经过了一个星期的适应训练，6月7日，张梁和队友正式出发攀登。整支队伍中仅有一名当地的巴基斯坦向导，他的名字叫阿里，自称曾经攀登过南迦帕尔巴特峰，熟悉路线。

张梁被抽过十管积液的左膝盖仍然在痛，他只好吃药维持。第一天到一号营地的路程不难，只是白雪在太阳的照耀下开始融化，途中还有两次滚石，但都有惊无险。

第二天，队伍向二号营地进发了。在这条路上，他们将面对攀登路上第一个艰难挑战——鲁泊尔岩壁。这是一段接近垂直的陡峭岩壁，也是为数不多的高海拔岩壁之一，长4500多米。

眼前，三五个破旧的金属梯以及十几根旧路绳挂在鲁泊尔岩壁上，都是近年来攀登者留下的。金属梯已经部分散架，不能将整个身体都附着在上面，但借一下力还是可以的。绳子都混在一起，队员要仔细辨认，挑出最新的那一根使用，如果拽错了路绳，就有可能坠下悬崖。

张梁手持上升器，通过路绳借力，同时脚下踩着金属梯一点一点向上挪。他一边挪，一边自言自语："好辛苦。"又仰起头对走在上面的明玛说：'小心点，安全第一，慢慢来。"鲁泊尔岩壁面积极大，因而攀登起来也极消耗体力，攀登速度被迫迟缓下来。慢不要紧，安全还是第一。

用了接近10个小时，张梁和队友终于从一号营地到达海拔5800米的二号营地。

几乎垂直的岩石壁，稍有不慎就会发生危险。（摄影：张×）

南迦帕尔巴特峰复杂的路况让攀登异常艰难。（摄影：张梁）

帐篷只能搭在狭小陡峭的山坡上，让人夜里睡觉都提心吊胆的。

休整一晚后，6月10日一早，队员们向三号营地进发。这是一段长长的岩石路段，有时还需要攀冰。明玛拿着冰镐在冰壁上一下一下凿出小坑，让队员们的脚可以踩上去。很幸运，一切顺利，当天晚上，所有人安全到达。

向导阿里在制定攀登计划时就告诉大家，从三号营地可以直接冲顶，大约8个小时就能到达顶峰。

除了阿里，没有人攀登过南迦帕尔巴特峰，大家相信了这个有着小黑胡子的巴基斯坦向导的话，把三号营地设为冲顶营地。原本，大家计划在三号营地休整一天再冲顶，明玛想一鼓作气，坚持要在到达三号营地的当晚休息几个小时就开始冲顶。他觉得 8 个小时的冲顶路线咬咬牙也就挺过去了。谁也没有细想，三号营地在海拔 6800 米左右，距顶峰 8125 米的垂直高差有 1300 多米。在高海拔，哪怕垂直高差只有 100 米，也得攀登一两个小时，1300 多米的垂直高差将是一个多么艰辛的挑战？

队员们抓紧时间休息。张梁吃了点炒米，米不太熟，就着咸菜勉强才能吞下去，即冲即食的蔬菜汤也没什么味道，但在雪山上能看到零星的菜叶已经非常难得。为了补充热量，张梁又吃了一点坚果。接下来的路程都只能消耗身体了。

考虑到垂直高差比较大，队员们没有等到第二天凌晨再出发，而是 10 日晚上 10 点就动身了。明玛走在最前面，一边开路一边修路，体能惊人。天微微亮的时候，他们来到一处横切路段。山坡很陡，大家要面对山体，身体尽量前倾，让重心靠向山体，脚下一步一步谨慎地挪动。又是行进十分缓慢的一段路程。

然而，就在大家都集中精神小心翼翼往前挪的时候，阿里突然说什么都不肯再继续攀登了，他担心发生雪崩，而后选择了独自下撤。看着他决然转身的背影，所有人都蒙了。没有阿里，意味着没有人认识接下来的路，这将给队伍造成很大的困扰。

总不至于就这样轻易放弃。一番沉默过后，明玛只好带着队员们尝试继续攀登，大家一边走一边找路，对顶峰位置的判断也一直在改变。下午 2 点多时队员们才到达海拔 7000 米左右的位置，此时冲顶已经过去了 16 个多小时。更让人沮丧的是，他们走不下去了，因为根本无法分辨到底哪个方向才能通往顶峰。队伍从西到东在一个很长的横切路段里移动，几个小时都没有向上攀登。更糟糕的是，没有路，横切的每一步都必须修路，一段一段修，一段一段结组前行。大家因此耽误了很多时间，反复研究路线，最终选择了一条看起来可能性较大的路线尝试继续向上。

到了下午 5 点多，队员们来到了黄色岩石路段。他们曾以为这里是顶峰，到了之后一看海拔表，只有 7600 米，远处还有更高的山峰。在张梁以往的攀登经历里，下午 5 点多应该已经走在从顶峰下撤的路上，而此时，他离顶峰还有 500 多米的垂直高差。

又是 2 个小时过去，队伍才爬到海拔 7700 米，此时冲顶已经进行了 21 个小时，然而攀爬的垂直高差仅 900 米。

思前想后犹豫再三，还是有人想再试试。于是，张梁、刘永忠、静雪跟随明玛继续向上尝试攀登，而两名夏尔巴向导陪同队伍中的伊朗队友瑞扎下撤。

在冲顶路上消耗的时间太久，氧气已经不够用了，张梁的备用氧气也不充足了。在冲顶出发前，他曾提醒明玛多备一瓶氧气，但明玛没有。

这剩下的 400 多米海拔预计起码还要走 6 个小时，而且全部是冰岩混合路段。走了没多久，队伍出现了严重的分歧。静雪决定继续上，她的登山劲头比谁都强。她用 6 年时间就完成了 14 座 8000 米级山峰攀登，可以为登山放弃很多东西，哪怕放弃工作，哪怕和家里发生矛盾。刘永忠不一样，他说："登山不是我生活的全部。我不想死在这，我只有登山的话，可以什么也不管，死在这里也没所谓，可我回去还有很多事情要干。"

静雪只好又来邀请阿忠。阿忠放了狠话："这样叫人家的话，到时出什么事就不好说了。"张梁在一旁不吭声。他一贯的态度是，既不叫人上也不叫人下，做决定要靠队员自己。

阿忠知道，如果他一个人下去，那么剩下的人原本就所剩无多的底气就更少了。他做了让步，但仍推辞道："上去如果氧气不够怎么办？"队员们就给了他一瓶下撤的夏尔巴向导留下的氧气。但这瓶氧气也所剩无多了。阿忠只好跟着队伍继续前行。

尽管大家都在努力坚持，但该来的问题还是来了。队伍从海拔 7700 米爬到 7900 米时，张梁的氧气用完了，阿忠的也是。剩下的 200 米海拔没有路绳，路线也没走过，哪怕以最快的速度，也得耗费 3 个小时。而此时，所有人已经显露疲惫，包括一心向上的静雪。或许咬咬牙也能最终登上去，可是登上去之后呢？那时必然已经入夜，拍不了照片事小，下不来才事大。大家终于明白，阿里口中的"从三号营地可以 8 个小时到顶峰"纯属信口开河。他们只有下撤一条路。

事实上，以往南迦帕尔巴特峰的攀登计划，无一不是建立四号营地再冲顶。可以说，阿里的错误信息直接导致了这次队员们在南迦帕尔巴特峰上遭遇的困境。如果这位唯一攀登过这座山峰的向导能够提供更准确的信息，队伍完全可以在攀登之初就在三号营地与顶峰之间再设立一个四号营地，然后从四号营地冲顶。

等到了山上，即使发现从三号营地直接冲顶是一个错误的计划也已经没法更改，帐篷等物资没有背上来，四号营地不可能从天而降。

张梁有些后悔，甚至很懊恼。自从道拉吉里峰山难后，寻找专业的登山组织者就一直是他格外重视的事。南迦帕尔巴特峰已经是他挑战的最后一座 8000 米级山峰了，前前后后十来年，组织的专业性问题仍然时不时困扰他。

不是没遇到过专业严谨的探险公司。2011 年，也就是攀登道拉吉里峰的第二年，张梁去攀登洛子峰，为了不重蹈覆辙，他选择了当时最知名的著名新西兰登山家罗塞尔的探险公司。据说这家探险公司一直保持着零山难的纪录，当然，费用也比其他探险公司高了大约 10000 美元。

罗塞尔是新西兰人，出生于 1952 年，是一名传奇的登山家。他 16 岁第一次攀登雪山，22 岁开始从事登山探险活动，在他个人的 8000 米级山峰攀登史上，曾 2 次登顶珠峰，9 次登顶卓奥友峰，同时还保持着独自无氧攀登卓奥友峰的世界最快纪录。最近十多年，他开始组织商业登山活动，凭借自身出色的攀登技术及领导能力，打造了闻名世界登山圈的罗塞尔团队，并拥有在尼泊尔、法国、新西兰等多个国家组织高山探险活动的资质。罗塞尔团队有 30 多位来自欧洲国家的职业高山向导，还有久经山峰考验的夏尔巴协作队伍。他们除了常年活跃在喜马拉雅山山区外，还会组织攀登勃朗峰、马特洪峰等欧洲山峰。多年来，罗塞尔团队帮助一批又一批世界各地的攀登者实现了攀登梦想，成为世界优质探险公司之一。

洛子峰下，张梁与罗塞尔（左）合影。（图片提供：张梁）

从报名开始，罗塞尔团队就展现出了它的专业。每个报名者必须提供所在国家或地区医院出示的身体健康合格证明，如果是攀登珠峰，还需有攀登其他 8000 米级山峰的经历。审查合格之后，罗塞尔才会正式接受客户的报名。到了大本营后，攀登者还要继续接受队医的定期检查，血压、血氧等情况都会被详细记录。

攀登洛子峰也同样遵照相关规矩，张梁对此很认可。2011 年 5 月，张梁、王静等队员经过一周左右的徒步来到洛子峰大本营。因为洛子峰与珠峰南坡的攀登路线直到四号营地之前都是重合的，因此，这个大本营同时也是珠峰南坡大本营。在众多攀登队伍中，罗塞尔营地的条件几乎好得无可挑剔，被山友们戏称为"五星级酒店"。如果一定要横向比较，很多普通探险公司提供的服务只能达到"二星级"标准。

洛子峰，夜晚攀登，过冰裂缝。（摄影：张梁）

远远看去，整个营地最显眼的是一顶占地面积至少100平方米的白色球形帐篷，这是罗塞尔团队的中心帐篷，它能同时容纳几十人，是队员们开会、休息和娱乐的场所。帐内经过精心装饰，地上铺着一大块仿虎皮地毯，还挂着布达拉宫图案的布帘。生活设施一应俱全，包括用椅子并排拼起的沙发、茶几，电视、音响等，还有供队员消遣的杂志、光碟和汽车模型。网络也可连接，只是使用时需要额外花钱。在球形帐篷周围，分布着具有不同功能的帐篷：会议室、厨房、餐厅、淋浴房等。为了便于收集人类活动产生的垃圾，所有人连大小便也分别在不同的地方。这一年，罗塞尔同时组织了珠峰攀登和洛子峰攀登，这些资源供所有罗塞尔的队员享用。

罗塞尔本人拥有独立的帐篷充当办公室，里面整齐地摆放着电脑、地图、日历、卫星电话、攀登计划表、四五部手机及七八个笔记本等，罗塞尔就是在这里判

洛子峰，过巨大的冰裂缝。（摄影 张梁）

断天气情况、制定攀登计划以及协调各方资源。

在海拔 5000 多米这种发电、取水都要靠自己动手的地方，要布置得如此完善并不容易，但队员们的生活仍然被照顾得很妥善。罗塞尔团队准备的一日三餐也花了不少心思，还有中餐、西餐和藏餐三种可供选择。张梁在营地时常可以吃到牛扒，有一天，厨房还专门为中国队员做了一次北京烤鸭。每餐都有各种蔬菜、水果，当然，以罐头为主。除了正餐，零食也很丰富，巧克力、坚果、咖啡、薯片……队员可以随便拿着吃，而在一般的队伍中，零食主要是饼干，喝的是茶水。营地还给队员们准备了红酒和啤酒等。

除了完备的硬件设施，罗塞尔团队更吸引攀登者的是专业向导的配备。专业向导保障着山上的安全。在队伍中，国际高山向导与夏尔巴人分工明确。国际高山向导多为欧洲人，主要职责为判断天气、选择攀登线路、带领队员攀登，并在开路时负责一部分修路的工作。罗塞尔每年都聘请他们，因而他们对本职工作已经很熟练，服务质量也很稳定。夏尔巴人则主要负责运输物资、修路、搭建帐篷、后勤服务等，以体力劳动为主，不像很多其他探险公司里夏尔巴人既当向导负责开路，又兼顾物资运输。

国际高山向导的实力都很强。这次张梁攀登洛子峰的向导是一个年轻人，在带领他们攀登洛子峰前，他刚带领别的队伍登顶了珠峰又下撤回大本营，仅休息了几天，就又上了洛子峰。这才是登山圈中所认可的真正的连登。有的登山者先登顶珠峰，再下撤到四号营地，在四号营地适当休整后，转头冲顶洛子峰，尽管这也可以称为连登，但攀登的强度和前述情况完全无法相比。

罗塞尔有一套残酷的适应训练计划。在正式攀登洛子峰之前，张梁他们被带到旁边海拔 6000 多米的罗布杰峰反复攀登，每一天都有攀登计划。在拉练过程中，罗塞尔会仔细观察每一个人的表现，对于状态不佳的队员，他会直接让其放弃正式攀登，毫无商量余地。他还给每名队员配备了搜救仪，用来在雪崩突然发生时准确找到队员的位置。

攀登期间，罗塞尔坐镇大本营，通过高倍望远镜实时了解队员的行踪，跟踪了解他们什么时间出发、到达了什么位置。如果有的队员攀登速度慢，或者原地休息很久，罗塞尔就会关注他们是否头脑清醒，并用对讲机与其沟通。同时，队员身边的高山向导也会结合实际情况给出合理的建议，甚至带客户下撤。张梁有时想，如果当年杨春风在关键时刻让李斌必须下撤，那后来的悲剧是不是就不会发生。然而事实上，罗塞尔团队与当年杨春风团队的专业程度天差地别。杨春风的小团队里，杨春风作为领队要亲自登山，无法统领全局。罗塞尔团队分工明确，领队坐镇主管大局，高山向导等专业人员侧重登山规划和技术，夏尔巴背夫就是负责工具、装备跟队，分工和管理越细致，越体现出专业性，应对复杂局面时表现也更成熟。

在这样的组织管理下，张梁信心十足，他无需操心太多，只需要把自己的身体状态调整好，专心攀登。这一年，他顺利登顶洛子峰。

张梁对罗塞尔充满信任。2012 年，他攀登尼泊尔的马卡鲁峰再次选择了罗塞尔的探险公司，花费 3.5 万美元，虽然贵一些，但安全是最重要的。然而没有想到这一年他竟然被这个最信任的团队"卖猪仔"了。罗塞尔本人在马卡鲁峰攀登的过程中自始至终都没有出现，整个攀登的组织工作都是由与罗塞尔合作的夏尔巴人操持，各方面的配备也远不如上一年。若早知情况如此，张梁完全可以直接选择尼泊尔的探险公司，还可以省一些钱。也许，罗塞尔的主要精力都在组织珠峰、马纳斯鲁峰、卓奥友峰的攀登，因为那里人多，线路成熟。

这一年攀登结束后，张梁再也没有选择过罗塞尔的探险公司。在后来的演讲中，他经常告诉台下的观众，凡事一定要靠自己。

例如登山，即便专业如罗塞尔团队，也不能把它想得太完美，任何事物有光鲜的一面，也必然有灰暗的一面。

事实上，作为一个商业公司，再优质的团队也有自己的"小九九"。在大本营时，罗塞尔的团队非常霸道。他给自己的队伍选好扎营地点后，其他队伍的营地只能建在几十米甚至上百米以外的地方。如果哪一支队伍帐篷离得近一些，罗塞尔就会出面强行把他们赶走。尽管理论上没人有资格这样做，但各队最终还是默认了罗塞尔的做法。在攀登过程中，一些小队伍也会向罗塞尔的队伍看齐，罗塞尔出发，他们就跟着出发。背靠大树好乘凉，谁都知道，罗塞尔会做相当妥善的攀登准备，无论是天气信息还是修路等资源，多少可以"借点光"。在登山圈里私下流传着一种说法，罗塞尔会放一些"烟幕弹"，虚晃一枪，具体表现是，他的队伍从大本营出发后，会悄悄在其他营地多住两天，为的是和别的队伍错开时间，以免因为集中攀登而发生拥堵。

但不管怎么说，罗塞尔团队依然树立了这个行业的标杆。这个队伍在无形之中迫使其他探险公司，尤其是小型的尼泊尔探险公司必须提升服务质量。这样的正向竞争，最终的受益者还是每一名攀登者。

相比尼泊尔探险公司的日渐成熟，巴基斯坦的探险公司真正让人头疼。2012 年 7 月，刚刚攀登完马卡鲁峰的张梁去巴基斯坦攀登海拔 8051 米的布洛阿特峰时，遇到了他攀登以来最不可靠的高山向导。

这是张梁第一次到巴基斯坦登山。仍然是为了安全，他和队友王静选择了当地一家名叫巴基斯坦登山俱乐部的登山探险公司，它是巴基斯坦登山协会主席纳西尔·萨比尔运营的公司，也是巴基斯坦最有名的登山俱乐部。

出乎意料的是，张梁与队友王静到达伊斯兰堡与纳西尔·萨比尔见面之后才知道这家探险公司缺少很多登山必需的专业装备，需要临时采购。这种情况在尼泊尔攀登时从未出现过。他们在斯卡都购买了冰锥、岩锥、路绳、雪钉、炉头、气罐、对讲机等必需的装备，其中能买到的路绳都是旧的，氧气瓶是两名夏尔巴向导扎西和安度从尼泊尔带来的。

这是一支小队伍，张梁与王静是攀登队员，陈亮负责翻译，两名夏尔巴人是张梁与王静从尼泊尔请来的高山协作，探险公司提供 3 名巴基斯坦向导。和以往的攀登有所不同，这次攀登的很多决定不再由组织方做出，而是由攀登队员、夏尔巴人和当地高山向导一起商定。商定内容涉及分析天气、制定攀登计划、协调关系等诸多事宜。

7月8日，队员们来到了海拔4900米的大本营。查询天气后，得知12日是一个非常理想的登顶日期。11日夜里，队员们到达了三号营地。大家搭好帐篷、烧水、做饭、检查氧气，准备休整2个小时后出发冲顶。

变故又是不期而至。当地高山向导瓦合布称自己身体不舒服，不能随大家一起冲顶了。队员们只好赶紧调整计划，让瓦合布守在三号营地，由另外两位当地高山向导法扎阿里和阿里穆萨随队攀登。没想到，出发2个小时后，当队员们到达海拔7500米的高度时，阿里穆萨也称身体不舒服不再走了。这支队伍里只有阿里穆萨曾登顶布洛阿特峰，如果他放弃，其他人都无法找到通向顶峰的路。所有人在原地商量了足足2个小时，谁也不敢在黑夜中贸然攀登。第一次冲顶就这样失败了。

因天气预报显示12日晚会有大雪，队员们在撤回三号营地后又立即决定不休息，直接下撤回大本营。

回到大本营后，王静组织队员开会，所有人都沉默不语。虽然大家心中觉得瓦合布和阿里穆萨没有努力尝试带大家攀登，但也并没有责怪的意思。他们只想搞清楚，是什么原因让这些向导如此轻易就放弃攀登。后来大家知道了，原来对于这三位当地向导来说，无论登顶与否他们都从组织方赚同样多的钱，即使登顶也不会获得太多来自官方的表彰，更不会获得什么荣誉，登顶对于他们来说没那么重要，他们没必要为此冒一点风险。

其实高山向导本应有着严格的从业要求。1965年，法国、瑞士、奥地利、意大利这四个国家的高山向导协会组建了国际高山向导协会联盟。要成为联盟认证的向导十分困难，从考试到见习再到获取资质的整个过程大约需要 5 到 10 年。直到 2012 年，尼泊尔才成为国际高山向导协会的成员国，获得认证的向导不过 24 人。而巴基斯坦没有这样的资格，也没有取得认证的国际高山向导。当地的向导在专业素养上与尼泊尔向导已经有天渊之别。

美国高山向导协会针对高山向导的专业性曾提出几个要求：一是有持续学习的能力，二是知道自己的能力极限，三是做好充分的准备，四是有修正错误的能力。

但由于登山业鱼龙混杂，具备职业素养的向导实在是凤毛麟角。哪怕是一个各项能力都不错的户外探险家，也不一定能成为一个好的向导。尽管张梁等队员攀登 8000 米级高山的经验丰富，但术业有专攻，向导要更能照顾顾客，了解自然环境，能妥善解决队员沟通问题。只会醉心登山的张梁等人与他们有着本质的差别。因此队员们只能好言好语地鼓励三位向导再试一次。好在向导们终于被说服，最终，他们确定 17 日第二次尝试冲顶。

好事多磨。这一次，当攀登到二号营地后，准备向三号营地出发时，因为风力有点大，当地向导又表示不想再继续往上走了。这次更夸张，还没等大家达成一致意见，三名向导就已经背着包自行下撤了。队员们的情绪开始受到影响，他们无法接受向导们再次说不干就不干的这种不负责任的态度。但是那又能怎么样呢？现实总是让人无奈。

更令人生气的事还在后头，三名向导打算打包回家，连二号营地、三号营地的物资也不管了。王静用卫星电话与探险公司负责人沟通，几番交涉，在负责人的劝说下，三位向导终于同意留下来。

22日，又是一个可以登顶的好天气。队员们再次开会。没想到会议中三名向导忽然态度大变，竟然主动提出要做好去四号营地的路旗。队员们受宠若惊，难道他们三个人想通了，想展示一下实力？果然还是高兴得太早。在这第三次尝试冲顶的过程中，瓦合布故技重施，再次以身体不舒服为由要留在三号营地。从三号营地通向顶峰的路上，雪深区域积雪已经深至大腿，对于个子较矮的法扎阿里来说已到腰际。阿里穆萨说没有氧气了，要求返回，但实际上他的氧气还有一大半。毫无悬念地，三位当地向导再次都返回了营地。张梁、王静及两位夏尔巴向导无力完成积雪齐腰的深雪区开路工作，在漆黑的夜里也找不到正确的路线，只能被迫第三次放弃。

不到半个月，3次尝试冲顶都无功而返，这无论从心理上还是从体力上，都对队伍造成了巨大的打击和消耗。更让他们无奈的是，三名当地向导又决定打包回家了，队员们也无力再试图挽回。

探险公司又派了三名向导来到大本营。天气预报显示，31日适合登顶。张梁和队员们经过反复考虑，决定最后一搏。

三名新来的高山向导能力一般，也没有基本的路线规划能力，其中一位甚至没有登山装备，靠大家给他"捐"了一身。严格来说，他们算不上高山向导而更像是背夫。经历了前三次放弃，张梁也已经对新来的三名向导不抱太多指望。

大雪齐腰深。（摄影：张梁）

也许是老天都看不下去了。这一次，他们新建了四号营地，并在这个营地遇到了一支斯洛文尼亚的攀登队伍，对方有 16 个人也在同一天冲顶。真是令人惊喜的际遇，对方队伍已经观察好攀登路线，这就意味着，张梁他们只要跟住他们就有可能登顶。

途经深雪区的过程非常艰辛，每走一步脚都往下一沉。两支队伍轮流开路，终于在早上 6 点天亮的时候隐约看到了远处的峰顶。

31 日上午 10 点 15 分，历经 4 次尝试，张梁和王静等队员终于站在了布洛阿特峰的峰顶。

在巴基斯坦向导的各种不配合下，张梁历尽艰辛，终于登顶布洛阿特峰。（图片提供：张梁）

回顾这次攀登，这应该是张梁继道拉吉里峰之后，遇到的最不可靠的一个攀登活动组织方。从此以后，张梁再到巴基斯坦登山时，都尽量从尼泊尔请夏尔巴向导随行，当地向导只充当背夫的角色。可是，无论怎么去回避，一直到张梁攀登南迦帕尔巴特峰时，部分向导职业道德欠缺、攀登能力堪忧等各种不专业的问题依旧没有完全解决。

布洛阿特峰，好歹经历 4 次尝试还能登上去。而面前的南迦帕尔巴特峰似乎再进行尝试也只是徒劳了。

张梁不得不面对一次完全因组织不专业而导致的彻底失败。从这个角度来看，登山面临的不可预测性始终存在，而想要在这些不可预测中尽量避免错误，自身成长就变得更加重要。这对攀登者的综合素质提出了更高要求。除了体能、毅力、攀登技巧外，更重要的是沉稳、理性、知进退，这样才能在外力不可抗的情况下，在关键时刻做出正确的决定。

真正的考验不是在已知的风险面前进退，而是在
唾手可得的欲望面前进退。知进退是一种智慧，
也是一种勇敢，勇于跟自己的欲望抗争。

不知进退，不得人生

2016 年，乔戈里峰。雪山上的夜晚。（摄影：张梁）

2017年6月11日晚上11点，在南迦帕尔巴特峰海拔7918米的位置，张梁、刘永忠、静雪三个人陷入了困境。张梁和刘永忠的氧气彻底消耗殆尽。此时，他们距离顶峰的垂直高差还有200多米。这意味着，即使有氧气且路线清晰，也要再攀登几个小时才能到达峰顶。

三人迅速考量眼下的处境。上，不知道要多久才能到达目的地，更没人知道在没有氧气的情况下会不会发生其他意外。撤，前功尽弃，过去25小时的冲顶，乃至过去一个月的努力全都作废。进，他们已经走了25小时没合眼，身体疲劳至极。氧气用完了是一个致命的问题。氧气就像高海拔上的加油站，是人体正常运转的基本保障。目睹过数次生死的张梁明白，其实也没什么选择，只能下撤。

这是张梁攀登8000米级山峰以来，放弃攀登的位置距离顶峰最近的一次。选择下撤比选择继续向上更让人难受。人们总是抱有侥幸心理，尤其这种侥幸心理在付出过巨大的努力和艰辛之后，面对选择时更容易战胜理智。

但这并不是张梁第一座要登两三次的山。曾经的安纳普尔纳峰，张梁也经历了一次艰难的放弃。

安纳普尔纳峰是世界第十高峰，这座最先被人类征服的8000米级高峰实际却是被公认难攀登的，两名首登者也因冻伤被迫切除了所有脚趾和手指。

2014年3月，张梁第一次攀登这座山峰。这次登山的是个小队伍，张梁也选了一个小公司，公司的负责人就是明玛。明玛是为数不多的在册国际高山向导，

安纳普尔纳峰，背夫背物资上山。（摄影：张梁）

他个人攀登能力极强。与张梁一同攀登干城章嘉峰时，由于路太难走，已有人发生滑坠，明玛在没有路绳的情况下硬是在冰壁上开出了一条道路。他无论是技术还是胆量都令人尊敬。

为了公司的口碑，明玛这次主动为每一个队员配备了两名夏尔巴向导。登山的组织和安排并无严重瑕疵。然而，安纳普尔纳峰与张梁以前登过的山峰不一样，它本身攀登难度极高。

254

此时的张梁经历多年的高山攀登，已不再是简单尾随队伍的参与者。他已经成为登山专家，还可以指导登山队伍的细节安排。逐渐成熟的他已然成为队伍中定心丸一般的存在，专业反而让他变得更为谨慎与小心。

果然打一开始就麻烦不断，仅是向大本营进发的过程就充满危险。3 月 30 日出发，爬至海拔 4000 米左右就遭遇了一大段横切的路线。这条路只有一脚宽，且路面不稳，脚下随时可能有滚石，而另一侧就是悬崖。但最大的问题还是这座山上积雪很深，稍不注意就会滑下山谷。

张梁注意到随行的夏尔巴人的登山鞋颇不专业，恐有危险。他立刻招呼明玛结路绳修路。通常高山队伍在海拔 4000 米左右并不会结路绳前进，张梁觉得不必冒险，坚持修路通行。他自己还动手用简易的绳套外加一个快挂，做成了一个简易的安全带装置。经验告诉他，如果打滑，凭双手抓不住保护绳，只会连着其他队友一起坠落悬崖。

3 月 31 日，队伍终于抵达大本营。从大本营到一号营地的路程，全部都得结路绳修路。也并不是修好路就安全了，茫茫的雪峰上，很难分清楚哪里是浮雪哪里是坚实的山体。

意外发生在一瞬间。依旧是明玛在前面修路，张梁在他身后不远处端着摄像机，他有记录登山过程的习惯。明玛深一脚浅一脚地踩在雪地里，突然，他毫无预警地就从张梁的镜头里消失了。

张梁心头一跛，大叫一声："明玛！"

过了一会儿，雪底下传来明玛的回应："我掉进冰裂缝卡住了！"好在与路绳拽着，冰裂缝卡住了他的胸口。尽管此时张梁与他只有六七米的距离，但他要真掉下去了，张梁根本无法施救。

浮雪掩盖了冰裂缝，让雪山布满陷阱，危机四伏。为了防止再有单一队员掉进冰裂缝，队伍小心翼翼地结组前行。雪崩也来凑热闹。雪崩夹杂巨大的雪团咆哮着奔腾而来，在距离队员不到 50 米的位置耗尽能量停下，把人吓出一身冷汗。

从二号营地到三号营地的路上也是问题重重。先是天气不好，队伍整整在营地住了两天，路上则是大量混合路段，还有几乎垂直的冰壁。冰壁表面光滑，每一步都必须先用登山鞋的齿钉在上面砸出一个着力点才能向上走。这一天，张梁他们一共往上爬了 100 米垂直高度。

由于难度太大，无法直接抵达营地，大家只好在悬崖边上搭建简易帐篷。山坡太陡，帐篷几乎只能靠绳索挂住，侧面就是万丈深渊。帐篷里的地面也比其他处寒冷得多，只能生扛。

山上的积雪几乎齐腰深。用阿忠的话说，前行就跟游泳一样，先用双手向两侧扒开积雪，再用双腿向下用力跪出一个小坑，然后踩着自己跪好的坑往前一步，步步如此。更可怕的是，前一天明玛修好的路，一晚就全被雪掩埋了。

仅海拔 4000 米乱石的位置，
张梁就感受到了安纳普尔纳峰的美丽与险峻

（摄影：张梁）

扑面而来的大雪崩（上）。"挂"在悬崖上的简易帐篷（中）。积雪太深，攀爬如同游泳（下）。（摄影：张梁）

冲顶那天，张梁一行抵达海拔 7000 多米的高度时，时间已近下午 3 点，前面还有 200 多米的硬壁、硬冰路面要走，在这样的路段，即使大家结组前进也非常危险。张梁判断了路线与时间，觉得一定不能再上了。无论是夏尔巴向导还是部分队员都已经体力透支，他们甚至疲劳到对疲劳失去了感觉。

此时已经是 4 月 24 日，距离进山时已过去差不多一个月。一路上来，走走停停，拉锯耗尽了所有人的力量。这是从未遇到过的状况。连续几天，张梁脑子里想到的全是死亡。

"这么多夏尔巴，这么多队员，花这么大力气才到这。可是这种情况还登个什么劲？"张梁知道，即使继续爬，就算登了顶也不可能有力量再回来了。他开始劝导队伍下撤。队伍中有一名挪威的山友，他叫托雷，是一个倔强的老头儿，他说什么也不肯下撤，因为这是他给自己人生定的最后一个攀登目标，成功登顶后就从此梦圆收山。

张梁很能理解他的倔强。近在咫尺的胜利比遥遥无期的胜利对人的吸引力大得多，欲望在成功面前被成倍放大，理智则随之逐渐消失，这时候人往往会失去理智，让欲望主宰命运，置危险于不顾。这时候，咬着牙向上攀登虽然难，但做下撤的决定更难。

托雷坐在雪地里，不说话，不肯走。大家轮番上阵劝了 30 多分钟，无果。最后张梁对他说："我们今年下撤，等明年我陪你一起再来登。"托雷终于抬起头看着张梁，沉默了一会儿，点了点头。其实张梁也不想走，但他更不想死在这里。

下撤当然是无奈的，张梁觉得一名登山者一定要有能力承受更多次的无奈下撤。否则，一次两次可能幸运登顶，但早晚有一天会丧命。他认识一位叫卡洛斯的西班牙登山者，76 岁时第七次攀登海拔 8051 米的布洛阿特峰，张梁很欣赏他："这得多大的勇气？所以失败很正常，只要能活着就行。"人一旦偏执起来就容易一叶障目，有的人登山会孤注一掷，玩命儿都要上，张梁说："我不会。"

往上的路程危机四伏，下撤的过程也惊心动魄。三名夏尔巴向导走在前面，他们共用一条路绳，由于山坡太陡，三个人的体重太重，事先打好的固定雪锥突然绷了出来，三名夏尔巴向导倏地向万丈山崖滑了下去。

所有人都傻了眼，张梁第一时间发现滑下去的三人身后还有 50 多米的绳子拖在地上，他赶紧大喊明玛，希望他能把绳子抓住。离绳子最近的托雷十分英勇，他猛扑过去，一把抓住绳子。可往下的力量太大，一个人拖不住，托雷也被拖着往下直滑。就是这缓冲的短短几秒钟，张梁和其他队员迅速扑过来抓住残余的绳子。可是，由于前面人的重力拖拽，他们也跟着往下滑，一行人就像一列奔向死亡的列车，拖拽着所有车厢没命地狂奔。

整座山都只有这一支攀登队伍，包括三名队员、六名夏尔巴向导。此刻他们被串在同一条绳子上，往下滑。他们孤独又无援。没有别的办法，只能自救。所有人不约而同慌乱地将冰镐狂命往雪地里插，试图阻止滑坠。张梁感觉风声在耳边呼啸得更厉害了，他丝毫不敢停下手中救命的动作。谢天谢地，所有人一阵手忙脚乱后，下滑止住了。张梁狠狠松了一口气，这才感觉手套里传来一阵火辣辣的疼。取下手套一看，掌心已然被磨破，露出鲜红色的肉，稍微动一动

风雪中的张梁。（图片提供：张梁）

手指都扯着疼。再回头向上看去，冰镐在雪地里凿出了一道道深沟。谁也不知道自己到底滑坠了多少米，只知道自己差一点就完了。

张梁的心理承受力在滑坠发生的一瞬间到达了极限。他第一次萌生了放弃登山的念头。下山的时候，他甚至给自己拍了一段视频，悲壮地向雪山告别，他说："刚才经历了一幕滑坠的险境，使我重新认识了登山……我喜欢登山，但我更热爱生活……再见，安纳普尔纳。再见，雪山。"

营救夏尔巴向导时被磨破的手。（摄影：张梁）

而事实是，决定放弃登山的张梁下半年又去了巴基斯坦，登了另外一座 8000 米级雪山迦舒布鲁姆 II 峰。

相比之下，比安纳普尔纳峰更折磨张梁的其实是乔戈里峰，这是世界上最凶猛的山峰，他一共登了三次。

乔戈里峰又被称为 K2，海拔 8611 米，是世界第二高峰。它位于中国与巴基斯坦边境，是喀喇昆仑山脉主峰。这座山峰是国际登山界公认的最难攀登的 8000 米级高峰，攀登死亡率高达 29.5%，电影《垂直极限》的故事就发生在这里。因为难，它也成为攀登者心中最想挑战的一座顶级山峰。

早在 1902 年，一支英国探险队就开始向这座山峰发起挑战，然而，他们经过 5 次尝试之后仍以失败告终。直到 1954 年 7 月 31 日，两位意大利登山家耗时近 100 天终于站在了乔戈里峰峰顶，完成了人类对这座山峰的首次登顶。在那以后的 60 多年里，只有 300 余人成功登顶乔戈里峰，却有超过 70 人在此丧命。

在乔戈里峰的攀登史上，有三场山难被世人熟知：1986 年，共有 27 人登顶，13 人遇难，其中不乏声名显赫的一流登山家；1995 年，恶劣的暴风雪天气导致山难发生，造成 7 名登山者死亡；2008 年，17 名登山者登顶返回时遭遇雪崩，11 人遇难。

与喜马拉雅山脉相比，喀喇昆仑山脉的天气变化更频繁，极不稳定，天气预报并不能准确预料山峰上的气象变化。它的好天气周期很短，最少的时候甚至只有一天。所以，对于攀登者来说，要抓住它每一个难得的窗口期，就只能用更短的时间来攀登，这是对体力和意志巨大的考验。还有高空风，它就像乔戈里峰上一头神出鬼没的狰狞怪兽。即使在晴天，这座山峰上空也可能有很强劲的高空风。

乔戈里峰攀登路线本身的难度就给攀登者制造了层层关卡。以东南山脊这条传统攀登路线为例，从大本营出发，先要经过布满明暗裂缝的冰川，接下来要走

很久的陡峭雪坡。在到达二号营地之前，攀登者会看到那段著名的"烟囱路段"。这是一条嵌在一面高约 50 米的崖壁上的窄槽，想通过必须借助金属梯，每次只能容一人。再往上是冰岩混合路段，这段路坡度大多在 40 度以上，经常出现滚石，时时威胁着攀登者的生命。等到更高的冰雪和岩石混合路段，则要一边克服深厚的积雪，一边提防暗藏的冰裂缝。到了冲顶路段，攀登者将面临一段被称为"瓶子颈部"的陡峭路段，坡度达到 80 度，抬头可见庞大厚重的冰壁，这里随时可能发生冰崩和雪崩，巨大的冰块直接从头顶砸下，避无可避，以往很多登山者就是在这里遇难的。

2015 年 7 月，张梁第一次攀登乔戈里峰。

由于巴基斯坦曾发生过恐怖分子袭击登山者营地的事件，此次攀登乔戈里峰，一路都有荷枪实弹的巴基斯坦警察随行，警方甚至还派出了架设好机关枪的皮卡车开道。只是随着深入，因为担心有警方在反而让大家成为目标，所以后来

休整时看云是张梁的休闲活动之一。（摄影：张梁）

警方撤离了，张梁一行人只能自行通过塔利班控制区。说不紧张肯定是骗人的，路上他们曾停了好几次车换火花塞，每次停下，气氛都更加紧张，没有人敢离开车队远一点。大约是这片山区实在太荒芜，又或者是幸运之神眷顾，总之大家平安地到达了目的地。

7 月 8 日，张梁抵达海拔 5000 米的 K2 大本营。

7 月 10 日凌晨，张梁在睡梦中忽然听到一声清脆的响声，他立刻被这响声惊起。枪声？这声响辨别不出方向，张梁不敢大意，他穿上羽绒服、羽绒背心，套上袜子，穿上徒步鞋，将头灯、相机和卫星电话装进兜里，摸黑从前帐钻出来，又轻轻拉开外帐后面的拉链，蹲在帐外观察情况。过了一会儿，不远处传来一阵脚步声，那脚步声越来越近，但没有人说话，张梁一颗心提到了嗓子眼。他不敢伸出头去张望，只好一直躲着。不一会儿，脚步声消失了，但他不敢回帐篷继续睡觉，就这样熬到了凌晨 2 点半。之后，他听到厨房里有自己人的说话声，这才稍稍安下心来。因为要上一号营地，他必须躺下睡觉。睡下，但后帐拉链他不敢拉上。不拉拉链，随时撤走是方便了，但寒风往里灌，也只能忍着。大约凌晨 4 点，一阵寒风吹醒了张梁，等风过后他才又睡着。后来他猜测，那声音未必是枪声，或许是附近冰裂或冰崩发出的声响。

一夜惊吓之后，没睡好的张梁和队员们又得踏上去一号营地的征程。沿途天气十分恶劣，疲劳的张梁缓慢地跋涉，积雪很深，有的路段一脚踩下去积雪就没到了膝盖。他承受着巨大的心理压力。一路上，他们已经遇见了十几次大大小小的雪崩，雪块和石头就在队伍前面或侧面滚落，其中一次面积最大的雪崩就发生在他们身侧十几米处。而即使在平稳的路段，身边也会发生流雪现象。所谓流雪，就是积雪的塌陷，只是没有雪崩的速度那么快，但是巨大的雪块会像流水一样往下移动。张梁有点犹豫，他认为这是山上的积雪被太阳照射融化后的反应，谁也不知道这会不会积累成雪崩。如果继续向前，或许会直接面对突如其来的雪崩。他敏感地认为要考虑下撤。前面的夏尔巴和队员表示，情况尚且良好，可以前行。经过一番讨论后，大家还是决定继续前行。

绕过了流雪，队伍最终抵达了一号营地，他们要在这里休整几天。虽然平安到达，但这并不代表张梁此前的犹豫是多余的。他的谨慎与敏感是他能在登与不登、生存与死亡之间每每化险为夷的法宝。如果一股脑什么也不想，什么也不敬畏，即使身边连续发生雪崩也不当一回事，那不是无畏，是无知。

说是营地，却根本没有一块平地。它就建在海拔 6000 米左右的悬崖边上，张梁和一名夏尔巴向导只能在悬崖上搭起一个小帐篷。帐篷只能依靠复杂的绳索在

营地的风景十分迷人（上）。（摄影：张梁）
在 K2 悬崖上固定的帐篷（下）。（摄影：张梁）

多个巨石上固定，他们反复捆绑，仿佛织了一张巨大的蛛网，而帐篷就像是悬垂在悬崖上的虫茧。由于这个位置正好处在风口，大风呼呼作响，即使在帐篷里，风都能裹着飞雪穿透进来。张梁每天都担心连人带帐篷被大风给刮下去。

危险是危险，但"无限风光在险峰"。7月17日，当张梁爬出帐篷时，天空放晴，他看到了一个前所未见的气象奇观——万里无云的天空里，K2的峰顶被巨大的白弧和光圈笼罩，过了一会儿，更多的光圈和圆形彩虹在四周的天空里慢慢浮现，像佛陀头顶的佛光，又像科幻片里的场景。这是种罕见的"冰晕"，是阳光与大自然的杰作。它是大气中冰晶对光线折射或反射所产生的大气光学现象，是一类"像彩虹而非彩虹"的天象，却远比彩虹奇特和珍稀。

张梁赶紧找出相机拍下了这珍贵的画面。攀登的这些年，尽管常常面对濒死的危险，但他遇见过很多普通人一生都难得一见的自然奇景。这是自然的馈赠，也是命运的奖赏。他常常叹服自然的伟大，也因此生出更加虔诚的敬畏之心。

美丽的奇景也可能预示着坏天气。接下来连续几天天气都不好，各处传来的也都是坏消息。附近布洛阿特峰上一名巴基斯坦向导失踪，一名日本女登山队员被山上飞落的滚石打断了右腿。队员们更紧张了。天气若继续如此，如果再不登，或许将失去最佳的窗口期，那意味着连尝试冲顶的机会都没有了。雪崩仍旧不时发生，甚至有一次，张梁远远地看到滚滚而下的积雪中，一个黑乎乎的物体在一片耀眼的纯白中格外显眼。仔细一看，竟是一颗面目模糊的干枯人头，它的身体已经不知所踪。张梁后来才了解到，2013年曾有一对父子在攀登这座山峰时遭遇雪崩遇难，那很可能是其中一位的头颅。

冰晕奇观。（组图）（摄影：张梁）

经过一个多月的艰苦尝试，张梁和队友到达了海拔 7000 米的高度。虽然这里离顶峰还有相当长的距离，但他们毕竟离最终目标越来越近了。

然而，就在 7 月 24 日张梁等人决定冲顶时，一场雪崩打乱了所有计划——他们来到冲顶营地一看，所有人都傻了眼，此前辛辛苦苦送上来的全队装备都被雪崩掩埋了，头盔、冰镐、安全绳……无一幸免。没有人甘心。怎么办？挖呀。他们拿出记录装备的照片，在雪地里开始刨，结果整整挖了三天，却仅找回少部分装备，有的还被损坏了。看着被压扁的头盔，张梁一阵心凉。更让他心凉的是，因为忙着挖掘装备错过了好天气，山上又飘起了大雪，能见度越来越低。

大部分装备都被雪掩埋，挖掘成效甚微。（摄影：张梁）

就在张梁等人挖装备的同时，另一支登山队伍向上行进了。这支队伍的一名夏尔巴向导被滚石砸断了手臂，张梁所在的登山队赶紧派出了三名夏尔巴向导去营救。坏天气已经不适合任何一支队伍冲顶。

第二天，直升机接走了受伤的夏尔巴向导。没多久，这次前来攀登乔戈里峰的6支队伍全部选择了下撤。张梁后来觉得没冲顶也许是好事："也许应该感谢装备被埋，要不攀到峰顶正好遇到恶劣天气，就下不来了。"

这一年，张梁把很多登山装备留在了这里。他知道，他要再来挑战。

一年之后，张梁再次来到了乔戈里峰。但他没想到仅一年的时间这座山峰的变化就如此之大，上一年频繁爆发的雪崩很少发生了，K2露出一片光秃秃的石头，融化的雪水涌或汹涌的激流，队员们必须在湍急的河流上搭桥行进。这与去年的情景毫无相似之处，仿佛爬的是另一座山，之前的经验似乎也都用不上了。

尽管如此，熬过一路的危险，队员们攀登到了比上次更高的海拔 7550 米的三号营地。一路上没遭遇雪崩，甚至岩石路段上不可捉摸的飞沙走石也不再那么凶恶。张梁觉得登顶有希望。

可是从到达三号营地开始，天气又忽然恶劣了起来，队员们无奈之下只好放弃冲顶返回大本营，等待下一个好天气再次尝试。然而历史在关键一刻重演，一周之后，当张梁一行人再次攀登到三号营地时，营地再一次被雪崩夷为平地。

回想起来，张梁其实在从二号营地向三号营地攀登的过程中，就已经听到巨大的雪崩的声音，但当时他以为是营地的氧气罐爆炸了。队员们接到的消息说是前方有雪崩，鉴于这里发生大大小小的雪崩是常事，大家都没有当回事。直到他们重新攀上三号营地，眼前的一切让他们欲哭无泪，此前他们在三号营地搭建的 15 顶帐篷及高山装备、氧气、路绳等物资全都被掩埋了。张梁的连体羽绒服、内衣、袜子、水壶、旗帜、食物、冰镐，全部不见了。公共装备也都找不到了。张梁的羽绒服丢了最是麻烦，后来，背夫们帮他在山脚找到了这件羽绒服，他为此付了 100 美元小费。

不过张梁还是很庆幸。恰恰因为之前的恶劣天气，队伍被迫在一号营地多停留了一天，否则按原计划上三号营地，他们就会在此正面遭遇雪崩，后果将不堪设想。所以尽管装备全军覆没，张梁还是觉得"老天有眼"，从另一个角度来说，他们是幸运地与死神擦肩而过。

这一年的攀登仍旧以放弃收场。事实上也没有别的队伍挑战 K2 成功。张梁慢慢笃信一点：漫长的探险之路上，一次两次攀登失败很正常，在危险面前，保持理智、适时放弃才是最明智的，只有平安地活着，才有可能完成终极梦想。

因为山永远都在那里。

⬥

时间来到 2017 年 7 月，张梁第一次攀登南迦帕尔巴特峰失败。在艰苦的失败后，他极其渴望一次成功。于是，他第三次向 K2 发起了挑战。

抵达 K2 大本营时，张梁患上了感冒，不断咳嗽。在南迦帕尔巴特峰就已经出现的膝盖问题也跑出来找麻烦，他的左膝盖积水还是很严重。各种药都用上疼痛感才有所减缓。张梁觉得这一次咬牙也要坚持，一切等登过山再说。

从来到一号营地到上到三号营地都是坏天气。一些融化的雪洼里还有积水，但这些积水可能很快就会形成较大的力量推动山上的积雪变成流雪。张梁路过一处水洼，发现一条穿着登山鞋的断腿。

在乔戈里峰，随时可能遇到这样的情况。很多人从山上跌落后身体被摔得七零八落。积雪是流动的，所以总会有残肢突然冒出来。张梁对此已经麻木了，他给断腿拍了照片，但内心却已经没有太多波澜。他希望自己从峰顶成功下撤后性命安好、肢体健全。在张梁看来，能全身而退比什么都重要，这也意味着一个男人真正的成熟与胜利。

要上三号营地，还必须经过烟囱路段。人被挤在狭小的石头缝中，踩着软梯逐级向上攀登。天空飘来大雪和细小的石头，砸在头盔上砰砰作响。飞雪还模糊了面罩的视野，落在胡子上迅速结冰，让张梁看上去就像一个圣诞老人。攀登异常辛苦。张梁随时都在担心一块大一点的石头砸下来要了人的命。很多攀登乔戈里峰而粉身碎骨的人都是在这里彻底消失的。

即使上了三号营地也还是要面对坏天气。山上不时有乌云和大风。有一两天，张梁被热醒，眼看着天气晴朗，未料过一会儿就出现了冻人的大雾和大风。为了更保险，这一次张梁他们在海拔 7600 米左右建了四号营地，然后提前为登顶修路。尽管天气依旧阴晴不定，但若再错过就只能又无功而返。

7 月 27 日晚上 11 点半，张梁等人决定冲顶。队员们在风雪交加的天气里艰难地走过冰岩混合路段、陡峭岩壁以及冰塔。糟糕的是，修了 100 多米的路后再也无法通过修路攀登了。队伍只能结组攀登，以防不测。

天蒙蒙亮时，张梁站在了巨大的冰壁下方。这是一座近乎垂直的冰壁，他只能默默祈祷不要突然发生冰崩。这里的冰层异常坚硬，坚冰上覆盖着厚厚的积雪，用脚踩进去，先是积雪垮下去无法着力，就像是忽然滑了下去一样，接着踢到的是坚硬的冰塔，即使不断踢踏也很难踩出一个着力点。因此每行进一步，都必须先踩垮积雪，用脚不断砸，直到砸穿冰，找到一个微小的凹点，才能用脚

攀登 K2 总要面对垂直的冰雪峭壁（上）。（摄影：张梁）
狭小的烟囱路段，飞雪与石头扑面而来（下）。（摄影：张梁）

尖的钉齿卡住冰壁站稳。冰壁上的每个人都在用力凿，谁也不知道会不会引发雪崩或者冰崩，哪怕只是引发流雪，也会让整个队伍滑向万丈深渊。

张梁只能硬着头皮非常缓慢地往上挪。这个攀登过那么多险峰，遇到过那么多险境的男人也不敢往下看。他恐惧。此时他攀在一个几乎与地面垂直的光滑切面上，身上没有任何保护措施，稍不留神，就是粉身碎骨。

一切只能凭运气。

7 月 28 日中午，登山队伍接近顶峰。这里已经完全无法修路。不过他们运气不错，持续多日恶劣的天气忽然晴空万里，豁然开朗。

K2 不再耍脾气，天气稳定让张梁恢复了心神。他继续向上一步步攀登。

当地时间 16 点 40 分，张梁成功登顶乔戈里峰。

站在峰顶，张梁召唤明玛来合影。对着摄像机，他说："经过三年努力，终于登顶了乔戈里峰。"话音未落，他哽咽起来。"感谢明玛，使我完成了梦想，谢谢明玛。"他一边哽咽一边搂紧明玛，他们的头贴在一起，"非常开心，非常开心……"话没说完，这个平时沉默的男人就在乔戈里峰峰顶放声大哭起来。

这是继 2003 年珠峰之后，张梁第二次在海拔 8000 米以上的高处掉下眼泪，也是他多年的攀登生涯中唯一一次在 8000 米级山峰峰顶掉泪。这场眼泪，不只是

张梁终于登顶了 K2 这座世人最难征服的山峰。（图片提供：张梁）

为 K2，更是他过去十几年来攀登的磨难、艰辛、退却、失败与死里逃生的种种忽然涌上心头的剧烈反应。三年了，所有的辛酸和不甘都被这奔涌而出的泪水冲刷干净。2017 年，多支队伍攀登 K2，只有张梁这一支胜利了。这胜利来之不易，他攀登的每一秒都与死神擦肩而过，甚至连他自己也数度觉得这一次或许最终也要半途而废。但他坚持过来了。

下山异常顺利，回到地面，张梁受到了热烈的欢迎，这是来自其他登山者的诚挚敬意。从 K2 登顶归来的人，将得到所有专业者的认可。

回想前两次被迫放弃，张梁从未觉得后悔。在该放弃的时候放弃，在该拼搏的时候拼尽全力，这是他登山的原则，进而延伸为他人生的行事准则。而这世上所有事，无一能逃过这个显而易见却很难遵循的道理。

每个人的每一天都是从面对死亡开始的。我们要面对意外、灾害、疾病……每一次逃离死亡，都是对生者的洗礼。而勇敢与死亡困境搏斗过的人，人们愿意称他们为英雄。

濒死与绝境

美丽的马卡鲁，暗藏各种陷阱。（摄影：张梁）

2017 年 6 月 11 日晚 11 点左右，尽管距离南迦帕尔巴特峰顶峰的垂直高差仅有 200 米了，但张梁等人还是决定下撤。

其实此时下撤也是危险的。刘永忠和张梁的氧气瓶已经彻底没有氧气了，但下撤却还要很长一段时间，并且也十分耗费体力。在 8000 米级高峰上缺氧加严重的体力消耗，很可能导致脑水肿和产生幻觉。

下撤时刘永忠就出现了幻觉。他觉得忽然起了大雾，周边的环境看上去十分陌生，像是一个滑雪场，有一段很长的雪坡。有滑雪场，那这里应该有小卖部啊！小卖部有可乐，这时候喝杯可乐那可多好啊！刘永忠脑子里已经幻化出了小卖部。但在旁人看来，刘永忠就像是中邪了失去了反应，一动不动。

其实一直以来，张梁都认为刘永忠的体能要比自己好得多，但实际上刘永忠产生幻觉的情况比张梁多得多。这是因为在高山上身体出现危机并不完全是因为体能不够。出现幻觉时，就算是一个强壮如牛的人也一样无法控制自己的大脑。幻觉这件事，大约更多是与一个人的意志强弱有关。

张梁知道刘永忠出了状况，急着冲他大喊："阿忠赶紧走！"刘永忠起身又缓缓向前走，走了几步又停下来不动了。为了带刘永忠下山，大家只好用绳子连接在一起结组走，刘永忠被安排走在队员的前面。

夏尔巴向导扎瓦向下修路，固定好路绳后，对后面的明玛大喊："打好保护了。"队员们沿着路绳往下去，明玛在上一个保护点控制路绳，等队员们到了下一个保护点站住后，他取下保护向下走，越过队员，再向下打一段路绳。总之，一段路绳捣着用，相当于一根移动的路绳，队员一段一段地走。

走着走着，张梁也出现了幻觉。这是他十几年来攀登高峰第二次遇到这样的情况。他的步伐混乱，意识模糊，他不确定自己看见了什么，现实反而像是断断续续地出现。他好像看见了一个帐篷，于是喊起来："要不，我们找个帐篷先睡会儿！"可这儿根本不靠营地，哪里有什么帐篷。

与张梁一样处在队伍后面的明玛也出现了问题。他已经冻得浑身发抖，随时都可能睡着。几个人被迫困在一个背风的缓坡上，走不动了。沉默中，静雪喊了一句："我们挖个雪洞吧。"

躲在雪洞里或许可以避寒并恢复体力。大家便开始挖洞。然而冰镐在雪地里砸了半天也没弄出一个洞来。缺氧让人使不出力，挖洞尝试以失败告终。但是如果不挖洞不运动很快就会被冻死，或者因缺氧迅速增加疲劳感而想要睡过去。在这里睡过去就等于死亡。

明玛还背着一捆绳子，这让他的身体更艰难。他不同意继续挖洞。继续下撤成了唯一的选择。

好在头灯还齐全，至少大家一直能看见下撤的路。

一群人就这么浑浑噩噩深一脚浅一脚地走着，幸运的是天渐渐亮了，队伍在慢慢接近三号营地。但张梁此时已经困得迈腿都能闭上眼。他停下来靠在一个斜坡上等待其他队员下撤。他只是想靠在岩石上缓一缓，可刚一沾上石头就感觉像靠上了舒适的枕头，他居然站在那里睡着了。没过几秒钟，他睡着的身子一沉，人随即从坡上滑了下去。

他的身上没有挂任何保护的装备！

下滑的一瞬间，他腾地醒了过来，赶忙叫明玛把他拉了上来。

好在这段雪坡并不陡峭，否则后果不堪设想。

明玛把张梁拽了上来，但张梁并没有就此转危为安。尽管刚刚经历惊险一幕，他依旧无法打起精神。明玛看情况不对，继续安排结组下撤，但张梁走两步就会直接坐下睡，一睡就立刻进入睡着的状态，直到结组的人把他叫起。

就这么一路走走睡睡起起，终于走到一段有路绳的地方，他勉强用绳扣扣住路绳后，又睡着了。他的身子挂在绳上，而人几乎失去了知觉。但他看上去至少不会再下滑了。可这依然十分危险。谁也不知道那根绳子能撑多久。更重要的是，无数身强体壮的攀登者，都在山上一睡就再也没有醒过来。

不知过了多久，在风中摇摆的张梁，居然又迷迷糊糊醒了过来。他睁眼，恍惚间看见明玛正拽着绳子向自己走过来。或许是明玛的动作使绳子抖动让自己醒了过来，他想。他感觉自己可以活下来了。

此时太阳出来了，温度逐步攀升，张梁没有失温，否则即使明玛走到面前他也不见得能醒过来。他们开始一前一后互相扯着身体下撤，都已经疲惫到看上去随时会昏厥。张梁此时已经完全是靠着仅存的意志支撑。

2017 年 6 月 12 日下午 5 点左右，张梁终于返回了位于海拔 6800 米的三号营地。从冲顶到下撤回来， 40 多个小时濒临死亡的折磨。

单纯因为攀登艰难而遭遇死境，这不是第一次。

2012 年，张梁挑战了马卡鲁峰。

马卡鲁峰海拔 8463 米，是世界第五高峰。这座山峰在外界看来攀登难度异常之高。它的山谷中有许多巨大的冰川，冰川上分布着巨大的冰裂缝，每个裂缝都如同深渊，加上冰崩、雪崩频繁，聚集在一起，像大自然布下的修罗场。她的名字出自梵语，意指"大恶"，在印度教里代表着至高无上的湿婆神。这位神祇性情反复无常，时而善良温顺，时而残酷暴烈。把这座黑色巨峰比作这位神祇，再恰当不过。

直到 1954 年，马卡鲁峰才有人类登顶成功。到 2009 年，人类才实现了马卡鲁峰的首次冬季登顶。

2012 年 4 月 13 日，在穿越了原始森林，被蚂蟥和泥泞折磨了一路之后，张梁双脚湿透地站在了雪山脚下。马卡鲁峰不像其他山峰那样白茫茫一片，她的身上裸露着大片黑色的山岩。这是复杂的气候造成的。在山上，高达 90 米 / 秒的强风会将积雪瞬时卷起。雨季时，强烈的东南季风还会引发连续的雪崩。尽管距离遥远，张梁依然可以听到震耳欲聋的冰崩声。这是马卡鲁的警告。4 月 16 日，张梁向马卡鲁峰营地进发。从山上不时忽然滚落的石头是这座山峰给他的下马威。高空坠物，即使是鸡蛋，从 18 楼高处掉下来也能砸开人的头骨，何况从天而降的石头。

因为不知道滚石会何时落下，所以只能快速通过危险路段。这太消耗体力了，也改变了张梁一贯的登山节奏。在攀爬了无数的山坡之后，他变成了单人行走，他和大队伍差点失散了。张梁知道这是一个危险的警告，他意识到，这可能是他登山有史以来徒步进山最艰难的一段，因此更加小心。

抵达大本营，张梁发现这里非常冷清，不像珠峰到处都是帐篷。空气中隐约飘荡着一丝难以捉摸的气息。

然而马卡鲁的警告才刚刚开始。

5 月 5 日，在王静乘直升机与队伍会合后，张梁、刘永忠和王静一行于 5 月 9 日向马卡鲁峰的三号营地进发。在途经一个大雪坡时，张梁恰巧碰上一个夏尔巴向导提前下撤，他说这几天山上都是大风，无法登顶。这是以前很少遇见的状况，在别的山峰拉练和行动时往往都是晴天，而马卡鲁峰只有阴天和剧烈的大风。但张梁此时只能选择继续上行。在翻过几座陡坡之后，他突然发现，自己和前面的队员拉开了距离，他看不见队友了。他的前方已经没有路绳指引，之前队友踩过的脚印也已经被冰雪覆盖，毫无踪迹。他的左侧是万丈悬崖，而右侧，山脊上忽然腾起了一片白茫茫的雪雾。他并不知道，由于马卡鲁峰常年受季风和冰崩影响，山上常常会忽然出现大风大雾，这些雪雾会迅速模糊视线和道路，如果稍有不慎就会迷路。

面对忽然的天气变化，理性和谨慎告诉张梁：只要继续走，就会陷入大雾里，那有可能迷路——也有可能直接踏空滑坠。他选择在原地等待。他把希望寄托在山上的队友发现自己不见时会回来找自己。他的夏尔巴向导正在下方的位置，夏尔巴向导也一定会上山来，只要自己停在现在的位置，应该会被找到。可是在海拔这么高的山上停在同一个位置不动也是非常可怕的，因为停止运动很容易被冻伤。

风越来越强烈了。张梁决定挖一个雪洞取暖藏身。他找到一块背风的岩石，开始用冰镐在岩石下相对松软的雪地上挖雪洞。他慢慢刨出了一个坑，但挖到一半就已挖不动了。等待的每一分钟都过得漫长如一年。山上的队友果然在发现张梁没跟上后沿路返回寻找，他们在雪洞旁边找到了被困的张梁。10个小时后，一行人终于抵达了海拔 7400 米的三号营地。

营地旁残留着 2011 年 5 月份从马卡鲁峰登顶下来的遇难德国女队员的帐篷，阿忠觉得难过，心里还隐隐浮上了一种不祥的预感。

他们选择在次日连夜冲顶。

深夜之中，无路无绳，谁也不知道下一步会踩到什么，随时可能坠落。（摄影：张梁）

张梁照旧走在队伍的后端。他发现三号营地以上居然都没有修路，而这一段路也不是雪地，而是一路参差的岩石。一旦滑坠，会伤得更重。

此时他的右侧是万丈悬崖，左侧是嶙峋怪石，由于没有修路，大家只能寻找以前的旧路绳。队伍开始分开攀爬，距离也迅速拉开了。

爬了一段路，张梁深刻体会到为什么在马卡鲁峰的登顶过程中，死亡的大部分原因都与滑坠有关了——整个攀登过程中，他只能依赖冰爪固定在倾斜度60度以上的峭壁之上，没有保护绳，甚至没办法依赖冰镐，完全是徒手攀岩。在海拔8000米的高山上徒手攀岩，一朝不慎，粉身碎骨。有一次王静的冰镐没有固定住，像是被人从岩石里拔了出来，她失去重心差点就掉下去。

正要登顶时，张梁遇到了登顶后下撤的王静，她在峰顶仅仅停留了 10 分钟就下撤了。王静似乎有什么预感，她忽然对张梁说："一定要安全回来。"张梁点头。

在翻过漫长的横切雪檐后，张梁看见了峰顶。那是一个尖尖的雪顶，只能容纳两三个人站立。

前一天晚上 7 点多出发，到第二天下午 3 点，张梁才站在了峰顶。时间已经很晚，他只停留了四五分钟就抓紧下撤。

毫无疑问，马卡鲁峰的攀登极为艰难，但这场下撤远比攀登更艰难。刘永忠和张梁分别出了事。

刘永忠曾专门记录了这一段凶险的过程，并被收入王静所著的《静静的山》中。他自述：

我在中午十一点多登顶。在顶峰我停留了二十分钟，自己拍下登顶照后就往下撤。在下撤到登顶前遇到王静时的那个山峰的时候碰到我的向导拉度刚到达，我以为他会和我一起下撤，因为他之前已两次登顶马卡鲁峰，但他说要冲顶。他说把他身上背的那瓶氧气帮我换上，但当时我站的地方很小，只能靠在一边让他过，所以我说我慢慢往下撤，他登顶后下撤赶上我的时候再帮我换氧气。我下了陡峭的雪坡后来到了雪原路段，遇到了张梁和他的向导。

在下撤到冰岩混合的岩壁路段时，由于体力下降和缺氧，身体跟随着穿着冰爪的双脚在岩石上东歪西倒，只能凭着自己尚且清醒的头脑和坚强的意志才最终安全地走到岩壁的底部。在到达岩壁下方的雪坡时，因为太累了，我停下来坐在雪地上吃了包能量棒，喝了口水，同时等待向导下来帮我换氧气。

在休息期间我往四周看，远处山峰上的岩石都站满了人，好像是在电影片段里看到的起义军的情景，我知道我出现幻觉了。

等了差不多一个小时，有好几次差点睡着了，我怕这样下去睡着就会冻伤，这是很危险的，所以往刚下撤时的那段岩壁回看，看有没有我的向导，但同样出现了幻觉。

我看到了之前的那一幕，满山都是人，根本分不清真假，于是我再往下看走过的那段雪坡，还是没有发现向导。那时我觉得很无助，如果再等下去，向导还是没到，在8000米的高度，氧气没了随时会睡着和冻伤，但如果下去又怕路上没氧气了，向导不在，同样会发生危险。后来真的怕等下去走不动了或者睡着了，我还是选择了自己慢慢下撤。

在下撤到7900米的时候，我发现了昨晚登顶的时候我们留在这里的两个半瓶的氧气，我拿了一瓶换上，把用完的那瓶换下来，接着往下撤。当下到一个冰壁后，我突然发现眼前的一切很陌生，可能是这段路是晚上经过的原因，因此不熟悉，同时，因为缺氧造成了幻觉出现，我沿着路绳往下走，看到两边放着一些雕塑，好像游乐园一样。我想，怎么山民会把生意做到这上面来了。后来一直走到路绳的尽头，我接着往下走。本来应该在这路段的中间往左横切的，但没有路绳没有路旗，所以我只好往山坡的最下方走去。

这时接近太阳下山时分了，高空风从西边的珠峰吹过来，地面的雪被吹成像月球表面的形状，通过雪镜看到太阳西下的光影像是进入了一个梦幻世界，我发觉我这时候有点飘然的感觉。我以为我在换氧气后下撤时滑坠遇难了，所以对一切都感到陌生和虚幻，以为我的灵魂活在异度空间。我一边走一边向周围寻找三号营地的帐篷，但始终找不到。最后我以为我们的队伍撤营了，难道他们等不到和找不到我，以为我遇难了，所以就撤营了？我试图证明我还活着。用手拧自己的皮肤感觉会疼，摸自己的心脏还会跳，这就证明了我还活着。我拿出卫星电话，看到电话里显示的时间是 5 月 11 日，登顶的那一天，电话里还有我中午登顶时在顶峰打出的两个家人电话。

我想打电话求救，但电话一下就自动关机了。想要重新开机必须拔出电池再装上，这样的周折在当时的状态是一件很艰难的事情。而且我想了一下打给谁才能救我。登山队的卫星电话一般处于关机状态，而且我没他们的号码；身上也没有尼泊尔联系人的电话。打给深圳的联系人也不一定能联系到尼泊尔相关人员，即便联系上了，直升机在下午这个时候也上不来，而且是在 7400 米的高度，即便到了我也支撑不了那么长时间。于是我就打消了这种想法。我想还是自救为上，我下到了 7350 米的山沟的雪原上。

当时我还清楚自己所处的方位，右边是去中国境内的西藏，但很遥远，没有路线，走不通，只能想想。左边是回到马卡鲁的登山线路，所以我选择走左边。我在山沟里沿着我们上来三号营地的方向缓慢地走去，一路上看到远处有很多工人在采矿，但当我走近就消失了，我知道是幻觉。各种各样的幻觉一路上层出不穷，有好几次好像看到了我们的营地，但走过去又看不到了。在寻找营地的一路上，我想了很多问题。不会就这样死了吧？家人怎么办？还有很多活动赛事等着我回去组织策划，我还有很多登山计划没完成，等等。这时真的感觉很无助，不知自己到底是死了还是活着，总觉得活在生和死之间，以为自己的魂魄以后每天都像这样背着包拿着冰镐满山去找营地。我想真的是这样倒不如跳下悬崖死得彻底点。

这时候太阳快要下山了，我也感觉到有点累，想找个地方躲一躲避避风。我在附近找到了一个塌下去的帐篷，走过去一看，是破的挡不了风，后来看到旁边有一个雪堆，上面放了很多经幡，我以为是前辈的遗体。我走上前去靠着雪堆坐下来，心里还念着：老兄，今晚我就陪着你了。我面对着马卡鲁的主峰坐着，太阳渐渐下山了，夕阳像黄金一样洒在马卡鲁身上，很美，但这时我正处于绝望的境地。因为经过20多个小时的连续攀登和下撤，基本上没吃没喝，好在下撤时换上的半瓶氧气还有少量，否则就支持不下去了。在这个时候我没得选择，只好静静地躺在雪堆边上，累了就睡吧！等到天亮醒来还活着再算吧！但如果还能醒来那就证明我已遇难了，醒来的是灵魂，因为在这种情况下基本上是没有活着的机会的。这时我觉得有种恐惧，时不时睁开眼睛看着自己躺在雪地上的样子和散落在边上的背包、安全帽和手套，想起了我们在登山途中看到过的遇难山友的情景，我突然有了一种强烈的求生欲望。随后，我就站起来活动身体，让自己打起精神，绝不能睡着，不能那么轻易地放弃，大家都等着我回去。

天慢慢暗下来了，繁星开始出来活动了，我看到的星星有孔明灯那么大，像是在召唤我。这时，我突然看到有两个灯在前方的雪坡上闪动，我想，难道是别的登山队员吗？我立刻振作起来，想打开头灯示意，可惜头灯的电在早上冲顶前就用完了，因为天黑电池放在包里拿不到，后来我想到用照相机的闪光灯对着灯光移动的方向闪了两下，同时脱开氧气面罩向着同一方向大声喊了两句"help me"，但对方往这边看了一下就没有反应了，可能是闪光灯闪的时间太短，他们觉察到之后就没了，以为是错觉，而且我的喊声在高空风中无济于事，根本听不到。后来远方的灯光消失了，我在想，这里的人怎么不搭理我。我只是想找个地方躲躲，后来我又坐下来休息。

过了不知多久，我还是觉得不该睡觉，睁开眼睛又看到了和刚才一样的灯光。我心想，这里怎么那么热闹，那么多人住在这里，我又想求救，但想起刚才呼叫都没人管我，觉得再叫也没用，所以就放弃了。我又坐下来休息。又过了不知多久，还是刚才一样的两个灯光出现，我没管它们。就在这时，一声期待已久的，我以为以后永远也不可能听到的，还是用尼泊尔口音呼叫的"阿忠"，回荡在珠峰和马卡鲁之间的高空中。这一刻，就像有人把我的灵魂从灵界里拉了出来，回到了人间，令我找到了一种实实在在的感觉，我还活着！我立刻坐起来，用尽了全身的力气回应着他们，他们的灯光往我这边照了过来，我不停地回应着，生怕他们听不到。我已经走不动了，否则，我肯定会用尽全力往雪坡远方的灯光扑过去。他们听到我的叫声，他们往我这边走过来了，我站在那等着他们。我们队伍的两个向导走到我的身边，我的向导拉度连忙和我说："I'm sorry."在这时候我应该感激他们，是他们把我救了。

当时登顶后，我的向导拉度是跟在我后面下撤的，当拉度回到了三号营地的时候，王静看到他回来却不见我就紧张起来了，因为我在我的向导前面下撤，他回了而我没回那就预示着我出现了情况。后来王静就恳求向导去找我，但在这茫茫的雪山上找一个人谈何容易呀！后来他们只好在三号营地附近不间断地寻找。

向导把他的安全绳和我结组在一起，沿着雪坡往上走，大概走了十分钟就到达了三号营地。原来，是在我下撤的时候，半路横切的位置没有路绳和路旗引导，而我的向导又在后面，在该横切的地方我走过了，一直走到了山沟。而营地就在山沟往主峰方向的一个雪坡平台上面，所以我一直都看不到帐篷。

在回帐篷的路上，向导用对讲机和在营地里的王静通话，当王静知道他们找到我之后很高兴，但当我听到她说"好了，终于找到一个了"时才知道张梁和他的向导还没回到营地。

迷路的刘永忠都回来了，张梁在哪呢？

当王静联系不上刘永忠的时候，她也用对讲机寻找久久不归的张梁。张梁还有回应，他说："我失去方向感了。"

张梁是和向导在一起的，起初他们并没有迷路。他们用的是经典的结组下撤模式："我在前面，向导在后控制，我一看绳子拉直了或差不多了，就停下来等向导下来，他下来我再走。不能两个人同时走，同时走万一滑坠就不好控制了。这样走，不管是他还是我滑坠，起码另一个人能固定住。"这种方法也等于将生命的一半交给对方，但别无选择。

上山难，下山也难。下撤的途中，有一段接近90度的石头峭壁，张梁必须小心地寻找有雪的着力点，避开湿滑的岩石，手脚并用，找到石头的缝隙卡主身体下撤。这极大地拖慢了下撤进度。

问题又出在了氧气上。向导的氧气不够了，他翻动氧气瓶，希望能多"摇"出一点。他劝张梁先行离开，因为阿忠此时也已经一个人先下山了。

张梁没有先走，还是在路上等待操弄氧气瓶的向导。然后，他俩就迷路了。后来他回忆过当时的情状："向导找氧气没找到，我们就继续下撤。下撤到傍晚六七点钟就找不到路了。上来时有脚印，白天可以看得清楚，一到晚上就啥也看不见了。风呼呼地横吹，天气开始变冷。我们当时就只能慢慢找路。

"其实我能看到三号营地的灯光和帐篷，我知道王静、夏尔巴向导都在那儿，我们用对讲机保持着沟通。我没想到王静说阿忠也没回去。我很着急，跟她说得赶紧找啊。因为阿忠比我们先下去，如果还没到，肯定有状况。

"我和向导就很辛苦地走，一面还担心阿忠。很快，我的氧气好像没了，就走得更慢了。又没想到我会忽然胃痛，绞痛，一阵一阵的剧痛，干呕，恶心，吐不出来，像要把胃吐出来一样难受。

"我不得不走几步就停下来。后来我跟向导说能不能休息一会儿，实际上就是我已经累得不想走了。向导说不行，必须一直坚持走。因为黑夜里停下来，又没氧气，太危险了。向导在前面拽着结组绳，我俩距离三四米，可以拖着我走。

"很快，他头灯没电了，我把我的备用电池给了他。两个人只能凭一个头灯下撤，整个世界就头灯下面那么一点光。

"我感觉到三号营地就在左手边的远处，很远，我看到有头灯的光，帐篷也是亮的，我们就朝着灯走。只能一步一步挪。即使停下来原地休息，我也没有一点力气，任何多余的动作都做不到，连卸下包来换掉防风手套都做不到，甚至没办法拿出食物来吃。我竟然做不到拿食物。从前一天晚上 7 点出发冲顶，第二天下午登顶，又下撤一晚上，我们已经走了 30 多个小时，这么长时间，没吃没喝的，正常人都受不了啊。

"直到凌晨 1 点，我们终于回到了三号营地。一到地方，我就钻进去趴下了。我没有力气了，高山靴都是向导帮我脱掉的。我只觉得浑身冷，对着王静喊冷。他们烧水给我喝。喝了一杯热水，胃就好了。

"我让王静给我拍了张照片，留个纪念。我很庆幸，那是我第一次耗尽体力。接着我就睡着了，直到第二天早上起来才看到阿忠早已经回来了。"

张梁事后在日记里专门写下了这句话：这是我攀登过的 8000 米级山峰中最难的一座。

只是这个结论很快就被推翻了。

2015 年张梁重新挑战安纳普尔纳峰。这一次比上一次更为凶险。

鉴于 2014 年那次惨痛的经历，这一次，整理装备时，张梁甚至有点"迷信"。他发现红色"福"字底裤忘了拿，但好在有另外一条 CK 的红色底裤。他想，红裤子或许会给自己带来好运，他实在不想再碰到上一次的困难了。

2015 年 3 月 20 日，张梁抵达安纳普尔纳峰海拔 5800 米的二号营地。因天气问题，他在二号营地整整休息了两天。尽管 22 日刚一出发就遇上了巨大的冰崩，冰雪轰然坍塌，攀登路线又被迫更改，但整体也算顺利。3 月 23 日抵达四号营地。3 月 24 日凌晨 2 点队伍开始冲顶，耗时 13 小时，张梁登顶成功。此时已是下午 3 点左右。

登顶从来都不算真正的胜利，得活着下来才行。

刚开始下撤，张梁就又一次目击了队友滑坠。一个夏尔巴向导和一名队员忽然滑坠，好在两人有结组，减缓了下滑速度，卡在了下方的雪地里，没有坠崖。

张梁要求明玛继续修路连接结组绳，组织队员下撤。正在这时，一位名叫边巴的队员坚持选择了独自离开。等到傍晚时分，夏尔巴向导们也无法辨别下撤线路了。全队被困，队员疲惫不堪，有人出现了严重的幻觉。芬兰队员塞米突然自己解开挂在保护绳上的路绳，他晃晃悠悠地往左边走出几米路，似乎发现了什么，又好像在找路。明玛发现他完全失控了，立刻大叫："塞米，回来！"但还没等明玛说完塞米就滑坠了。他的头灯在黑夜里描绘出他滑坠的路径，一路向下。在几米外的地方，那点头盔的光亮停了下来，而塞米继续滑落下去，任众人再喊也没有了回应。

几乎垂直的冰壁。（摄影：张梁）

其他队员也都处于极度疲劳和寒冷之中，有人坐在雪地上止不住地全身发抖。四周一片死寂，只有头灯闪烁的一点亮光在不住地摇晃。张梁也累，他知道如果这样下去都得冻死在这，于是开始试图组织大家动起来。他用英语夹杂中文不断喊着"Wake up！We are man！不要睡"，大声叫队员们把身体动起来，保持身体温暖。他逐个喊队员的名字，可有人刚被叫醒，就又直接倒在雪地里，即刻便传来呼噜声。张梁又得返过来再叫一遍。

就这样一直熬到了凌晨，天气更寒冷了。队员们的状态越来越差，张梁则一直摩擦身体，不断小幅运动。他仍在一边动一边用语言刺激大家："We are man！We are man！我们已经登顶了……只要熬到天亮，熬到天亮我们就能找到下撤的路。"他不断地重复，他的声音已经嘶哑，寒风呛着喉咙不断作呕，但他必须坚持。只要稍稍睡过去哪怕一会儿，手指、脚趾这些身体循环末端的部位都很容易冻伤。有人嚷嚷着要自己走，被大家劝住了。可多数人还是因缺氧和高原反应而止不住地想要睡去。但真的不能睡……

也不知道这一夜是怎么熬过去的，总之天终于亮了。熬了一夜的刘永忠出现了失控的情况。他忽然把背包取了下来，背包瞬间滑坠下去，他开始胡言乱语，身体也不受控制。他坚决不肯下撤，有好几次都失控倒下了，好在挂在路绳上才没有发生滑坠。他甚至还出手打了前来试图控制他的明玛……一番要命的折腾之后，队伍终于可以下撤了。

不幸中的万幸，张梁安全撤到了四号营地，开始喝水吃东西，并持续地昏睡。接着夏尔巴向导和其他队员也都陆续撤了下来。一天后，队伍经过十多小时又下撤至大本营，此时张梁得知塞米和边巴已确认遇难。其他人则多数被冻伤：队员斯克特和夏尔巴向导思格力的手指严重冻伤，已经完全发黑；一位70岁的伊朗登山家鼻子被冻伤，脚也受了伤；静雪也冻伤了脚；安迪则三个脚趾因冻伤而被截肢……整支队伍死伤惨重。

后来张梁接受凤凰卫视的采访时，被问到"是否真的享受攀登的过程和登顶的成就感"，他说，登山并不像其他竞技运动，会让人产生很强的成就感，也不会像跑马拉松那样分泌令人愉悦的多巴胺，相反，从身体到心理都是痛苦的，但就是这种痛苦反过来会变成一种喜悦。

黑夜让人只能看清脚下的雪地，实际上，他们身侧的山坡下就是深不可测的山谷（上）。（摄影：张梁）

只有不睡，才有机会活着（下）。（摄影：张梁）

一个饱尝人生艰辛的人会说，人痛过，所以眷恋幸福；垂死过，所以珍惜生命。而一个经历过九死一生的人，才更明白，每一次痛苦就是快乐，每一次死里逃生都是新生。

一个孤独的英雄有多苦，他喝过的酒都知道。而
如果一个男人爱喝酒，了解他最好的办法就是了
解他喝酒的故事。

来，干了这杯山

峡畔 山密 （摄影：张梁）

2017 年 10 月 2 日，张梁一行成功登顶南迦帕尔巴特峰的消息传遍了各个角落。

这一年，张梁已经挑战了三次 8000 米级雪峰。他 5 月 25 日从深圳出发，6 月 11 日登顶南迦帕尔巴特峰失败，14 日撤离南迦帕尔巴特峰大本营，转战乔戈里峰大本营，7 月 28 日成功登顶。9 月 20 日，他再次飞赴伊斯兰堡挑战南迦帕尔巴特峰。

当时《南方都市报》的报道充满溢美之词："至此，53 岁的张梁已经登顶全球 14 座 8000 米雪山，全世界能够完成这一壮举的也仅有几十人。"报道还打出了"14 年 14 座 8000 米雪峰"的醒目标题，内容还专门注明"10 月 11 日，张梁将返回深圳"，这无疑是在提示人们在那一天给张梁一场盛大的欢迎仪式。

英雄归来的张梁的确配得上一场盛大的欢迎仪式。深圳登山圈曾有些"江湖规矩"。在张梁登山早期，山友们会为出行的登山将士们送行，一般是直接到机场送机。登顶回国后，又在机场接机，然后是开庆功宴，大快朵颐。后来不知从何时起，山友们不再送机，只有接机和庆功了。等到山友平安归来，才会集结狂欢。这似乎是一种庆祝死里逃生的仪式。由此，喝酒成了山友们的一件大事。

现在已经是深圳登协副会长的曹峻说，喝酒是张梁人生的一个重要部分，要讲张梁必须提到酒，因为"他一年登山一两次，喝大酒却一年好几十次"。甚至有人觉得张梁攀登能力强，是可以从喝酒看出来的。张梁的好友孙峰记得，有一年过年喝酒，没准备什么好酒，他们一人一瓶二锅头，喝完出去溜达，第二天还去爬了个七娘山。酒后爬山，不仅是艺高人胆大，更是有一份洒脱的江湖快意。

在朋友眼中张梁是很能喝的。孙峰喝一斤白酒就有点飘，而张梁依然没见底。山友王静则说，张梁平常少言寡语，但喝酒就变成了另一个人。

有的人喝酒喝的是场面，有的人喝酒喝的是利益，有的人喝酒是喝出自己，张梁把山灌进酒里，喝出的是城市酒局里没有的性格。

平时的张梁是理性的，他在山里也爱独处，爱安静，如果深入去了解，他甚至让人感觉到冷漠。他不喜欢城市里钢筋水泥的压迫感和乱哄哄的感觉。那是一种不受他控制的感觉。尽管年轻时在香港那个花花世界狠狠花过钱，但后来年纪大一点他就不喜欢去了，觉得闹。他不喜欢北京，北方嘛。他也不喜欢上海，浦东浦西至今分不清楚。而广州，让他觉得找不到北。

但他喜欢香港的郊野公园，喜欢远离喧嚣的感觉，喜欢在深圳的山野公园里独自跑步，因为每个人的节奏不一样，一起跑就必须去考量他人的节奏，他喜欢自由自在。张梁对节奏的失序有点敏感，他宁愿十分自我地生活。

他不喜欢闹腾是由来已久的执念。上大学时就不参加学生会等组织，觉得太乱太闹，工作后对公司里的年会也没什么兴趣。这不仅仅是对喧嚣的敌视，他似乎对大多数人熟悉的生活都有深切的距离感。这么多年来他几乎从不过生日，突然想过一下最多煮个鸡蛋吃碗面。倒是有一次在山上，尽管条件艰苦，但厨师还是偷偷给他做了一个简易生日蛋糕，他也挺感动的。像中秋节这样的节日他也看得很淡，买个月饼可以了事，至于团不团圆他也觉得没有必要那么刻意。他甚至都记不起结婚纪念日，觉得婚纱照也毫无意义："他们可能觉得挺美，花个几千块拍的照片，最后过不了多久还是给扔床底下了。"他认为，人这一辈子365天哪天不一样？每一天都挺好，不必拘泥于这些形式。

至于红包炸弹，他厌烦得很。刚到深圳时他参加过一两次婚礼，之后就谁的婚礼他都不参加了，也不随份子钱。他对曾经参加的婚礼极不适应，因为开场往往很晚，宴席开始前他都只能枯坐，干耍，无聊透顶。他觉得结婚喜庆就不该收钱，要与朋友同乐才对。要送红包的婚礼都已变味。张梁把这些日常琐碎里的仪式感，称之为不喜欢的"小情小爱""儿女情长"与"虚情假意"。他自认为在生死方面是一个"没有感情的人"。当年曾给予他温暖的刘老师和徐老师相继过世之后他也没有表现得太悲伤。他觉得生老病死实为常事："活够了，就走了……都是自然现象，无需挠心挠肺地痛。对方人还在的时候你做到问心无愧就好。"或许很多人内心或多或少也有类似想法，但很少有人能像张梁那样在行为上也做得那么彻底。

正因如此，很难想象张梁这样的人会喜欢流连酒桌，会熟练地推杯换盏，与陌生的客人也能在席间寒暄，甚至精通酒场上的所有礼数与规矩。在酒场上他好像变成另一个人，绅士，待人周到，若是高兴，话也比平常多出几倍。

关于如此巨大的反差，一位朋友分析说，那可能是因为张梁平常太过理性克制，而一个人不可能时刻如此克制与理性，因此喝酒成了他宣泄的一个出口。这样的理解应该说很是切中张梁。由此延伸开可以发现，他迷醉于登山，或许是因为登山是帮助他对抗现实的出口。登山能让他暂时忘记烦恼，获得生活与社会的认同以及个人的成就感，甚至能让他有效掌控自己的节奏和人生；他送醉于酒，是因为酒是他溶解现实的出口。如果不喝酒，不登山，刚直的张梁很可能就会在俗世里格格不入。他将失去社交的重要道具。他在这两者之中接受他人，连接世界，实现与现实的平衡。

尼采在《悲剧的诞生》中倡导过"酒神说"。希腊神话里的酒神狄俄尼索斯常年喝酒纵情，与日神阿波罗代表的意象刚好相对。

阿波罗代表的是日出日落的秩序、实事求是与理性。登山恰恰需要这样的品质，尊重自然的秩序，接受任何可能的现实并冷静地应对。这也是张梁登山十几年来能安全下山的重要原因。

而酒神则是狂热、过度与不稳定的情绪。尼采认为，"酒神精神"喻示着情绪的发泄，是抛弃传统与规则束缚回归原始状态的生存体验，"人类在消失个体与世界合一的绝望痛苦的哀号中获得生的极大快意"。

酒神让人出世，发泄情绪，观照内心，所以要超越自己；日神则让人入世，要追求世界的认可与成功。日神式的人生是人们对成功的渴望驱动的，登上人生巅峰几乎是所有人的梦想。而酒神式的人生是另一种恣意的人生，就像周国平说的一样——微醺时，题诗作画，呼朋唤友，但求快活。酣畅间是深刻入髓，嬉笑怒骂可让高力士提鞋。酩酊大醉时则物我两忘，超脱世界。

再理性的人，心里也是有酒神的。酒神一面是放纵的，一面也是创造性的，既是魔鬼也是天使。而理性的保守、稳重也可能失去拼搏的可能。

这两种精神是人类发展的核心冲动，而它们都在张梁身上得到了充分展示。他把这两面都做得分外极端，要么在雪山上攀登不止，要么在城市里狂醉不醒。

张梁专门弄了个"深圳喝酒协会"，自认会长。作为会长，他曾对媒体笑谈"酒协"的理念："我们'酒协'有个说法，能一起喝酒的必须满足三个条件：有酒德、有酒量、有酒胆。这样的朋友在一起喝酒才尽兴，缺一不可。"

这样的要求其实很高。所以根据曹峻的回忆，"酒协"成立许久都没有发展出多少会员。因为像张梁那样酒量大，有酒风，能控住场面的人太少了。倒是曾有一次有个叫"野马"的山友想应聘"酒协"的"秘书长"，结果一顿酒喝下来，张梁就说这人喝酒缺乏艺术，就别录取了。他说："这个叫有勇无谋。"因为"那个'野马'的酒量虽然也还行，态度也很好，说话也还比较得体，也比较爱说话，但在酒桌上的应聘过程里爱表现，跟每个人都海喝，结果酒席没结束自己就把自己喝倒了"。

话说回来，张梁虽然爱喝酒，但在出发登山之前一个月他一定坚决戒酒，保养身体。那时任谁百般邀约他也会推托。在山上大本营，他有时也会喝点啤酒，但真有行动，绝对滴酒不沾。有时登顶成功后回到大本营也会喝点酒庆祝，待到下山之后则往往是连排一个月的筵席，场场不醉不欢。

▲ 东北部

▲ 迦舒布鲁姆Ⅱ峰

▲ 马卡鲁峰

▲ 大西洋

▲ 干城章嘉峰

▲ 干城章嘉峰

张梁的酒量是惊人的。年少时社交少，家里穷，没有什么酒喝，直到上大学时张梁才学会喝酒，但喝得很少。张梁回忆说："那时由于学生来自各地，每到寒假暑假大家各奔东西的时候就会搞一些欢聚活动。同学之间会故意制造一些小浪漫情调，就会喝酒。但受条件所限，不会去下馆子，同学们分别到食堂打点饭菜，然后偷偷跑去学校的地窖偷点白菜，把白菜心糖醋，再拌点萝卜做下酒菜。大家在寝室里将桌子摆成一圈，挂点灯笼啊气球啊做好布置，然后翻墙到学校外边用大白的保温桶打一些散装啤酒偷偷带回学校，就着萝卜卜就那么喝。我那时候喝啤酒就很厉害，喝不起瓶装就打散的，用水壶、保温壶装酒，我那时候就特别能喝。"

真正喝酒是毕业来到深圳之后，由于工作需要，经常有各种应酬，时间一长，酒量、酒胆、酒风张梁就全部都齐备了。

在张梁儿子张彧的记忆里，早些年，张梁爱喝啤酒，喝啤酒必喝"老金威"，连和朋友的聚会地点也爱选罗湖区的金威啤酒广场。那时很多餐厅都有金威啤酒任饮活动，张梁就带着朋友们赶趟去喝，喝过的金威可"按吨计算"。岁数大些后，因害怕发福，张梁逐渐改喝白酒，尤爱不上头的茅台。他不太喜欢红酒，因为红酒度数太低，喝起来必须一杯闷干才过瘾。他和朋友们甚至还"发明"了一个词叫做"双眼皮"。所谓"双眼皮"，就是倒红酒要把高脚杯满到冒出杯口平面的高度，看起来像双眼皮一样。

会喝酒以及在酒场上周到体贴还不是全部的张梁。

酒到深处，人总是喜欢高谈阔论，感悟人生，是周国平所谓喝酒的"哲学"境界。

登山时的张梁只能全身心专注于自己，而在酒桌上他观察别人。正所谓酒品如人品，张梁告诉身边的朋友，如果他们的女儿找到男朋友了，就先安排和女儿的男朋友喝一顿酒，在酒桌上仔细观察，就可以判断这未来女婿是否合格。

酒桌是圆的，但张梁却是有棱角的，就像那些他攀登过的山峰。

首先，张梁特别恨在喝酒上耍小聪明的人，比如说他看到有人喝酒却偷偷把酒倒掉了，或者在酒里兑上白开水，那么他就会在微信上给这个人备注"往酒里倒水"。从此这人就会上张梁的"黑名单"，决然不会考虑再理会。

他对很多酒场上的恶劣行为都零容忍，比如偷奸耍滑，喝多了胡说八道，动手动脚占别人便宜，尤其是占女孩便宜。 在 2000 年户外运动刚刚兴起的时候，他们一群人经常聚餐。有一次朋友大雄过生日，却没想到酒桌上来了一个混不吝的小子，居然在言语上占在场一个女孩的便宜。张梁觉得这人怕是就喜欢占女孩便宜的德行，立马就怒了。"就是那一脚要踹过去，不是被拦住了的话我非打起来不可。我们好几个人都要揍他。"时隔多年张梁回忆起这件事依旧怒不可遏。

而如果在酒桌上遇到夸夸其谈或者自己讨厌的人，他会直接给对方黑脸。他绅士的时候很绅士，黑脸的时候也是毫不留情面。有时候酒局真的喝得不开心，他也不会管后续酒桌上还要讨论什么事就立刻起身告辞。如果客气些，就说我还有事先走了，算是礼貌告别。熟悉他的人都知道他这就是借口，实际上是对酒桌上某个人的行为举止、性格人品厌烦到无法忍受了。

他也不喜欢在酒场上贬低他人抬高自己的人。有个他认识的人，总喜欢对其他山友不屑一顾，甚至靠辱骂圈内人来博出名，博出位。"我心想你有本事你也去登个8000米啊，就会说，绝对人品有问题。"如果碰上一晚上都在酒桌上指点江山的，张梁会忍不住说"你能不能歇会儿"。他不喜欢这种"靠卖嘴皮子却不知道何时放何时收的人"，他会直接当面呛。

张梁成名后常常受到各种活动邀请。有次受邀去上海和一个驻上海的某地商会成员吃饭，其中有一个人喝了两口后就开始拼命吹牛，说自己跟各种大人物都认识，关系都很铁云云。张梁从没见过如此厚颜无耻胡乱吹嘘的人，当时就怒了。这是他第一次和这些人吃饭，但他也没太多顾忌，跟大家打了个招呼说有事，站起来就要走。然后跟身边的朋友说："别搭理他们，在这吹牛呢。"他当然知道他的这番话酒桌上的人都能听见，但他不管，说走就走。这些萍水相逢场面上的人，以后都未必有机会相见了，他并不在乎。也有人因为体验过张梁的"不给面子"，也就不再邀请，张梁对此毫不在意。他参与的多数酒席都是被动的，很少主动张罗。收到朋友邀请，觉得酒席上的人有点好玩，又没人吹牛，他就会去。

或许有人会觉得张梁这样直接容易得罪人，怕是很难维持良好的社交关系。其实不然，张梁对自己认为不错的人很好，百分百真心。他也很仗义，如果有人欺负了他身边的人，他百分之两百会出手相助。

尽管他会对人黑脸，但也有程度之分。有些他熟悉、认可的人即使有时让他不忿，他也绝对不会当面戳穿让人难堪。那些本来就不熟又不打算深交的人，不管是谁，若是不爽，他一般都会礼貌地先行告辞。实在忍无可忍的，才会不给面子说走就走。总之他绝对不会将就着与自己不喜欢的人处在同一张酒桌上。"不喜欢了嘛，不喜欢你还待在一张桌上多难受。"张梁说。

然而要让张梁"看得上"并不容易。他交朋友宁缺毋滥，真正能让他当作朋友的人不多。真朋友也自然了解和理解他的做派和脾气，甚至与他一样，不虚头巴脑，不八面玲珑，不虚与委蛇。或许也应和他一样，够男人，够绅士，够侠气。酒让张梁活得真实，通透，百无禁忌。有趣的是，也正因如此，人们容易原谅他的这种"冒犯"，心里嘀咕一声"他喝多了"，"呵呵"一下，缓解自己的尴尬。如果是朋友，还会"宠"着他，甚至很多朋友愿意保护张梁在酒桌上的这种"黑"。孙峰说："张梁在酒桌上直来直往，对不喜欢的直接黑脸，这实际上是社会上稀缺的品质。很多人在社会里修出了城府，还谓之成熟。"

喜爱喝酒的人追求尽兴，若要尽兴就免不了酩酊大醉。周国平称"酩酊"为"神仙境界"，人喝到酩酊之际，状如神游太虚，世间俗事都被淡忘。张梁喝酒喜欢喝透，如果在酒桌上没喝好，散场了自己还会再来点啤酒。朋友们都知道，他酒量很好，即使酩酊大醉通常也不会太失态，最多就是话多些，吐了后，回家做春秋大梦。的确，张梁虽然爱喝酒，爱喝大酒，但就算喝再多，他都会清醒地知道自己该干什么、别人不该干什么。比如他在任何时候都拒绝喝酒开车，哪怕是以前查酒驾不那么严格的时候。

有一次在深圳大鹏，一个女性友人酒后一定要开车，说深夜周边没有人和车。张梁虽然也喝了不少，一听朋友喝了酒要开车，他跳起来死活不上车，不但自己不肯上车，还劝下了朋友。如果劝不住的，他也绝对不坐喝酒的人开的车。

几乎没有人看到过张梁酒后失态。

道拉吉里峰山难之后，张梁曾酒后恸哭过两次。一个孤独的英雄有多苦，他喝的酒就有多烈。那是他不多的情绪失控之时。多数时候，他都奉行不以物喜不以己悲的原则。"大喜大悲的，股票升了就哈哈笑，一跌了就愁眉苦脸，何必呢？很多人是那样的，天天就琢磨这点事儿，你这一辈子就为那个活了？真的，我好难理解。"他不会为这些俗事借酒浇愁，他的喜乐，也不是平常的喜乐。张梁喜欢和比自己更有智慧的人喝酒。有时他回老家和一些人喝酒聊天，会发现他们其实都不太能喝，一桌子10个人却是8个都在抽烟，一根接一根地抽，喝酒变成聚众抽烟。"熏得乌烟瘴气，那人能好吗？"张梁说。他自觉与那些人说不到一块儿去，因为实在不想听他们说那些家长里短的，没有成长。而且抽烟越多的，往往心事越重，多数都是负能量爆棚。而和有智慧的人相处，可以学到东西。他的"夜宴"里不乏这一类人，也时常有"大人物"，但他不会因为某个"大人物"在场就特意讨好全无底线。他喝的酒，是一种互相尊重的酒。尊重自己的酒时，就喝透；遇到值得尊重的人时，就一同尽兴，不醉不归。

胜利是暂时的，探索与挑战才是无尽的。有时候，
我们以为自己翻越了山丘，看够了繁华盛景。但
过不了多久，又发现自己停不住向往下一个山丘。
因为山虽然在那里，而理想的山峰却永远在心中。

攀登不止，人生不退

2016 年双跨大西洋航行，降帆如同一场与天气的战争 （摄影：张梁）

南迦帕尔巴特峰庆功宴的酒席散尽，张梁继续完成"14+7+2"的最后目标。当时他已完成了攀登 14 座 8000 米级高峰和南北两极的徒步探险，仅差七大洲最高峰的最后一座。

2018 年 6 月，张梁向北美第一高峰迪纳利峰发起挑战。如若登顶，他就会成为继韩国人朴英硕之后，第二个完成"14+7+2"目标的人类。

迪纳利峰又名麦金利峰，是北美最高峰，海拔 6194 米。它屹立在横贯东西的阿拉斯加山脉之上，傲视北美群峰。

对于刚刚完成 14 座 8000 米级高峰的张梁来说，一座 6000 米级雪峰本没有什么挑战性。然而张梁错了，迪纳利峰与他轻松挑战过的其他六大洲最高峰大不相同。

迪纳利在当地印第安人的语言里，意思是"太阳之家"。当地人相传，能清楚地看见这座山峰的概率只有 20%，因为它常年被云雾遮挡，甚至天空中还会出现极光，于是更显得万分神秘。

另外，在所有人的认知里珠穆朗玛峰是世界最高峰，然而珠峰是从海拔 4000 米的青藏高原上隆起，从峰顶到山脚的相对高度其实只有 4000 多米。而迪纳利峰是从海拔几百米的平原上拔地而起，从平原底部的山脚到山的顶峰高达 5000 多米。因此，迪纳利峰被称为世界上相对高度最高的山。山脚下是北美著名的马塔努斯卡冰川。光线经过冰层后，阳光里的其他暖色会被过滤，留下动人心魄的湛蓝色。如果是艳阳天，还会闪烁奇异的蓝色光芒。

要负重并拖动上百斤的雪橇是力气活也是技术活（上）。（摄影：张梁）

张梁在迪纳利峰峰顶（下）。（摄影：张梁）

2013 年，非洲最高峰乞
力马扎罗峰（上）。
（摄影：张梁）
2015 年，南美洲最高峰
阿空加瓜峰（下）。
（图片提供：张梁）

2018 年 5 月，张梁等四名队员和两名向导，携带一吨多物资，乘坐螺旋桨的单翼飞机来到了海拔 2000 米的大本营。飞机直接降落在平缓的雪地里，张梁等人要背负 60 多公斤的背包，拖着上百斤的雪橇装备，一路走到五号营地，最后冲刺顶峰。这是张梁负重最大的一次攀登。

由于迪纳利峰的相对高度全球最高，因此路程其实比一些 8000 米级高峰更漫长。再加上负重一百多斤的装备，对体力和耐力的消耗也并不比 8000 米级山峰少。

2016 年，前人在欧洲最高峰厄尔布鲁士峰峰顶留下的纪念物（上）。（摄影：张梁）
2017 年，登南极洲最高峰文森峰（下）。（图片提供：张梁）

航行三亚，掌舵的乐趣让张梁热衷于航海。（图片提供：张梁）

只要完成迪纳利峰的攀登，张梁就会成为完成"14+7+2"的中国第一人，为了记录这个伟大的时刻，这一次的攀登有专业摄制组全程跟拍。这也是这么多年来张梁第一次专门有人跟拍。似乎老天也打算让拍摄内容更加丰富，整个攀登过程耗时长达半个月。由于海拔 2000 米的大本营距离顶峰还很远，攀登的总路途依然非常漫长。冲顶那天山上起了大雾，队伍差点放弃，几个北欧队员坚持要冲顶，大家决定继续前行。

前行路上必须拖着厚重的雪橇。用绳索控制雪橇是个技术活。绳子不能太短也不能太长，否则雪橇会晃来晃去。下坡时必须两人节奏一致地控制雪橇，否则雪橇会偏移方向。第一次采用这样的方式登山，张梁也只能慢慢摸索。好在山体并不陡峭，比起其他险峻的山峰，这座山峰更考验的是攀登者的体力。6 月，张梁成功登顶。

从确立攀登理想开始，9 年过去，张梁终于实现了这一目标。"14+7+2"中的"7"，是指七大洲的最高峰，尽管它们的普遍高度并没有 8000 米级峰高，难度也被视为较低，但实现登顶也需要相当的时间和毅力。毕竟它们横跨世界。

攀登七大洲的最高峰极大地扩展了张梁的视野。原来乞力马扎罗峰的雪已经所剩无几，只有些残旧的冰川；原来南美的阿空加瓜峰与大洋洲的查亚峰都是火山；南美热闹非凡，那里的人们天天穷开心；大洋洲地广人稀，常常见不到人影；欧洲的厄尔布鲁士峰让人体验到俄罗斯风情……地球各大洲的高峰攀登，就是一场了解世界的旅程。

如果说 8000 米级高峰让张梁体验了成长的高度，让他磨炼出成熟男性的理性、拼搏和韧劲，那么七大洲的高峰、两极和海洋的广博，则让张梁体验了人生的极致宽度。

相较于广被报道的登山之旅，张梁的航海之旅鲜有人提及。

他的航海之路也始于深圳。因迷恋户外活动，他常和朋友到深圳大鹏玩一种四五人驾驶的小帆船。但张梁真正对越海航行感兴趣还要到 2012 年。那年帆船教练王军要送两艘 50 英尺大小的国产帆船去三亚，作为朋友的张梁有机会随行。

第一次真正意义上的航海让人很是兴奋，张梁晚上就上手掌舵，按着 GPS 导航对准 220 度直行。帆船的舵不像汽车方向盘，它非常灵敏，不用大幅度调整，

海上风景也美不胜收。（摄影：张梁）

你只需面朝大海前方感受随波逐流。尽管夜晚的大海上漆黑一片，只有仪表盘亮着，张梁还是因为新鲜感太强而不愿放手。没想到因为没有休息好，到了第二天早上，他在船舱里忽然感觉整个帆船都在剧烈摇晃——他晕船了，还没等拿出塑料袋就一阵狂吐。另两个同伴更惨，早上连刷牙都要吐。

这次晕船给张梁也留下了"后遗症"——此后他出海就争取前两天都待在甲板上，不睡船舱也不睡床铺，而是就着羽绒睡袋直接睡甲板。

虽然尝过苦头，但也体验到大海的波澜壮阔和驾驶帆船的快感。只是自深圳去三亚航程还是太短，48小时就完成了行程，张梁想要真正深入大洋走一遭。

航海百慕大，漫长的赛程让张梁掌握了如何对抗比两极更深的孤独。（图片提供：张梁）

机会很快就来了，张梁参加了 2014 年的泰王帆船赛。这次旅程从香港出发，途经新加坡再至泰国，航行时间延长到一周。完成这次帆船赛，张梁开始挑战更长的航海旅程。2015 年大西洋巡航赛让张梁有机会穿越了整个大西洋。这次驾驶的帆船是一艘在意大利定制的 A80，连桅杆都有三四十米高，造价也高达数千万元人民币。航程长达 3300 海里，耗时半个月。要远航，准备也要更为充分，要在超市一车车购买物资，蔬菜水果一应俱全，但这些食物在海上容易腐烂，保存不了太长时间。在海上吃饭没有一日三餐的概念，往往吃着苹果就着面包就对付了一餐。维生素的摄入量其实远远不够，必须依靠服用维生素 C 片。尽管如此，航海的生活条件还是比登山好得太多。

出行的第一天半夜，坏天气就教育了张梁。船长忽然大喊，要下雨了！大家赶紧冲上甲板降帆。船上的球帆很重，而且造价高昂，一沾水就完蛋，必须降帆收好。帆很重，得用机械降下来。机械和帆绳剧烈地摩擦让帆绳变得滚烫，不戴手套去抓绳子会立刻被烫起水泡来。张梁等七八个人费力把帆降下，拽紧卷起收好后才继续航行。

到了大洋之上，四面全是海，毫无参照物，也基本上看不到过往船只，甚至完全没有方向，偶尔路过一个岛屿都能让人开心半天，路过的飞鱼与跃出海面的海豚也会让人兴奋。

不过航行本身就能带来快感。帆船航行要风，与高原上风速超过 15 米 / 秒就不太安全不同，大海里一定的风速会让帆船如射出的响箭，分外刺激。张梁和几个船员常常比拼谁掌舵时速度快。轮到张梁驾驶时他就盯着仪表，看着速度冲高，帆船乘风破浪，大家就欢呼雀跃。

此次航行有几个国外职业船员，张梁不需要操心，空余时间更多的是在甲板上锻炼身体，看书聊天，欣赏大洋上美不胜收的日出日落以及满天星斗。遗憾的是，海上湿气太重，张梁的膝盖积水留下了病根。

到了 2016 年，张梁参加了一次耗时更长的双跨大西洋航行。顾名思义，"双跨"就是要在大西洋里走两遭，走完 6100 海里的路程需要一个月的时间，他们要穿越赤道以及日界线，等于在一天内看"两次日出"。5 月，帆船抵达了百慕大。帆船行驶之处的天空里挂着晚霞，一切静谧，和谐，如同时间停止。其实长期在海上漂泊，最大的敌人不是风浪，而是孤独。航海不像登山，船的活动空间太小，转来转去总会让人烦躁。

到 2019 年，张梁开始为"克利伯帆船赛"备战。该赛事是环球航行。张梁全面接受了职业帆船选手所需要的训练。如果说之前的帆船之旅算旅行，那么克利伯帆船赛就是一场极限挑战。为了准备比赛，张梁需要熟悉帆船运作的每一个环节，除掌舵外还要学会控帆和导航，熟练使用船上的设备、掌握救援知识。救援要扔下浮标找到溺水的人，还得驾船靠近目标，还不能撞到被营救人员。到了目标区域，还得用控帆的绳索挂住营救人员的安全带，把他放到水面救人……对于年过五十的张梁来说，这个训练异常辛苦，挑战难度也更大。而未来的比赛还将耗时 11 个月，漫长的比赛将极其考验人的耐性。

但对于张梁来说，充满挑战的人生才叫人生。有一句话说，如果世界都没有观过，哪里来的世界观。翻越高山、跨过大海的张梁还是那个张梁，又早已不是那个张梁。高山和大海曾经都在脚下，生命的深度和广度因此得以延伸。

极限挑战也伴随着巨大的牺牲。这十多年巅峰挑战的过程里，最让张梁心怀歉意的就是他的儿子张彧。

常年参与户外运动，难免会疏远家庭。每次登山，张梁不喜欢家人接送，总是一个人准备好行囊匆匆离开。只要进山，基本就不联系家人。尤其在登顶途中，他绝不会与家人通电话。每次他一定要等到下山回到大本营才给家人朋友报个平安，通话内容也非常简短。2017 年，张梁曾连续攀登三座 8000 米级高峰，这也意味着这一年中他有好几个月是与家庭几乎断了联系的。

疏于沟通让张梁维持亲密关系变得相当困难。在儿子的成长过程中，张梁作为父亲是一度缺席的。在儿子的学生生涯里，张梁只记得自己参加过一次家长会。儿子小时，他外出登山一去就是数月，一年里能有半年见到孩子已经算不错。后来儿子慢慢长大，离家求学，父子在一起相处的时间就更短了。

但张梁是深深爱着儿子的。他最初攀登珠峰就是为给儿子树立榜样，他还在儿子的学校做过两次讲座，和孩子们分享他的登山经历。他在登山期间，会在哈达上写下儿子的名字，但他从来没有告诉过儿子。参加北极挑战赛时，知道儿子喜欢切尔西球队，他专门给儿子买了球队的吉祥物。儿子似乎不太喜欢这个礼物，随手扔在一边，张梁就一直将吉祥物挂在背包上，陪伴他后来的每一次攀登。儿子高考时张梁也在外，只能打卫星电话问问情况，他心里焦急，却没有表露出来。这是典型的中国式父亲，因为刚强、严肃，"爱"字绝不挂在嘴边。他们的爱总是无声的，让人看不出来。

儿子出生时，张梁翻遍字典给他取名"张彧"，张彧人如其名，占尽了"彧"字所指的文采优雅之风，对登山、航海这些户外活动毫无兴趣。

小时候，当攀登珠峰归来的父亲来学校演讲时，同学们夸赞"你爸真厉害"，张彧不但没有自豪感，反而非常害怕，父亲站在台上的场景让他想逃。被老师表扬时，父母来参加家长会时，他也会莫名其妙地怕。从有记忆起，他经常失眠，持续多年，备受困扰。长大一些后，张或变得越发宅，内向，不太爱与人沟通，但是长期习惯父亲不在场的他也并不觉得父亲与自己的关系过分疏远。他喜欢把玩故纸堆里的文化趣味，完全活在自己的一方天地之中。如果说张梁是在现实世界里行走，那么张或的世界是在心里。

儿子爱读书，善思考，且有着优秀的写作天赋和敏锐的时尚触觉。这让张梁隐隐有些骄傲。他在朋友圈转发张或写的每一篇文章，把张或的文章发给知名媒体人前辈读，得到前辈的肯定。

但是另一方面，张梁又担忧儿子的内向性格以及社会适应能力。他担心儿子有点"弱"。

2019 年末，张梁决定和张或开启一次特殊旅行——攀登欧洲的勃朗峰。这是一场迟来的亲子旅行。张梁希望儿子能锻炼得"man"起来。他特地选择了勃朗峰，这座山是现代登山的发源地，海拔只有 4810 米，挺适合父子攀登。对于张或来说，勃朗峰并不重要，能第一次去欧洲远足，亲眼看一看欧洲的古堡、艺术馆则更有价值。

勃朗峰虽然不高，但依然有风险，一年前还有数人在这里遇难。为安全考虑，张梁选择了传统路线。拉练第一天，一行人持续走了七八个小时后才抵达海拔 2000 多米的位置，而目标是 3000 米，除张梁外每个人都筋疲力尽。这是张或第一次穿上高山靴登山，踩在石头路上，感觉不太舒适。第二天的拉练路线是冰路，需要穿高山鞋踩冰爪在冰路上攀登。这让张或叫苦不迭，他不适应冰爪。

到了傍晚时分，张梁看得出，儿子已经是咬着牙往前走，他的体力、耐力都撑不住了。教练根据两天的拉练状态建议他们放弃这次攀登活动。张梁也没有再劝儿子继续坚持，他明白，比起身体上的辛苦，儿子更多的是在心理上对登山厌倦、毫无兴致。

接下来，登山之行变成一场欧洲自驾旅行。他们租了一辆美国皮卡，继续欧洲游历。磨砺的过程结束，一切回到了张彧的舒适区。来之前，张彧早做好了旅行攻略，他们一路按计划观光城堡、教堂、美术馆等。张梁却完全不懂这些。苏黎世街头张挂的家族旗帜背后的历史，张彧如数家珍；被拜伦写进《西庸的囚徒》里的西庸城堡，张彧每一层都不曾落下；到意大利米兰这个时尚之城，张彧也要先看城堡。儿子一路向父亲历数典故，张梁听得囫囵吞枣，只能努力应和着，一路跟在后面偷偷给儿子拍照。幸好他们还有一项共同爱好——足球，所以米兰的球场和法国的圣日尔曼球场父子俩保持兴趣一致参观了一趟。

尽管兴趣差异巨大，张梁并没有放弃与儿子的进一步感情调试。平日里，两人有空就去散步，或者看场电影，即兴说些可笑或无聊的冷笑话。儿子喜欢台湾音乐人胡德夫，张梁就费心组织饭局让儿子与偶像见面……张梁在寻求弥补。在外人看来，这位倔强的父亲表现得甚至有点讨好儿子，只是，父子之间依然隔着一层彼此都穿不透的"薄膜"。

但张梁近两年的悉心陪伴还是起了作用，张彧自己也在思考和成长，他逐渐敞开心扉，改变自己。他们经历了一次不寻常的攀登。

2020 年，张梁父子参加了"玉珠峰民间攀登三十年登山活动暨人生第一座雪山活动"，挑战海拔 6178 米的玉珠峰。玉珠峰是张梁人生中登顶的第一座雪山，20 年后，他又带着儿子来到这座山下。这对张梁来说意义重大。

张彧对玉珠峰没有执念，是人缘颇好的曹峻叔叔向他提议，他觉得可以和曹叔叔一起登山挺好。另一个深层原因是，他知道父亲爬过那么多雪山，隐隐想要体验一下父亲那所谓的雪山到底是什么样。

刚到玉珠峰大本营张彧就感受到了登山的艰难：严重的高原反应让他头痛难耐、食欲低下、夜间失眠。他想喝大量热水来缓解，结果却反胃、恶心、更加痛苦。比这些更可怕的是无聊，高原反应使他看不了书，也做不了别的，每一刻都在干熬。父亲张梁似乎习惯了雪山上的无所事事，两人在这样的环境里也没有太多互动。张梁虽然心疼儿子经历高原反应的痛苦，但也无可奈何。

尽管如此，张彧这次却意外地没有打退堂鼓。在登顶前的三天里他连续失眠，身体状态很不好，但他想，既然到了这里，怎么也要去完成一次。

身高一米八三的张彧大概是继承了父亲优质的基因，行走在雪山上时他并不容易疲累。这支登山队伍有 100 多人，张梁走在队伍最前面，扮演领人和向导的角色。张彧跟在父亲后面，速度也不慢。当然，张彧也得到了父亲的特别照顾。父亲重重的背包里装着所有技术装备、药品等登山物品，张彧要背的只是衣服、水和食物。

最煎熬的是最后冲顶的 100 米路程。山风骤然咆哮而来，很多人一下子适应不了。一位山友走两步就摔一个大跟头，要歇几分钟才能爬起来继续走，走几米又摔个跟头。整个队伍的进度也因此慢了下来，原本可能只需要十几分钟的路程走了一个多小时。

这样的情形让张梁担心张或可能登不上去了，没想到张或坚持了下来。

终于，父子俩一起站在了玉珠峰峰顶。

张梁摘下面罩，脸冻得通红，忽然，他哭了起来。他抽泣着对儿子说话，风太大，张或一句也听不清，但他从父亲的表情里感受到了父亲的情绪，竟也哭了出来。他摘掉眼镜使劲抹眼泪。

父子二人边哭边互相拍打对方的肩头，而后拥抱在一起。这是张或成年后父子的第一次拥抱。那一刻仿佛喜马拉雅千百座山峰上的坚冰都被融化了。

张或始终不知道父亲对他说了什么，下山后也未曾再问，他甚至说不清自己为什么也跟着哭了。

其实张梁的哭是为儿子骄傲，他终于看到儿子坚韧不拔，从书生成长为一名刚强的男人；他的哭也因为他当年登山的梦想里就寄托着为儿子做表率的心思，20 年，父子之间仿佛完成了某种神秘的继承与连接；他的哭还因为他明白儿子坚持登顶包含着试图去理解父亲的微妙心理，这份情感回馈深入心窝……

不过在登顶三珠峰之后张彧并没有爱上登山，他觉得登山需要巨大的忍耐力，要沉得住气。但近一两年，张彧已经逐渐对父亲产生钦佩。此前，他从没表达过对父亲的钦佩，而张梁也没有问过，哪怕试探都没有。登山数年，张梁虽有无数钦佩者，却一直不知道自己的儿子是否钦佩自己。只有他完成"14+7+2"那次，张彧发了一条祝贺的朋友圈："恭喜我爸完成 14+7+2。"但他的朋友圈一直屏蔽父母，张梁还是从别人那里知晓儿子的祝贺。

小时候，张彧曾对父亲登山这一行为表现出过排斥。他觉得父亲登山这件事太过特殊，而他不喜欢特殊。甚至，在张彧的潜意识里会有一种奇怪的念头：父亲已经冒险到了这种程度，已经把登山这件事做到极致，那我就没必要去做了，我必须做一些跟父亲不一样的事。现在，张彧对父亲登山这件事有了不一样的视角。他觉得父亲张梁不会纠结于没意义的思考，是一个强力的行动派，朝着自己的目标不断前进，还能把生活过得十分充实。而这种付诸行动的能力是自己身上欠缺的。

现在的张彧比以前更想了解父亲，也更想了解这个世界。在他眼中，张梁登顶了多少座雪山的数据对他而言一点都不重要，他更在意的是父亲的行动力。换句话说，哪怕父亲没有完成这些攀登成就，单是行动本身，就已经可以作为自己的榜样了。

张梁的"亲子登山事业"才刚入佳境，未来他还希望和儿子一起探险亚马孙河，让他从书斋中脱离出来。改善与儿子之间的情感交流，让儿子生活得更好，是如今张梁面前一座新的高峰。这座高峰比他以往登过的任何一座都要高，都要难。

但他必须翻越过去，求得和解，和儿子，也和那个年少的自己。

户外事业是一个小众事业，牺牲再多，收获也难以匹配。有些人牺牲一切仍旧一无所获。

张梁曾在一场分享会上讲到一位著名的户外人郭川时忽然失声恸哭。他极少在公众面前这样发泄情绪。郭川是张梁的朋友，也是中国极限户外运动的顶级明星。张梁最不忍心的是看到郭川去世之后依然无人知晓。

1965 年出生的郭川曾任职于中国长城工业总公司宇航部，参与国际商业卫星发射工作。他从 20 世纪 90 年代开始就已经在中国最早的户外滑雪场滑雪，1999 年就开始玩起滑翔伞运动。可以说，他是各种极限运动的首批尝试者之一。不过他最核心的身份是职业竞技帆船赛手，也被誉为"中国职业帆船第一人"。他是第一位完成"沃尔沃环球帆船赛"的亚洲人，第一位单人帆船跨越英吉利海峡的中国人。

2012 年 11 月 18 日，郭川开启"单人不间断帆船环球航行"之旅，经历了海上 138 天、超过 21600 海里的艰苦航行，于 2013 年 4 月 5 日上午 8 时左右驾驶"青岛号"帆船荣归母港青岛，成为第一个成就单人不间断环球航行伟业的中国人，同时创造了国际帆联认可的 40 英尺级帆船单人不间断环球航行世界纪录。

2016 年 10 月 19 日 5 时 24 分，郭川从旧金山金门大桥出发，以上海金山为目的地，进行单人不间断跨太平洋创纪录航行，其间他通过卫星电话与岸队和亲友保持联络。然而 2016 年 10 月 25 日 15 时左右，岸队与郭川通话之后就与之失去了联络。岸队观察到他在途经美国夏威夷海域时航速减慢，于是询问情况，未得到回应。在中国驻洛杉矶总领事馆和国际海事救援中心北京分部的全力协助下，夏威夷当地海事救援机构派出飞机寻找郭川，发现帆船上的大三角帆已经断掉落水，而郭川不在船上。北京时间 2016 年 11 月 14 日，确认郭川遇难。

在郭川死后的一场帆船赛里，全球各地的参赛选手在开赛之前全体鸣笛默哀一分钟向他致敬。但这样一个曾经横跨过太平洋，为中国创造数个帆船纪录的英雄，也只是在小圈子里有些名气，在国内的知名度实际上很低。即使是他的死，也没有激起太多的涟漪。在那次分享会上，张梁说："我不希望自己像郭川那样，死了依然无人问津。"这大概是一种物伤其类的悲哀，他希望当人们提起张梁的时候自己是活着的。他是为郭川哭，也是为自己哭。

现实一直如此。尽管历年来媒体对户外运动的关注度不断提升，但它仍然属于小众，受到的关注也十分有限。由于长期以来缺乏专业媒体关注，户外运动媒体的专业性也严重不足，进而导致媒体长期只关注山难等灾难事件，那些同样取得骄人成绩的户外运动者却没有得到应有的关注。同时，只关注灾难又导致了媒体缺乏专业性。

2019 年珠峰发生山难，无数的媒体把采访电话打到张梁这里。张梁全都拒绝了。一方面，他觉得自己不在现场不能草率评论；另一方面，他不喜欢媒体的"哗众取宠"。"平时为什么不关注珠峰的攀登？每年都有各种问题，为什么非得死这么多人才关注？应该年年都关注。"

然而现实是，若没有"'14+7+2'中国第一人"这样响亮的名头，大概张梁也不会出现在媒体的关注名单里。而张梁如果不能持续创造新的成就，那么他获得的关注也会渐渐淡去。或许应了那句话，人生如逆水行舟，不进则退。完成"14+7+2"后，张梁必须要面对新的人生目标，他的户外人生，还远没到退休的时刻。"14+7+2"也不是一个结束，他的探险人生将迎来新的开始。

人生又何尝不是一场攀登。

又或许可以说，张梁身上折射出了每一个人生攀登者的进阶历程。一个寻常人家的普通孩子，一个青涩的普通银行职员，在时代的风云际会下一路成长为全中国首屈一指的极限运动专家；一个性格内向的男孩，在饱经沧桑荣辱后，成长为知进退的理性男人。张梁把高山大海对待世界的态度，装进了他的现代城市生活的法则里，这让他的耿直、简单显得卓尔不群。攀登与行走的是物理距离，换来的是他不断积淀深厚的人生。

事实上，我们每一个人都需要在自己的人生里不断地攀登与跨越。在人生这座大山面前，有人找不到方向，漫无目的；有人觉得要实现目标牺牲太大，半途而弃；有人犹疑，怯弱，总是习惯向世界妥协……

而有人，为了实现理想，刚毅勇敢，不知疲倦。

张梁终究成就了张梁。

就像麦莉·赛勒斯演唱的歌曲 *The Climb* 所写的：

············

There's always gonna be another mountain / 总有另一座山峰

I'm always gonna wanna make it move / 我迫不及待想要把它移开

Always gonna be an uphill battle / 那是一场逆境求胜的战斗

Sometimes I'm gonna have to lose / 有时我注定失败

Ain't about how fast I get there / 无关我花多长时间抵达

Ain't about what's waiting on the other side / 无关山那边正在等候我的一切

It's the climb / 只有关攀登本身

The struggles I'm facing / 只有关我正在面临的挣扎

The chances I'm taking / 以及我抓住的每一个机会

Sometimes might knock me down but / 有时候我可能被击倒 但

No I'm not breaking / 我从未被击溃

I may not know it / 我不知道这到底意味着什么

But these are the moments that / 但总有那些瞬间

I'm gonna remember most yeah / 那些我总会想起的瞬间

Just gotta keep going / 只管勇往直前

············

（作词：杰西·亚历山大／乔恩·马比　歌词翻译：王渭东）

2015 年，登乔戈里峰，从大本营往前进营地途中。（摄影：张梁）

后记

张梁的故事乃在继续，在记录这个故事的过程中，我也深刻感受到了追梦之路的艰辛以及生命的更多可能性，这是一份无形而珍贵的礼物，会像火种一样存于我心中，感谢张梁的信任。

在此，也想一并感谢所有给予本书写作帮助的人。

感谢王石、亢晖、曹峻、马啸、王雁东、刘永忠、孙峰、李伟文、大雄、王静、张玉珍、张刁、张彧、韩印合、郑文斌、陈丽楠、葛俊卿、郭伟、马德民、黄东红、陈斌、邱月玲、十一郎、曹莉、青少、刘佳佳、陈芳等人在采访过程中提供的帮助。

感谢编辑刘婷的严谨负责及在书稿修改过程中给予的帮助。

特别感谢梁坚老师在本书采写及修改过程中给予的宝贵意见与帮助。

本书仍存在诸多不足，请读者朋友包涵。张梁仍在路上，精彩在续写，山高路长，我们江湖再见。

蒋平

2014 年，迦舒布鲁姆Ⅱ峰。（摄影：张梁）